Nelly
07/08

Brouillages

dans la même collection

Leif Davidsen
Un Russe candide (1997)
La chanteuse russe (1999)
La photo de Lime (2000)
Le Danois serbe (2001)*
Le dernier espion (2002)
La femme de Bratislava (2004)*
L'ennemi dans le miroir (2006)
L'épouse inconnue (2007)

Kjell Eriksson
La terre peut bien se fissurer (2007)

Leena Lehtolainen
Mon premier meurtre (2004)
La Poisse (2006)

Michel Maisonneuve
Le chien tchétchène (2005)**
Le Privé, ou Je tourne tous les jours y compris le dimanche (2006)

Jo Nesbø
L'homme chauve-souris (2003)*
Les cafards (2003)*
Rouge-Gorge (2004)*
Rue Sans-Souci (2005)*

Morten Harry Olsen
Tiré au sort (2004)

Fredrik Skagen
Black-out (2002)

Gunnar Staalesen
Série des Varg Veum
Le loup dans la bergerie (2001)*
Pour le meilleur et pour le pire (2002)*
La Belle dormit cent ans (2002)*
La femme dans le frigo (2003)*
La nuit, tous les loups sont gris (2005)*
Anges déchus (2005)

Thomas Tryon
Le visage de l'autre (2003)

* Également disponible en Folio Policier
** Également disponible en Babel Noir

Ouvrage traduit avec l'aide du
Centre National du Livre, Paris.

Jón Hallur Stefánsson

BROUILLAGES

Traduit de l'islandais par Éric Boury

roman

GAÏA ÉDITIONS

Si vous souhaitez être régulièrement informés de nos publications et de notre agenda de manifestations, n'hésitez pas à prendre contact :

Gaïa Éditions
Boissec
40250 Larbey

téléphone : 05 58 97 73 26
télécopie : 05 58 97 73 39
contact@gaia-editions.com
www.gaia-editions.com

Titre original :
Krosstré

Illustration de couverture :
© Olivier Grunewald

ISBN 13 : 978-2-84720-110-9

Un

Tout a commencé par un regard, n'est-ce pas ainsi que débute toute chose ? Un regard malicieux et espiègle que je n'ai pas pris au sérieux parce qu'il était exclu qu'il recèle quelque signification que ce soit, parce que telle n'était pas la nature de nos relations, lesquelles étaient bâties sur de tout autres bases et voilà pourquoi je n'avais pas à m'inquiéter de cette étincelle qui s'allumait dans ses yeux quand il me regardait. Est-ce que, réellement, il essayait de me séduire ? Il ne regardait pas sa femme de la même manière ; à elle, il adressait un regard compréhensif que je croyais empli d'amour. Aujourd'hui j'en doute.

J'ai pour règle de ne pas baisser les yeux, de ne pas me dérober à un regard, car cela reviendrait à perdre la lutte pour le pouvoir et c'est pourquoi nos regards se soutenaient car il ne baissait pas les yeux non plus, probablement désirait-il conserver une sorte de supériorité sur moi : il était le détenteur du savoir, de l'expérience, de la sagesse et du pouvoir. Je n'avais pas assez d'expérience pour saisir à quel point il se préoccupait peu de dissimuler la violence de son désir, à quel point il était entreprenant. Je ne l'ai compris que plus tard, une fois qu'il était trop tard pour me tenir sur mes gardes, une fois que mon propre désir s'était éveillé et que j'avais envie de le sentir me serrer fort contre sa poitrine. À ce moment-là, je ne savais pas à quel point il avait le cœur traître, à quel point ses sentiments manquaient de profondeur. Il était alors trop tard pour me retirer de cette aventure avec la même légèreté que celle qu'il affichait, même s'il se croyait très malin quand il prétendait m'éviter bien des tracas en ne prenant pas notre relation trop au sérieux. Cette ordure, j'ai eu envie de le faire souffrir autant qu'il m'avait fait souffrir, mais évidemment, je n'avais pas le pouvoir de le blesser de la même façon.

Vint le temps des effleurements furtifs ; il n'aurait peut-être pas eu autant d'occasions si je ne les avais pas moi-même provoquées, par curiosité, pour savoir jusqu'où tout cela allait bien pouvoir nous mener. Oh, la première fois qu'il a posé sa main sur mon épaule, j'ai eu l'impression qu'une décharge électrique me secouait tout le corps. Je le savais derrière moi, je l'engageais à le faire dans mes pensées, lui, avec son regard malicieux... « Et maintenant, il ne reste plus qu'à voir s'il est homme à s'aventurer plus loin dans ce genre de choses », ai-je pensé. Et évidemment, je le redoutais, même si cette crainte se mêlait de désir et de honte : quelle fichue idée ai-je donc eu de laisser un homme d'âge mûr s'immiscer dans ma vie sentimentale, un homme qui aurait tout bonnement pu être mon père ?

Il s'est suffisamment enhardi pour poser sa main sur mon épaule, ce que j'ai trouvé sacrément bienvenu et la décharge électrique qui m'est descendue le long du dos m'a semblé tellement réelle qu'il m'est même sérieusement venu à l'esprit qu'elle était due à de l'électricité statique, comme quand on reçoit une étincelle en touchant quelqu'un qui vient de marcher en chaussettes sur un tapis en laine. J'ai bien évidemment rougi et, quand j'ai fait volte-face, j'ai croisé son regard, toujours chargé d'une malice, à laquelle s'était maintenant ajouté quelque chose de plus sérieux et de plus pesant, oserais-je dire l'ardeur de la passion ?

La fois suivante, il m'a touché le dos de la main. À nouveau, j'ai ressenti ce picotement électrique, j'ai eu l'impression qu'un essaim d'étincelles me baignait la peau et je n'ai pas osé lever les yeux, j'ai continué à fixer l'écran de l'ordinateur tout en sentant sa présence derrière moi et au-dessus de moi. Si seulement, cette fois-là, j'avais affronté son regard pour lui faire comprendre que ce que nous faisions était déplacé, que c'était interdit et que cela ne nous apporterait aucun bonheur mais qu'au contraire nous invitions nous-mêmes le malheur à entrer dans notre existence ! Aucune de ces mises en garde ne m'a traversé l'esprit et, au lieu de cela, j'ai plongé presque avec délice dans cette histoire condamnée d'avance, qui ne l'aurait toutefois pas été s'il avait éprouvé pour moi un peu plus d'amour et moi, un peu moins pour lui, si j'avais fait preuve d'un peu plus de retenue. Mais doit-on réellement faire preuve de retenue quand quelqu'un éveille en nous des sentiments que l'on n'a jamais éprouvés, quelque chose que l'on va jusqu'à trouver sacré et beau, doit-on réellement passer son temps à se rappeler que tout cela risquerait de devenir laid et sale ? À ce moment-là, je ne le pensais pas.

Vendredi

Deux

Où se rend-on après une tentative d'effraction qui vient d'échouer un vendredi matin ? Dans le cas de Marteinn, il n'y avait qu'un lieu possible. Il s'était fait porter pâle à son travail et toutes ses connaissances avaient un job d'été qui les occupait pendant la journée, ou bien elles étaient parties en vacances à l'étranger, à l'exception de Hallgrímur qui servait dans un bar le soir. Hallgrímur habitait une petite maison mitoyenne que sa mère avait héritée de ses parents dans le quartier des Vogar. Il y avait suffisamment de place pour elle et Hallgrímur qui disposait par conséquent de l'étage du haut pour lui tout seul. Les deux amis y seraient tranquilles, même si le hasard voulait que la mère de Hallgrímur soit à la maison.

« C'est toi qui as cherché à me joindre tout à l'heure ? Tu n'aurais pas du café ? Il faut que je remette un peu les pieds sur terre.

– Ah bon, parce que tu flottais quelque part en apesanteur, peut-être ?

– On peut dire ça, oui.

– Tu n'as qu'à passer me voir. J'allais justement te rappeler.

– Je suis à vélo, j'arrive d'ici une vingtaine de minutes. »

Marteinn ne s'était jamais introduit où que ce soit par effraction auparavant et il n'imaginait pas devoir un jour rééditer son exploit. Il avait fait preuve d'une divine insouciance au moment où il était entré par la fenêtre de l'appartement en sous-sol de la rue Fjólugata. À ce moment-là, il se fichait éperdument qu'on le prenne ou non la main dans le sac.

Il s'était contenté d'une préparation minimale : il avait pris un marteau, une pince et un tournevis dans sa poche. Il prévoyait de dévisser une fenêtre de ses gonds s'il n'en trouvait aucune d'ouverte. Il avait vu son père faire ça à la maison sans la moindre difficulté et il espérait que tout se passerait bien. Il était arrivé sur les lieux juste après huit heures du matin, s'était posté aux abords d'un lampadaire un peu plus bas dans la rue en faisant semblant d'attendre quelqu'un, ce qui, en soi, n'était pas faux. Il avait laissé son vélo à côté de lui, contre le mur, sans fermer l'antivol. Il s'efforça de prendre un air impatient, regardant souvent sa montre avec un agacement ostentatoire. Il lui semblait improbable que quiconque soit témoin de toute cette pantomime : quelques individus encore à demi endormis montaient dans leurs voitures et démarraient, le livreur du journal *Fréttablaðið* passa devant lui en marchant d'un pas pesant. C'était un type légèrement enveloppé, avec un piercing à l'arcade sourcilière, une barbiche et un air désespéré, comme s'il allait arriver en retard à un rendez-vous capital dont il avait oublié le lieu.

À neuf heures moins le quart, la famille occupant l'étage supérieur quitta l'immeuble : les parents avaient entre trente et quarante ans et leurs deux enfants fréquentaient les petites classes de l'école primaire. Il attendit une demi-heure supplémentaire, il était largement neuf heures et il commençait à s'énerver à force de traînasser là. Les petites vieilles n'allaient plus tarder à sortir de chez elles avec un œil au bout de chaque doigt et armées de toute la suspicion qu'elles pouvaient nourrir à l'endroit de jeunes hommes rôdant aux abords des lampadaires.

Enfin, il attrapa son téléphone et appela la jeune femme pour plus de sécurité. Il laissa sonner longtemps. Personne ne décrocha, il en déduisit qu'elle avait dû sortir avant son arrivée. Parfait.

« Tu avais masqué ton numéro ? demanda Hallgrímur à Marteinn quand ce dernier lui raconta la chose.

– Non, tu sais, je n'ai pas pensé à ça, j'étais tellement stressé.

– Dans ce cas, il faut t'attendre à voir la police venir frapper à ta porte. »

Marteinn avança sans hésiter jusqu'à la grille du jardin par laquelle il se faufila. Il monta l'escalier comme s'il était un habitué des lieux. La sonnette du haut portait les noms de « Ingibjörg, Geirharður, Elliði, Birta » et celle du bas de « Sunneva et Elvis ». La présence de ce deuxième nom surprit Marteinn. Il s'était imaginé que Sunneva vivait seule dans cet appartement. Il fut sur le point de tout abandonner à cause de cet occupant inattendu avec lequel il semblait falloir compter, mais il se reprit et appuya sur la sonnette. De toute façon, il aurait été étonnant que quiconque en Islande porte le prénom d'Elvis. Il attendit longtemps. Sonna une seconde fois, longuement. Personne ne vint répondre à la porte. Elvis a quitté l'immeuble, se dit Marteinn en affichant un rictus. Il redescendit l'escalier puis fit comme s'il lui était venu une idée subite – quel excellent acteur il faisait, quand même – et il obliqua vers le jardin. Exactement comme s'il habitait là. Avait-il le cœur battant ? Oh que oui, son cœur martelait de grands coups sourds à l'intérieur de sa poitrine et le sang lui sifflait aux oreilles. Il était sur le point de s'évanouir de frayeur et, en même temps, le fait de se livrer à une action aussi hardie l'exaltait, il lui semblait grisant de se laisser porter par l'enchaînement des événements. S'il avait hésité ne serait-ce qu'un instant, il se serait probablement ravisé. Comme il n'éprouvait pas le moindre doute, il se contenta de continuer.

« Attends, redis-moi pourquoi tu as voulu entrer là-bas ? demanda Hallgrímur, visiblement perturbé par la facette inattendue que son ami lui présentait de sa personnalité.

– Ben, c'était peut-être juste une connerie. »

L'idée s'était peu à peu frayé un chemin dans l'esprit de Marteinn depuis le printemps précédent, ce jour où, comme à son habitude, il longeait la rue Fjólugata à vélo en revenant de l'école. Il avait vu Sunneva sortir de l'un des immeubles, elle s'était retournée telle une déesse en imperméable argenté, avant de s'engouffrer dans la voiture du père de Marteinn dont ce dernier venait juste de remarquer la présence. Les vitres de la voiture étaient embuées cependant, Marteinn avait clairement vu Sunneva se jeter à son cou pour l'embrasser longuement, puis il avait démarré la voiture pour sortir de la rue. En assistant à cette scène, diverses choses qui avaient jusque-là échappé à Marteinn s'expliquèrent subitement. Par exemple, les nombreuses absences de son père au cours des temps derniers ; il découchait au moins deux nuits par semaine pour aller dans leur maison d'été de Þingvellir parce qu'il s'y sentait tellement bien. Marteinn n'avait pas manqué d'observer qu'un voyage de quarante minutes par jour en voiture ne représentait pas franchement un gain de temps ; mais cette remarque n'avait été accueillie que par un silence froid à la table du repas. Sa mère afficha une drôle de tête et son père marmonna quelque chose à propos de gens qui vivaient à Hveragerði tout en travaillant à Reykjavík. Après avoir été témoin de ce baiser, Marteinn fut convaincu que finalement, son père n'allait peut-être pas passer la nuit si loin que ça.

Il avait connaissance d'un certain nombre d'éléments sur le compte de Sunneva : elle était la fille de Gunnar qui, jusqu'à peu, était l'ami et associé de Björn, le père de Marteinn. Gunnar et Björn avaient fondé ensemble un cabinet d'architectes dont Björn assurait la direction tout seul maintenant que Gunnar s'était pratiquement mis hors-jeu à force de boire, d'après ce que Marteinn avait compris. Sunneva suivait des études d'architecture et avait travaillé au cabinet plusieurs étés, ce qui était aussi le cas en ce moment, malgré le départ de Gunnar. Le père de Marteinn avait apparemment profité de la situation. Elle était évidemment bien trop jeune pour Björn et il s'en fallait de peu que Marteinn ne soit jaloux de son père qui avait mis la main sur cette reine de beauté. Marteinn n'avait pas autant de chance, mais il devait bien reconnaître que son père était un très bel homme, svelte avec ses cheveux encore bruns qui lui tombaient sur les épaules et sa barbe brune. Les semaines d'après, Marteinn avait à plusieurs reprises suivi Sunneva à la sortie de son travail, simplement pour vérifier si elle n'avait pas rendez-vous avec lui, or cela n'avait rien donné. Marteinn avait également tenté d'extorquer à son père des précisions sur ce semi-déménagement et sur ses répercussions prévisibles au sein de la famille mais n'avait récolté que des mensonges et des faux-fuyants.

Il en avait assez de laisser ses parents lui mentir sur un sujet qui, à son avis, ne le concernait pas moins qu'eux. S'ils s'apprêtaient à divorcer, il voulait être au courant. Et afin de mieux savoir à quoi s'en tenir, il avait décidé de vérifier si son père avait, dans une certaine mesure, emménagé dans l'appartement de Sunneva. Cela ne lui prendrait qu'un instant de voir si les chemises de Björn se trouvaient dans l'un des placards, si le rasoir qui avait disparu de la salle de bains familiale était arrivé là, si un pack de sa bière préférée était au frais dans le frigo. On ne pouvait donc pas parler d'effraction au sens strict puisqu'il n'avait jamais été question pour lui de voler quoi que ce soit. En outre, si son père avait effectivement emménagé dans les lieux, on pouvait presque affirmer qu'il avait parfaitement le droit d'y effectuer une petite visite. Pour peu que la fenêtre soit ouverte.

Justement, la première chose que vit Marteinn en arrivant dans le jardin fut cette fenêtre ouverte. On aurait dit que tout l'environnement, le jardin et les immeubles voisins n'étaient rien de plus qu'un cadre autour de cette ouverture sur l'intérieur de l'appartement, comme si tout le reste était complètement hors champ. Il s'agissait d'une fenêtre croisée comme on les fabriquait autrefois, elle touchait pratiquement terre et la partie supérieure droite s'ouvrait à l'aide d'un crochet. Il se dirigea droit vers elle, marcha sur le parterre en prenant garde à ne pas piétiner les fleurs. Il passa sa main à l'intérieur, souleva le crochet : la voie était libre. Il leva ensuite la jambe droite et introduisit sans hésiter sa tête dans l'ouverture. Juste en dessous de la fenêtre, il avait remarqué la présence d'un lit et n'avait donc rien à craindre, même en cas de chute.

Il s'agrippa au rebord et essaya de glisser ses jambes dans l'ouverture. C'est à ce moment que son téléphone portable tomba de la poche de son sweat-shirt à capuche pour atterrir sur le lit avant d'aller rebondir sur le parquet dans un grand fracas. Marteinn essaya machinalement d'attraper le téléphone de sa main gauche, et perdit l'équilibre. Ses jambes heurtèrent le cadre de la fenêtre et il n'eut d'autre choix que d'effectuer une roulade qui le fit atterrir en douceur sur le lit en lui projetant les fesses sur le rebord où il se heurta le coccyx. Le choc fut douloureux mais il ne se blessa pas. Il parcourut les lieux du regard.

Cela devait être la chambre de Sunneva, si l'on faisait abstraction du fait que le fameux Elvis devait également y dormir. Un couvre-lit à rayures protégeait le lit consistant en un sommier de 110 monté sur pieds. À l'une des extrémités de la chambre, appuyé contre le mur de gauche, se trouvait un vieux placard à vêtements peint en blanc et dont la porte droite, ouverte, laissait apparaître un miroir. Marteinn se tenait là, les yeux écarquillés, semblable à un personnage dans un film d'horreur, juste avant qu'on ne lui tranche la gorge. Il s'efforça de sourire sans y parvenir. Il rampa sur le lit, remit le crochet en place sur son support avant d'enlever quelques traces de terre du couvre-lit.

À ce moment-là, son téléphone sur le parquet se mit à sonner.

« Ça, c'est quand tu m'as appelé, précisa-t-il à Hallgrímur.

– Je vois, c'est pour ça que tu m'as raccroché au nez sans rien dire. »

Il faudra que je pense à l'éteindre la prochaine fois, se dit Marteinn. La sonnerie l'avait complètement déconcentré. Il avait maintenant l'impression que quelqu'un se trouvait à l'intérieur de l'appartement, quelqu'un qui attendait qu'il sorte de la chambre, juste derrière la porte. Il réfléchit sérieusement à l'éventualité de ressortir par la fenêtre, cependant il n'osait plus s'y risquer. Il était presque paralysé et remarqua subitement qu'il s'était mis à respirer à un rythme nettement trop soutenu sans toutefois parvenir à reprendre correctement son souffle. Il essaya de respirer par petites inspirations, comme on le lui avait appris, tout en pensant à des choses relaxantes. Un événement affreux était-il susceptible de se produire ?

« Tu as dû avoir une sacrée trouille, non ?

– Oui, mais aussi parce que j'ai eu l'impression d'entendre du bruit dans les autres pièces de l'appartement. »

La présence de l'autre côté de la porte se manifestait de façon de plus en plus oppressante. Qu'est-ce que c'était que ce bruit-là, un froissement ? Marteinn se mit debout. Non, c'était exclu : il avait assuré ses arrières en passant un coup de fil et en sonnant à la porte. Il s'approcha de la porte. Il n'y avait personne dans l'appartement. Il tourna lentement la poignée. Se prépara à un soulagement. Silence absolu. Il ouvrit. Personne de l'autre côté.

Il avança de quelques pas, la chambre donnait sur un grand salon lumineux avec de jolis meubles. Il entendit comme un petit tapotement sur le parquet derrière son dos et fit brusquement volte-face.

L'animal avait attendu immobile derrière la porte, noir de jais et menaçant, les dents découvertes et l'air concentré. Marteinn essaya de reprendre son souffle mais n'eut pas le temps de laisser échapper le moindre son de sa bouche avant que le chien Elvis ne l'attaque et ne le plaque à terre en un clin d'œil sans même grogner ni aboyer.

« Et alors, il t'a mordu ?

– Non, il m'a juste sauté dessus et je suis tombé. Ensuite, il est resté au-dessus de moi et je n'osais pas me risquer au moindre mouvement », répondit Marteinn.

Il était allongé là sur le dos, sous le chien à la gueule béante. Le temps s'écoulait avec une surprenante lenteur, il avait l'impression de se trouver dans un monde étranger où cette position était la seule situation normale.

L'animal ouvrait la gueule et souriait, comme le font les chiens, avec la langue pendante. Tout fier de lui, il avait terrassé l'hôte indésirable et le tenait maintenant prisonnier en attendant que sa maîtresse revienne sur les lieux et prenne une décision quant à la suite des événements.

De temps à autre, une goutte de bave atterrissait sur le visage de Marteinn.

À chaque fois qu'il essayait de bouger, le chien fermait sa gueule et se mettait à grogner très doucement, d'un grognement qui provenait du plus profond de son corps noir. À part cela, on n'entendait pas d'autre son que la respiration de la bête, le pépiement atténué des oiseaux dans le jardin, le lointain ronronnement rassurant de la circulation sur le boulevard de Hringbraut et le vrombissement du moteur d'une voiture qui s'approchait, passait puis s'éloignait pour disparaître au bout de la rue.

Marteinn avait l'impression que son métabolisme se ralentissait pendant qu'il était allongé là. En réalité, il avait dépassé le stade de la peur. Il attendait simplement que son destin soit fixé avec une étonnante insouciance, il tuait le temps en scrutant la muqueuse noirâtre à l'intérieur de la gueule du chien comme si elle recelait un message capital rédigé dans une langue mystérieuse qu'il devait déchiffrer afin qu'il lui soit utile ultérieurement.

Il apprit en effet un petit truc pour se faciliter l'existence dans ce monde où la vie consistait à rester allongé sur le dos, surmonté par un chien aux glandes salivaires en bon état de marche. Au moment où l'on constate qu'une goutte de bave s'apprête à nous tomber sur le visage, on effectue un petit mouvement. Les premières fois, il s'agit peut-être d'un réflexe au moment où la goutte tombe, afin de ne pas la recevoir dans l'œil. Cependant, à la lumière de l'expérience, on effectue ce mouvement un tout petit peu plus tôt, dès le moment où l'on voit la goutte se former. Et voyez, le chien rentre sa langue dans sa gueule avant de se mettre à grogner, avalant de ce fait la salive qui, par conséquent, ne vous tombe pas sur le visage. Chacune des gouttes qu'il parvenait à éviter par ce stratagème représentait pour lui une minuscule victoire. En fait, dans ce monde étrange, les seules victoires possibles étaient celles remportées lors du concours des gouttes de salive, hormis celle qu'il y avait à se préserver de la honte de pisser dans son pantalon. Le séjour de Marteinn sur la planète dénommée Sous-la-gueule-du-chien prit fort heureusement fin avant que les choses n'en arrivent là.

« Et tu as passé combien de temps dans cette position ?

– Disons une heure, au moins.

– Une heure ? Et tu n'as jamais essayé de te relever ? demanda Hallgrímur, étonné.

– Non, répondit Marteinn, je n'osais pas, pas tant que ce chien ne partait pas. »

Au bout d'une interminable attente, quelqu'un introduisit une clef dans la serrure. Machinalement, Marteinn avait levé les yeux, pour autant qu'on puisse s'exprimer ainsi : il les avait effectivement levés par rapport au reste de son visage, cependant, si l'on décrit la situation en fonction des conditions caractéristiques du monde habituel, il serait plus juste de dire qu'il leur avait fait balayer le sol. La tête du chien en surplomb émit un grognement pour lui rappeler qu'il était toujours sous sa surveillance. Marteinn eut toutefois le sentiment que l'attention de l'animal n'était plus exclusivement concentrée sur sa personne. Quelque part dans l'appartement, de l'autre côté du salon, une porte s'ouvrit. Quelqu'un appela :

« Elvis ! »

Le chien se mit à aboyer au-dessus de Marteinn. Le changement s'avéra des plus déplaisants : après tout ce silence, le bruit était assourdissant.

« Elvis ! » cria-t-on une seconde fois. C'était la voix de Sunneva. Le chien fit entendre un aboiement immédiatement suivi d'un hurlement aigu qui tranchait avec le caractère féroce que Marteinn lui avait attribué.

« Elvis Presley ! » insista la voix pour la troisième fois derrière la porte entrebâillée. Le chien se précipita alors vers sa maîtresse et Marteinn se releva d'un bond, tel un ressort. Il scruta désespérément les alentours. Il avait le choix entre la fenêtre et la porte. Il se raidit. Sunneva franchit la porte, elle n'avait pas encore vu qu'il était là. Sans réfléchir, il se détourna, elle leva les yeux au moment où elle décela le mouvement de Marteinn et poussa un cri déchirant quand elle l'aperçut. À ce moment-là, il avait mis sa capuche sur sa tête et se battait avec la fermeture Éclair de son sweat-shirt. Sunneva continuait à hurler et le chien s'était mis à grogner et à aboyer. Marteinn termina de remonter sa fermeture, on aurait dit un rêve totalement irréel, tout allait très lentement même s'il se dépêchait comme un fou. Il tira les lacets de la capuche jusqu'à ce qu'il ne reste qu'un minuscule trou lui permettant de voir. Elvis grognait, Sunneva hurlait et, par bonheur pour Marteinn, elle se cramponnait à l'animal.

Il se précipita dans sa direction ou, plus précisément, dans celle de la porte. Elle s'écarta en poussant un cri et s'effondra au bas de la penderie sans lâcher le chien qui continuait d'aboyer. La voie était libre. Marteinn s'y engouffra et arriva en haut de l'escalier menant à la porte d'entrée de l'immeuble.

« Qu'est-ce que tu aurais fait si elle avait essayé de t'arrêter ?

– Ça mon vieux, j'en sais rien ! répondit Marteinn avant d'ajouter : Je suppose que je l'aurais repoussée. »

Il avait descendu la moitié des marches quand il les remonta pour claquer la porte de l'immeuble derrière lui.

« Pourquoi donc ? demanda Hallgrímur.

– J'avais une peur bleue que le chien n'aille se mettre à mes trousses. »

Ensuite, il enfourcha son vélo et s'éloigna en pédalant

à toute vitesse avant de sortir de la rue, de descendre la butte et de se réfugier dans Hljómskálagarður, le parc du kiosque à musique. Ses poumons sifflaient, son asthme se rappelait à son souvenir, il aurait dû le savoir.

Quand il déboula sur la rue Fríkirkjuvegur, il laissa échapper un énorme éclat de rire, un éclat de rire hystérique qui portait des traces de sanglots autant que de soulagement, bien que dû principalement au relâchement de la tension nerveuse qu'il avait accumulée.

Hallgrímur ne trouvait visiblement pas ça aussi drôle. Il était de mauvaise humeur.

« Tu aurais pu te mettre dans un fichu pétrin », reprocha-t-il en avalant une gorgée de café, faisant la grimace lorsqu'il constata qu'il était froid.

Trois

« Tu viens pour quelque chose de précis, mon cher Valdimar ?

– Oui, j'ai un petit truc à te dire.

– Voilà qui ne tombe pas très bien.

– Ça ne sera pas long.

– Bon, dans ce cas, entre, mon garçon », annonça la voix dans l'interphone, un grésillement accompagna le déblocage de la porte. Valdimar grinça des dents, entra et gravit d'un pas leste les marches de cet immeuble peint en bleu situé sur le boulevard Háaleitisbraut.

Quand il parvint à l'avant-dernier étage, il vit la silhouette d'Elvar par la porte entrebâillée. Valdimar n'attendit pas qu'on l'invite à entrer. Il poussa la porte sans véritable violence, mais de façon décidée.

« Dis donc, quelle impétuosité », remarqua Elvar. Valdimar afficha un rictus, se retourna rapidement pour refermer derrière lui avant d'asséner un magistral coup de poing dans le ventre d'Elvar, juste en dessous du cœur. Elvar en eut le souffle coupé. Valdimar l'attrapa par le menton avant qu'il ne s'affaisse complètement et cogna à poing fermé sur le sommet de la tête de l'homme, qui fut projeté par terre sur les fesses. Une fois qu'Elvar se trouva assis jambes allongées sur le sol, Valdimar lui décocha un coup de pied dans le tibia. Ce n'est qu'à ce moment-là qu'Elvar protesta, laissant échapper un petit couinement. Valdimar le fixa en se posant un doigt sur les lèvres afin de lui intimer l'ordre de se taire. Elvar lui renvoya un regard empli de surprise plus que de terreur.

C'était un homme d'une soixantaine d'années, plutôt bien portant et néanmoins flasque sous le poing, comme l'avait remarqué Valdimar. Ses cheveux autrefois d'un roux clair commençaient à grisonner. Il portait un long peignoir de soie et d'élégantes sandales de cuir ouvertes à ses pieds nus.

« Trouves-tu que ce soient des manières convenables ? » soupira Elvar en se remettant debout avec difficulté. Il se recoiffa. Valdimar surveillait ses mouvements d'un air menaçant.

« Est-ce que tu en as terminé ?

– Non.

– Comme tu voudras. Puis-je t'inviter à t'asseoir, mon petit ? » proposa Elvar en le précédant. Sur le plateau de la commode près de la porte, Valdimar attrapa un joli vase en verre blanc et vert. Il l'envoya sur le mur, juste à côté de la tête d'Elvar qui porta ses deux mains à sa nuque afin de se protéger de la pluie d'éclats de verre qui s'abattait sur lui.

« Qu'est-ce que c'est que ce comportement ? cria-t-il, quelque peu apeuré face à la violence de Valdimar.

– J'ai appris que Skúli, mon petit neveu, avait passé la nuit chez toi le week-end dernier, grommela Valdimar.

– Tout à fait, et alors ? » rétorqua Elvar.

Le bonhomme avait visiblement besoin d'être un peu plus cuisiné. Valdimar l'attrapa par le col de son peignoir et le secoua comme on le ferait d'un chien qu'on gronde. Il sentit un éclat de verre s'écraser sur le parquet en dessous de son talon. Il rapprocha le visage d'Elvar du sien, le força à le regarder dans les yeux et maugréa :

« Je ne veux pas que ça se reproduise. Tu m'as bien entendu ? Si cela se reproduisait, tu ne t'en tirerais pas à si bon compte.

– Allons, allons, mon petit. Tu ne sais pas ce que tu dis », répondit Elvar. Valdimar sentit des mains douces et chaudes se poser sur les siennes. Il lâcha immédiatement le peignoir comme s'il s'était brûlé les doigts et recula de quelques pas.

« N'oublie pas que je sais qui tu es. Je sais très bien qui tu es, Elvar.

– Visiblement, tu n'as aucune idée de qui je suis vraiment. Et maintenant, je vais appeler la police », répondit Elvar en sortant un petit téléphone portable de la poche de son peignoir. Valdimar lui bondit dessus, lui arracha le téléphone qu'il fit tomber à terre avant de l'écraser sous son talon.

« Tu es dingue ou quoi ? haleta Elvar. C'était un téléphone tout neuf à quarante-cinq mille couronnes*.

* Environ 500 euros. *(Note du traducteur.)*

– Tu n'avais qu'à en prendre un peu plus soin, éructa Valdimar.

– Dire que tu oses te prétendre policier ! gronda Elvar comme s'il parvenait à peine à croire ce qui était en train de se produire.

– Cette petite visite est à caractère privé », précisa Valdimar. Au moment où il tendit la main pour attraper son paquet de cigarettes, il décela un mouvement du coin de l'œil. Il lança un regard furtif sur le côté : c'était juste son reflet dans le miroir, pâle et l'air méchant, vêtu de sa veste de cuir noir tout éraflée et les yeux tels des fentes sous leurs arcades sourcilières proéminentes. À dire vrai, il avait tout l'air d'un assassin, d'un individu qui n'attendait que l'occasion de laisser libre cours à sa rage. On pouvait voir la fureur qui bouillonnait sous cet abord plutôt froid. En levant les yeux, quelque peu choqué de sa propre apparence, il vit soudain un jeune homme maigre avec une tignasse blonde tout ébouriffée, dans l'embrasure de la porte jusqu'alors fermée et qui semblait mener à la chambre à coucher. Valdimar regarda le jeune homme, abasourdi. Il portait un pantalon blanc, avait le torse nu et tenait un téléphone portable dans la paume de sa main comme s'il s'agissait d'une télécommande. Tremblant comme une feuille, probablement de frayeur, il fixait Elvar tout en jetant par intermittence des regards à Valdimar.

« Tu veux que j'appelle la po-police ? bredouilla-t-il.

– C'est inutile, mon petit, répondit Elvar. Valdimar allait s'en aller. »

Valdimar saisissait parfaitement pourquoi Elvar était à ce point certain de l'imminence de son départ. Ce gars-là pouvait témoigner de ce qui venait de se passer et de ce qui aurait pu se produire et cela changeait radicalement les données. Il tenta vainement de reconquérir sa posture menaçante.

« Tu as quel âge ?

– C'est pas vos-vos affaires », répondit le jeune homme.

Valdimar l'examina un peu plus attentivement et constata qu'il pouvait bien avoir une trentaine d'années. Il fut obligé de s'avouer vaincu. Il tourna les talons et ne résista pas à la tentation d'asséner un coup de pied au sac en toile qui traînait sur son chemin. Il aurait mieux valu qu'il s'en abstienne car l'absence d'obstacle à l'intérieur du sac faillit lui faire perdre l'équilibre. Il se retourna brusquement pour voir si l'un des deux hommes ne se moquait pas de lui mais ils avaient assurément trop peur pour s'y risquer.

« Je reviendrai, glissa-t-il, menaçant, dans l'entrebâillement.

– Très bien, mon petit, passe-moi un coup de fil avant ta prochaine visite, répondit Elvar d'un ton amical.

– Et si jamais j'apprends encore que Skúli est venu ici tout seul... » commença-t-il avant de renoncer à poursuivre sa phrase en présence d'un témoin. Il était à coup sûr préférable qu'un policier n'aille pas proférer des menaces de meurtre à tous les vents.

« Passe mon bonjour à ton père, mon petit. »

Valdimar répondit en crachant sur le paillasson de l'entrée. Puis, il claqua la porte derrière lui.

Son téléphone vibra au moment même où il franchissait la porte. Il sortit l'appareil de sa poche et regarda le numéro avant de répondre. Il sentit son estomac se contracter.

« Salut, annonça-t-il d'un ton morne en continuant de descendre l'escalier.

– Salut, tu es au travail ? demanda prudemment la femme à l'autre bout du fil.

– Oui, et je viens de frapper sur quelqu'un, répondit-il.

– Ah bon ? Et pourquoi donc ? s'enquit-elle, incrédule.

– Pourquoi ? Parce que j'en avais envie, répondit-il sèchement en ouvrant la porte de l'immeuble pour sortir. Tu m'appelais pour quelque chose de particulier ? demanda-t-il, toujours aussi froidement.

– Eh bien, c'était juste mon ordinateur portable, précisa-t-elle en prenant une voix plus douce. Tu te rappelles, je t'ai rendu la clef de l'appartement. »

Valdimar ne s'en souvenait que trop bien. Il s'installa à l'intérieur de la voiture.

« Il reste aussi quelques vêtements qui t'appartiennent. Des petites culottes et ce genre de trucs.

– Tu ne veux pas les garder en souvenir de moi ? » rétorqua-t-elle.

Il afficha un rictus amer. Cet humour glacial faisait

partie de la personnalité de cette femme. Il se retrouva brusquement envahi par le sentiment de manque qu'il s'efforçait précisément de repousser.

« Drífa ? Tu es bien certaine que… ? J'ai l'impression que tout n'est pas fini entre nous. Nous pourrions nous donner une seconde chance. Tu pourrais venir t'installer chez moi », proposa-t-il. C'était la première fois que de telles paroles lui sortaient de la bouche et il avait dû se faire violence afin d'exprimer ces pensées qui le taraudaient.

« Aïe, mon cher Valdimar… répondit-elle tristement. C'est toi-même qui as refusé de m'accorder un temps de réflexion. C'est toi qui as exigé que je te rende la clef.

– Je ne supporte simplement pas le manque de loyauté, répondit-il, amer. Les gens doivent se comporter avec honnêteté.

– Qu'est-ce que c'est que cette histoire de manque de loyauté ? demanda-t-elle, en colère. Tu savais parfaitement que tout était ouvert entre Baldur et moi. En outre, je dois aussi penser à Illugi.

– Non, je savais qu'il en était ainsi autrefois. Et ne te sers pas de l'enfant comme prétexte, claqua-t-il. C'est insupportable, cette hypocrisie.

– Eh bien, je te remercie de ton franc-parler, ironisa-t-elle. Est-ce que je pourrais récupérer mon ordinateur ?

– Oui, oui », répondit-il, honteux. Il n'arrivait jamais à avoir le dernier mot avec cette femme. Et le peu de fois où il parvenait à la blesser, il en éprouvait des remords.

« Quand seras-tu disponible ?

– Appelle-moi avant et j'essaierai de me libérer un moment.

– Parfait », conclut-elle avant de raccrocher sans dire au revoir. Valdimar se rendit subitement compte qu'il ruisselait de sueur, il se sentait encore physiquement tendu après l'agression contre Elvar et entendre la voix de Drífa pour la première fois depuis quatre jours l'avait profondément remué psychiquement. Ces deux choses conjuguées généraient chez lui un malaise tellement oppressant qu'il dut rassembler toute son énergie pour mettre la clef sur le contact et démarrer le véhicule.

Quatre

Ingi Geir se réveilla en nage et totalement abattu. Il avait une fois de plus rêvé de Sunneva dans un rêve affreux et détestable ; il ne savait plus où il en était. Elle venait vers lui, poitrine dénudée et une expression terriblement triste sur le visage. Quand il tenta de se souvenir à quoi ressemblaient ses seins dans le rêve, il se rendit compte qu'il avait oublié leur apparence réelle. Il y avait si longtemps qu'ils s'étaient quittés qu'il avait oublié à quoi ressemblait la poitrine de Sunneva. La chose suscitait en lui un douloureux regret car il avait chaque jour passé de longues heures à penser à Sunneva depuis cette froide journée de février où elle était venue le voir en pleurant pour lui dire qu'elle l'aimait bien mais qu'elle ne pouvait plus envisager de vivre en couple avec lui. Chaque jour, il se repassait consciencieusement le film de cet événement, il y plongeait toute son âme comme dans un tas de sel et s'écorchait en y frottant les gros cristaux afin de réveiller la souffrance, de n'oublier aucun détail, de ne rien pardonner mais, en premier lieu, afin de ne pas courir le risque de se sentir mieux. Il l'avait aimée avec plus de passion que quiconque, comme il se le répétait inlassablement parfois, le soir, en sanglotant dans son lit, ce lit dans lequel elle avait dormi, dans lequel elle avait couché avec lui, où elle avait été allongée sous lui et lui sur elle, lui à l'intérieur d'elle, ce lit dans lequel il avait embrassé ses seins qu'il ne se rappelait plus exactement car leur image s'était estompée en se confondant avec celle des milliers d'autres poitrines qui apparaissaient sur son écran tous les soirs. Il y avait un nombre incalculable de seins, de fesses et d'entrejambes grand ouverts et roses pénétrés par des phallus fatigués, il y avait des chattes noires, des asiatiques, des indiennes, des chattes poilues et des imberbes, des petites chattes, d'autres bien trop petites et aucune d'elles ne lui importait le moins du monde et puis, parfois, il pleurait face à l'écran au moment où venait l'orgasme, il pleurait et prononçait son nom entre deux sanglots. Et certaines fois, il ajoutait : « Espèce d'ordure ! » Alors ses pleurs reprenaient de plus belle. Ensuite, il quittait l'Internet et regardait dans les yeux la photo d'elle qui couvrait le bureau de son ordinateur, cette photo où elle avait ce petit air timide devant l'appareil, cette photo d'un tel réalisme qu'il avait presque l'impression de pouvoir étendre le bras afin de la toucher à l'endroit où elle était assise, si jeune et innocente sur la pente en contrebas de la chute d'eau alors qu'elle venait de l'accueillir dans sa bouche pour la première fois et qu'il avait déclaré : « Je vais prendre une photo de toi pour bien me rappeler à quel point tu es belle en ce moment. »

Et maintenant, voilà qu'elle venait le visiter en rêve, les seins nus – pourquoi ne l'avait-il pas forcée à accepter qu'il prenne une photo de sa poitrine afin de pouvoir en conserver éternellement le souvenir ? – et qu'elle ouvrait la bouche en disant : « Va-t'en, je me suis trouvé un autre petit ami, je ne veux pas de toi, je te trouve dégoûtant. » Il s'était éveillé en sursaut, pleurant à chaudes larmes.

Comment pouvait-elle lui avoir d'abord dit qu'elle l'aimait bien et ensuite qu'elle le trouvait dégoûtant ? Cela, il ne l'avait jamais compris. Et surtout, comment pouvait-elle le dire dégoûtant alors qu'elle s'était mise en couple avec une espèce de sale type qui était assez vieux pour être son père ?

Cinq

On continuait de l'appeler le Garçon de Porcelaine même s'il y avait longtemps qu'il n'était plus un enfant et que ses cheveux coiffés en arrière invariablement noués en queue-de-cheval laissaient apparaître une zone dégarnie sur le sommet de son crâne. Son passeport mentionnait le nom de Hananda Nau. Il s'agissait là d'une plaisanterie privée : la première personne qu'il avait assassinée était un homme d'affaires coréen du nom de Nau. Quant au prénom de Hananda, il l'avait emprunté à un *yakuza*, un tueur à gages, qu'on voyait dans un vieux film de son pays d'origine, le Japon. Ce Monsieur Nau avait été saisi d'une telle frayeur à la vue de l'arme à feu qu'il avait laissé le tueur lui attacher les mains derrière le dos à l'aide d'un foulard de soie bien doux qui ne laissait pas la moindre trace, le même foulard que le Garçon de Porcelaine utilisait pour attacher ses maîtresses. Ensuite, le tueur avait amené l'homme tout tremblant jusqu'à l'aquarium à poissons exotiques de mille huit cents litres. À l'une des deux extrémités se trouvait une estrade sur laquelle il s'installa en plaçant l'homme d'affaires devant lui et en le soulevant au-dessus de la paroi de verre.

« Dites au revoir à vos poissons », ordonna le Garçon de Porcelaine à M. Nau.

L'homme laissa échapper un petit hurlement de terreur et une tache sombre se dessina dans l'entrejambe de son pantalon gris clair.

« Allons, ne craignez rien, encouragea le tueur, tout ce que vous devez faire, c'est dire au revoir à vos poissons. »

Dès que M. Nau eut sangloté son ultime adieu, le Garçon de Porcelaine lui plongea vigoureusement le visage dans l'aquarium à l'aide sa main gauche pendant que de la droite, il retenait sa poitrine afin que son corps tout entier ne tombe pas dans l'eau et qu'il n'y ait pas d'éclaboussures. M. Nau ne se débattit que pendant une demiminute. Ensuite, son corps se détendit et le Garçon de

Porcelaine dénoua son foulard de soie avant de soulever l'homme en l'attrapant par le haut de son pantalon, par le col de sa chemise, pour le laisser doucement couler à l'intérieur de l'aquarium parmi les poissons saisis d'effroi. Il y flottait sur le ventre, le corps à moitié immergé, et le Garçon de Porcelaine trouva indéniablement très malin de constater que la surface de l'eau atteignait désormais précisément le rebord de l'aquarium. Il avait eu une érection instantanée en sentant l'homme se débattre, la chose se produisait souvent quand il détenait un autre être humain sous sa totale emprise, c'était presque douloureux. Il remit son sexe en place à l'intérieur de son pantalon. On lui avait ordonné de faire croire à un suicide si M. Nau refusait de dénoncer un contrat qu'il avait passé avec un entrepreneur, lequel avait fait baisser le prix du commanditaire du Garçon de Porcelaine. Cette mise en scène devrait être plutôt convaincante, pensa-t-il. Il avait simplement oublié de transmettre la proposition de son commanditaire.

Suite à cet événement, la renommée du Garçon de Porcelaine se propagea un peu partout, il créa son style personnel et ses honoraires augmentèrent constamment. Il se percevait presque comme un artiste, il adorait son métier et considérait que ses victimes devaient en premier lieu s'en prendre à elles-mêmes pour s'être fourrées dans une situation où des hommes puissants voulaient en découdre avec elles, et qu'en second lieu, elles pouvaient s'estimer dans une certaine mesure heureuses de profiter de ses services au lieu d'atterrir entre les mains de débutants. Sa réputation à elle seule suffisait dans les meilleurs des cas à ce que les hommes clairvoyants de son pays d'origine cèdent aux exigences de ceux qui employaient le Garçon de Porcelaine.

« Passez une bonne journée, Mister Nau, lui souhaita l'employé de l'hôtel en lui prenant la clef de sa chambre.

– Merci beaucoup », répondit le Garçon de Porcelaine de sa voix apaisante de baryton, en posant ses yeux froids sur ce jeune homme timide vêtu d'un uniforme de travail vert et auquel il aurait pu tordre le cou avec sa main gauche quand il était dans sa meilleure forme. Il se trouvait lui-même absolument sublime dans son costume noir, son pull-over à col roulé, et avec cette pâleur de teint qui avait toujours été sienne et justifiait son surnom. En réalité, ce teint extrêmement hâve le rendait un peu trop mémorable. En outre, il mesurait un mètre quatre-vingt-dix. En contrepartie, il était naturel que les gens aient peur de lui. De même qu'il était normal pour lui d'effrayer les gens.

En fait, il y avait un bon moment qu'il avait cessé de se considérer comme un tueur à gages. Ce n'était qu'en de rares occasions qu'il se voyait forcé d'en recourir à l'extrémité de la violence mais, dans ces cas-là, il le faisait à bon escient et avec panache.

Cependant, ce jour-là, il s'agissait uniquement de se divertir : l'homme qu'il était chargé de prendre en tête à tête avait sauté dans un avion pour l'étranger avant qu'il ne parvienne à le contacter. Il avait donc visité les principaux lieux touristiques : la chute d'eau de Gullfoss, le Grand Geyser et Þingvellir, les Plaines du Parlement. Aujourd'hui, il avait simplement l'intention de se promener en voiture à l'extérieur de la ville par ce beau temps, de trouver un endroit tranquille et de profiter de la nature, loin de la foule des touristes. La chute de Gullfoss l'avait beaucoup séduit, il affectionnait particulièrement les cascades et avait même dans le passé aidé une femme à tomber dans l'une d'elles au Canada avant d'appeler à l'aide lui-même une fois qu'il était assuré que la femme s'était noyée – peut-être avait-il été quelque peu stupide de sa part que d'établir ainsi un lien entre lui et l'accident or il avait eu cette fantaisie-là. Il n'avait jamais envisagé les sources chaudes sous cet angle mais ces dernières ne manquaient pas de receler un ensemble de passionnantes possibilités en la matière.

Occupé à finaliser mentalement un meurtre dans une source chaude, avec jaillissement de geyser et tout le bataclan, il sortit de l'hôtel Radisson et trouva le 4x4 de location à sa place. « Eh oui, c'est ainsi », pensa le Garçon de Porcelaine. Il était constamment au travail.

Six

Valdimar s'assit à sa place à côté de la fenêtre. Il commença par jeter machinalement un œil à la pendule de la cantine afin de la comparer avec sa montre. Comme il s'y attendait, les aiguilles indiquaient exactement la même heure. Ce rituel avait débuté à l'époque où il avait hérité de son grand-père une montre dont le mécanisme était des plus capricieux. Il se maudissait parfois de cette obsession sans parvenir à la maîtriser.

Le cadeau de son grand-père reposait maintenant à l'intérieur du petit tiroir de son vieux bureau, accompagné de quelques menus objets auxquels Valdimar tenait particulièrement pour des raisons diverses. Il y avait là une coquille Saint-Jacques qu'il avait ramassée sur une plage grecque alors qu'il était tout jeune homme et amoureux d'une jeune fille à laquelle il n'avait jamais osé adresser la parole, une plume de corbeau trouvée un soir d'automne alors qu'il randonnait dans les montagnes. Il y avait une carte postale peinte à la main qu'adolescent, il avait trouvée dans la rue et sur laquelle était dessinée une femme avec une larme bleue sur la joue et un texte qui disait : « *Je t'aimerai pour l'éternité.* » Collée à l'intérieur du tiroir, il y avait également une clef ouvrant la porte des anciens voisins de parents dans le quartier des Hlíðar. Il y avait une carte postale représentant Fischer et Spasski, éditée à l'occasion de la partie d'échecs qu'ils avaient disputée à Reykjavík en 1972, avec l'autographe de Spasski. Il y avait un préservatif couleur chair et sans parfum dont Valdimar n'avait en fin de compte pas eu besoin le moment venu. Il y avait aussi la lettre que sa mère lui avait écrite alors qu'il était en colonie de vacances au lac de Vestmannsvatn.

Quelques jeunes policiers assis à deux tables de la leur laissèrent éclater un rire tonitruant aux dépens de l'un d'entre eux. Valdimar avait lu quelque part que la profession de policier était l'une de celles où le harcèlement était le plus fréquent. Loin de la fenêtre, deux types de la brigade des stupéfiants faisaient des messes basses avec des airs mystérieux. Pour des raisons sur lesquelles il n'avait pas envie de trop réfléchir, Valdimar éprouvait à leur égard une sorte d'inimitié.

La réunion de la matinée était toujours plus supportable le week-end, à cause du nombre réduit de collègues présents. Si de grandes discussions de fond venaient à s'engager les jours ouvrables, Valdimar se voyait pris d'une agitation intérieure subite et, dans le pire des cas, il avait l'impression d'avoir un poids sur la poitrine et éprouvait des difficultés à respirer. Cependant, lors de cette brève réunion matinale, seules les affaires courantes furent examinées. C'était Hafliði, l'ami de Valdimar, qui était chargé d'organiser la journée et de répartir les tâches. Ensuite, le travail débutait.

La surprise de la matinée fut que Valdimar eut l'occasion d'aller enquêter sur le délit dont il s'était personnellement rendu coupable le matin même. Il était question d'un téléphone qu'un individu inconnu avait piétiné dans un immeuble du boulevard Háaleitisbraut. On soupçonnait que l'homme en question était un encaisseur et la police de rue préférait qu'ils aillent voir de quoi il retournait. La sueur perlait sur la lèvre supérieure de Valdimar. Qu'est-ce qui se tramait ? Elvar aurait évidemment pu sans la moindre difficulté dévoiler l'identité de son agresseur, étant un grand ami du père de Valdimar et connaissant ce dernier depuis toujours. Elvar avait probablement décidé de se venger de Valdimar, étant certain que celui-ci aurait vent de la plainte, il voulait lui faire savoir par ce moyen qu'il pouvait le coincer s'il en avait envie. Cependant, il pouvait également s'agir d'une question d'assurance. Quoi qu'il en soit, Valdimar s'arrangea pour éviter de s'occuper de l'affaire. Cela risquait d'ajouter encore à la colère d'Elvar.

« Je connais personnellement cet homme et je préférerais ne pas avoir à traiter ce truc-là, objecta Valdimar. En outre, j'ai pris un certain retard dans mes rapports et ça ne serait pas mal que je le rattrape. »

Hafliði accepta l'argument. Valdimar avait remarqué qu'il tentait de capter son regard et qu'il faisait preuve d'un empressement inhabituel à son égard. Il tenta donc de filer à l'anglaise une fois la réunion terminée. Or Hafliði l'appela avant qu'il ne lui échappe.

« Alors, comment ça va ? Tu m'as l'air plutôt mal en point.

– Tout va très bien ! claironna Valdimar en serrant les dents.

– On m'a dit que toi et Drífa avez connu quelques difficultés, poursuivit Hafliði. Ça m'a fait beaucoup de peine, je m'étais habitué à l'idée de devenir ton beau-frère.

– Quoi, elle t'a raconté qu'on n'était plus ensemble ? demanda Valdimar, surpris.

– Eh bien, en fait, c'est moi qui lui ai posé la question parce que quand j'ai téléphoné chez elle, c'est Baldur qui a décroché. »

Valdimar en fut abasourdi. Il avait évité d'appeler au domicile de Drífa, justement parce qu'il était presque certain que Baldur avait emménagé chez elle. Malgré tout, la confirmation du fait le blessa profondément.

– En tout cas, j'espère que tu t'en tireras et te remettras bien vite de tout ça », reprit Hafliði en essayant de prendre un ton enjoué.

Il avait présenté Valdimar à sa sœur Drífa six mois plus tôt. À ce moment-là, elle faisait le deuil de sa relation avec Baldur, son compagnon qui les avait quittés, elle et son fils, pour se mettre en ménage avec une jeune Thaïlandaise. Ils s'étaient rencontrés un samedi soir et Valdimar avait essayé de se montrer charmant et amusant, presque par compassion envers Drífa qu'il savait déprimée suite à la séparation. Ce ne fut que bien plus tard qu'il soupçonna que Hafliði s'était amusé à jouer les Cupidon. Ce soir-là, ce genre de choses ne lui avait pas traversé l'esprit, du reste, il se serait vraisemblablement recroquevillé sur lui-même au lieu de jouer au boute-en-train. En sortant, Drífa l'avait complètement déconcerté en lui passant la main derrière la nuque et en l'embrassant sur la bouche. Elle lui avait demandé si elle pouvait lui rendre visite, il avait accepté, s'attendant à bénéficier d'un certain délai de réflexion. Elle était arrivée chez lui une demi-heure plus tard. Valdimar eut brusquement l'impression que le souvenir de cette première nuit d'amour inattendue était devenu tout aussi douloureux qu'il avait été doux quelques jours plus tôt et cette découverte accentuait encore sa tristesse.

« Tout ira pour le mieux », répondit-il en appuyant chaque syllabe avant de quitter précipitamment la salle de réunion pour aller rédiger ses rapports.

Sept

Hafliði avait prévu de demander à Valdimar d'enquêter sur l'effraction de l'appartement en sous-sol de la rue Fjólugata pendant qu'il s'occuperait de cette affaire du boulevard Háaleitisbraut, mais il finit par s'acquitter des deux. Cette seconde affaire sentait à cent lieues l'arnaque à l'assurance ou quelque chose de ce genre. Hafliði était sûr à quatre-vingt-dix pour cent que l'occupant des lieux, cet Elvar Gestsson, avait lui-même laissé tomber son téléphone tout neuf par terre et qu'il voulait faire porter le chapeau à quelqu'un d'autre. Elvar était incapable de fournir un signalement convaincant de son agresseur ni même d'expliquer pourquoi ce dernier s'en était pris à lui. Il disposait en revanche d'un témoin qui avait tout vu. Hafliði allait donc probablement devoir rédiger un rapport sur l'agression afin d'aider l'homme à obtenir ce qu'il voulait, s'il ne parvenait pas à prouver l'escroquerie, chose dont il n'avait aucune envie. En soi, il trouvait que la police d'assurance de la victime n'avait aucune raison de ne pas rembourser ce fichu téléphone.

Ce qui était arrivé à la rue Fjólugata semblait également assez clair. L'occupante des lieux, Sunneva Gunnarsdóttir, était une magnifique jeune fille rousse qui étudiait l'architecture. Comme il fallait s'y attendre, elle était toute retournée mais lui avait néanmoins déclaré devoir se rendre à son travail et n'avoir pas le temps de discuter avec lui. Le voleur, un adolescent, s'était introduit par la fenêtre. Hafliði pensait que l'éventualité la plus probable était qu'il manquait d'argent afin d'acheter sa drogue du week-end et que son regard avait croisé par hasard cette fenêtre ouverte. Il avait sans doute sonné à la porte afin de voir s'il y avait quelqu'un dans l'appartement.

« Savez-vous si quelqu'un a appelé sur votre téléphone fixe ce matin ? demanda-t-il à Sunneva.

– Pourquoi cette question ? interrogea-t-elle en baissant les yeux comme pour s'y dérober.

– Eh bien, au cas où le voleur aurait téléphoné avant son arrivée pour vérifier si vous étiez chez vous. Avez-vous la présentation du numéro ? demanda-t-il.

– Oui, répondit-elle sans lui accorder un regard. Je viens justement de vérifier et personne n'a appelé. »

Hafliði hocha la tête, on ne pouvait pas toujours avoir la chance de son côté.

« C'est donc par le plus pur des hasards que vous êtes revenue chez vous à ce moment précis, n'est-ce pas ? »

Au grand étonnement de Hafliði, le visage de la jeune fille s'empourpra comme s'il l'avait accusée de conduite immorale.

« En fait, oui, répondit-elle sans fournir plus de précisions.

– Et vous croyez que c'est votre chien qui l'a immobilisé ? » annonça-t-il avec un sourire narquois afin de la pousser à se détendre un peu. Il donna une petite tape à l'animal qui lui reniflait les jambes. Il aimait beaucoup les chiens.

« Oui, on dirait bien », répondit-elle, et un sourire s'esquissa pour la première fois sur son visage. Ils étaient debout dans l'entrée, elle ne l'avait pas encore invité à s'asseoir, lui ayant seulement montré l'endroit où elle avait vu le jeune homme ainsi que la fenêtre par laquelle il était probablement entré. Concernant la recherche des empreintes digitales, Hafliði se fit la réflexion qu'elles devaient se trouver principalement sur la fenêtre ; certains de ces gamins camés ne pensaient pas à ce genre de détail. On aurait dit qu'ils n'avaient jamais vu ces milliers de films et feuilletons policiers où les empreintes digitales grouillaient de toutes parts.

« Nous pouvons effectuer une recherche d'empreintes digitales même s'il n'est pas certain que ça nous mette sur la moindre piste.

– Non, non, c'est inutile », s'empressa-t-elle de répondre. Il y avait quelque chose dans son agitation qui étonnait Hafliði. Elle semblait surtout désireuse de se débarrasser de lui et n'avait pas mentionné le fait qu'elle ne se sentait plus en sécurité chez elle, contrairement à ce que faisaient habituellement les victimes d'effraction. Il faudrait qu'il y réfléchisse plus tard mais, pour l'instant, il se contenta de hausser les épaules et de clore mentalement l'affaire. Il lui avait demandé si elle pouvait lui donner une description de l'intrus et l'unique élément qu'elle lui avait communiqué était que celui-ci portait un sweatshirt à capuche dont elle ne se souvenait même pas la couleur. Il n'y avait par conséquent pas grand-chose à faire. Hafliði prit congé puis sortit. La jeune fille et le chien l'accompagnèrent jusqu'à la porte.

Il savait qu'il aurait dû cuisiner un peu plus cette demoiselle, tout autant que l'homo du boulevard Háaleitisbraut. Elle lui dissimulait des choses, ce qui n'avait aucun lieu d'être dans une banale affaire d'effraction. Cependant, la douceur et la patience que Hafliði avait développées au fil des ans s'étaient dans les deux cas opposées à ce qu'il aille froisser ces gens en mettant leurs dires en doute. Mais ce n'était pas seulement les années qui l'avaient adouci : chaque jour, Hafliði rendait du fond du cœur grâce à Dieu de ne pas être en prison, en train de purger une peine pour meurtre.

Quand Sigrún, l'épouse de Hafliði et mère de ses deux enfants, lui avait demandé un beau dimanche de s'asseoir pour discuter avec elle dans leur maison d'Egilsstaðir, il ne s'attendait à rien de bien grave et n'avait pas idée de ce qu'elle avait en tête. Son existence était d'une prévisibilité confortable : il se sentait bien dans la police, la seule chose qu'il eût pu déplorer étant un trop grand calme dans son travail. Il était né à la campagne et ne connaissait rien d'autre que la vie de province qu'il appréciait beaucoup. Il aimait bien la chasse, partait chasser les oies à l'automne avec des copains, la plupart du temps sur les terres de son ancien camarade de classe qui habitait toujours sa ferme familiale. Et puis, il suffisait de sortir à un jet de pierres de la ville pour trouver de la perdrix partout. Il lui arrivait aussi de tirer un renne par-ci, par-là, peut-être une fois tous les deux ans. Il avait rencontré Sigrún à la troupe de théâtre dans laquelle il avait joué plusieurs années de suite. Il avait connu son plus grand triomphe d'acteur la première année de sa participation en interprétant le rôle d'un flic crétin, alors qu'il venait précisément d'entrer dans la profession. L'hiver qu'il passa à l'école de police de Reykjavík le convainquit radicalement que la pire malédiction qui puisse frapper un homme était de vivre en ville ou dans la région de la capitale. Il louait en effet un petit studio à Kópavogur où il dépérissait de solitude et d'ennui. Il était aux anges au moment de son retour chez lui dans la « verte vallée », comme il disait aux autres membres de la troupe. L'expression imbécile sur le visage de ce flic de farce déclenchait des éclats de rire à chaque représentation. Il était encore capable d'afficher cette mimique particulière, cependant il ne l'avait pas fait depuis qu'il avait déménagé à Reykjavík à la suite de ce dimanche d'avril où son adorable épouse avait souhaité lui parler en tête à tête. Sigrún était une jeune fille rieuse originaire du Norðfjörður et venue s'installer dans la région avec ses parents quelques années auparavant. Ce fut à la troupe de théâtre que sa route et celle de Hafliði se rencontrèrent. Elle avait alors dix-huit ans, quatre de moins que lui. Leurs regards s'étaient régulièrement croisés lors des répétitions, il avait éprouvé un étrange picotement dans la nuque en entendant son rire frétillant rebondir dans la salle pendant qu'il était occupé à affiner son expression et les regards imbéciles qu'il devait lancer, en compagnie du metteur en scène. Lors de la soirée qui avait suivi la première, ils s'étaient retrouvés face à face à la grande table. Il ne savait alors pas si c'était le fruit du hasard mais elle lui confia par la suite l'avoir suivi du regard jusqu'à ce qu'il s'assoie pour ensuite profiter de l'occasion. Entendre cette confidence l'avait empli de joie. Cette nuit-là, ils firent l'amour dans la chambre qu'il avait, enfant, occupée dans la maison de ses parents, où il habitait toujours bien qu'ayant récemment fait l'acquisition d'un appartement. Ils étaient légèrement ivres et nerveux, surtout elle, et il se souvenait à quel point l'idée que ses parents puissent les entendre l'avait dérangé tant ils se montraient bruyants. Vers sept heures du matin, Sigrún lui déposa un baiser sur le bout du nez avant de rentrer chez elle. Les semaines suivantes s'écoulèrent en tâtonnements qu'il eut du mal à supporter : elle n'était pas tout à fait certaine de vouloir se lier aussi vite, lui avait-elle dit plus tard. Pour sa part, il se savait simplement amoureux et désirait s'imprégner de la présence de Sigrún jour et nuit. Le problème se régla de lui même six semaines plus tard quand il apparut que Sigrún était enceinte. Hafliði était tout heureux de la tournure que prenaient les événements. Ils se marièrent l'été suivant et deux ans plus tard, Sigrún tomba à nouveau enceinte. À ce moment-là, elle avait obtenu un emploi dans l'un des bureaux de la ville. Elle avait mentionné l'éventualité de partir étudier à Reykjavík mais la chose n'était plus si aisée maintenant que les enfants étaient deux, une fille et un garçon. Il était heureux. Elle, cependant, ne l'était pas et cela se manifestait maintenant qu'elle était enfin parvenue à rassembler son courage pour lui parler. Elle voulait battre à nouveau les cartes, c'étaient les mots qu'elle avait employés. Peut-être ne l'avait-elle jamais aimé. Le plus douloureux pour lui, c'était qu'elle lui avait avoué ne pas être certaine qu'il était le père de son fils, elle lui avait expliqué que cela lui faisait un trop grand poids sur la conscience et qu'elle ne voulait pas qu'il risque de s'en rendre compte longtemps plus tard. Elle refusa de lui dévoiler l'identité du père probable. Lorsqu'il se fit un peu plus pressant ou plutôt, pressant au point de la frapper en la faisant tomber à terre et qu'il menaça de la tuer, elle avoua qu'elle avait entretenu une brève liaison amoureuse avec un ingénieur de Keflavík qui était venu effectuer une mission temporaire dans la région. La moitié de la ville était sûrement au courant, c'était le pire dans toute cette histoire, pensait-il. Lui-même en aurait rigolé si ce genre de mésaventure était arrivé à quelqu'un d'autre que lui.

Pendant qu'il s'efforçait de digérer tout ça, Sigrún se leva du sol, saignant du nez et tout affolée. Elle lui avoua que l'ingénieur n'avait été ni le premier ni le dernier, qu'elle ne supportait pas cette vie-là et qu'elle voulait le quitter en emmenant les enfants, qu'elle préférait mourir plutôt que de continuer à vivre avec lui. C'est à ce moment-là qu'il l'attrapa à la gorge et se mit à serrer de ses doigts épais à la force herculéenne. Il fixait son visage, la regardait rougir et bleuir, totalement impuissante pendant qu'elle lui frappait désespérément les flancs avec ses bras, il regardait sans la moindre trace de pitié ses yeux implorants et ce ne fut que lorsque la langue lui sortit de la bouche et que ses yeux se révulsèrent qu'il fut saisi d'une frayeur subite et qu'il lâcha prise. Elle tenta de reprendre son souffle entre les sanglots, s'éloigna de lui, titubant et toussant avant d'aller s'agenouiller et s'appuyer sur le canapé en hurlant. Il alla comme un automate jusqu'à la salle de bains et se lava les mains. Il ne parvenait pas à se regarder dans le miroir et fixait ses mains pendant qu'il laissait l'eau couler sur sa peau. L'expression « mains d'assassin » se présenta à son esprit et, pour la première fois, il remercia Dieu d'avoir étendu un bras protecteur au-dessus de Sigrún, de lui-même et de leurs enfants. Ensuite, il alla s'allonger sur le lit conjugal et perdit conscience, comme si on lui avait administré une piqûre anesthésiante.

Lorsqu'il s'éveilla, elle avait quitté les lieux. Il appela son travail pour se déclarer malade et s'attendait à ne pas y retourner de sitôt. Pourtant, elle ne porta pas plainte contre lui, ce dont il lui fut malgré tout reconnaissant. Il comprit mieux qu'elle-même la gravité de cette agression et saisit les répercussions que cela aurait eu sur lui si elle s'était rendue à l'hôpital au lieu de se réfugier chez sa mère. Elle déménagea ensuite à Reykjavík pour devenir infirmière, ce qui s'avéra être le rêve qu'elle avait toujours eu ; il la suivit là-bas, ou disons plutôt qu'il suivit ses enfants, et obtint cet emploi à la police criminelle. Il aida Sigrún à élever les enfants jusqu'à ce qu'elle termine ses études. Ensuite, elle repartit vivre dans l'Est.

Le moment venu, il apparut qu'il ne pouvait pas la suivre. Sa vie à Egilsstaðir n'existait simplement plus, il n'avait plus rien vers quoi revenir. Le poste qu'il s'était imaginé l'attendre avait été pourvu depuis longtemps et ses enfants étaient devenus suffisamment grands pour faire des allers-retours comme bon leur semblait. Le garçon ne lui ressemblait effectivement pas. À moins d'y être contraint, il n'avait aucune intention d'avoir recours à un test de paternité.

Huit

Assis au piano du salon, l'esprit absent, Marteinn tapotait un air quelconque en se demandant si Sunneva l'avait reconnu et si elle allait l'appeler afin de savoir ce qu'il lui voulait. Qu'allait-il lui répondre dans ce cas ? Il regrettait affreusement tout cela, regrettait d'avoir été assez imbécile pour s'introduire par effraction à son domicile, regrettait de ne pas s'être simplement dévoilé au moment où elle l'avait découvert chez elle et de ne pas lui avoir expliqué la raison de sa présence sur les lieux. En outre, il regrettait amèrement d'avoir raconté toute cette histoire à Hallgrímur – cette histoire d'effraction n'avait aucune importance, cela l'avait simplement amusé de raconter cette aventure à son ami, mais cela signifiait également qu'il avait confié à Hallgrímur les problèmes auxquels était confrontée sa famille, les absences de son père, le fait qu'il avait une jeune maîtresse et que sa mère était en train de disjoncter. Il avait l'impression d'avoir révélé son talon d'Achille et même, dans une certaine mesure, d'avoir mis en péril l'intégrité de sa famille.

Il chassa ces considérations de son esprit ; le problème le plus urgent était de savoir ce qu'il répondrait à Sunneva quand elle appellerait, si elle le faisait. Il décida qu'il prétendrait avoir trouvé son numéro chez lui sur un bout de papier et pensé qu'il s'agissait de celui de son dentiste ou un bobard de cet acabit. Cette idée le fit sourire : ce serait alors Sunneva qui devrait se justifier et expliquer comment il était possible qu'un bout de papier avec son numéro de téléphone ait traîné chez lui. Elle réprimanderait sans doute violemment le père de Marteinn qui, quant à lui, ne manquerait pas de tomber des nues.

« Qu'est-ce que tu as donc à me regarder comme ça ? »

Björg entra dans le salon et se pelotonna sur le fauteuil à côté de l'instrument en posant ses jambes sur l'un des accoudoirs et sa tête sur l'autre.

Marteinn leva les yeux vers sa sœur qui n'avait visiblement pas l'intention de lui répondre, s'étant plongée dans la lecture d'un magazine people.

« Pourquoi existons-nous, d'après toi ? » lança-t-elle sans quitter des yeux son magazine, comme si cela avait un rapport quelconque avec la question de son frère.

« Pourquoi crois-tu que nous avons été envoyés ici, sur terre ? Personnellement, je pense que c'est afin que nous puissions tirer des leçons de nos expériences. Et c'est pour ça que nous devrions essayer de profiter de ce qui nous arrive afin d'acquérir un maximum de connaissances.

– Oui, tout à fait », convint Marteinn, surpris de ces paroles pleines de sagesse. Était-ce le reflet de ce qu'elle lisait à l'intérieur de ce magazine ? Björg s'était maquillé le contour des yeux en noir et avait dessiné une larme sur l'une de ses joues au feutre. Elle était pieds nus, portait un pantalon et un ample chemisier noirs. Marteinn éprouvait des difficultés à se résoudre aux brusques changements qu'il avait constatés chez elle au cours des derniers mois, il avait l'impression que si peu de temps s'était écoulé depuis qu'elle s'enfermait dans le dressing avec ses copines pour essayer les vieux vêtements de sa mère. Elle se rabattit les cheveux derrière les oreilles et quand Marteinn aperçut une tache d'un bleu noirâtre sur la face intérieure de son avant-bras, il comprit d'un coup qu'il avait au minimum manqué un épisode dans le feuilleton de l'adolescence de sa sœur.

« Tu t'es fait tatouer ? » demanda-t-il, atterré.

Elle releva sa manche et allongea le bras pour lui montrer : il s'agissait d'une longue croix toute en entrelacs qu'on aurait dit confectionnée de fil de fer très fin.

« Et papa et maman t'ont donné leur permission ? demanda Marteinn, suspicieux.

– C'est mon corps, il m'appartient, répondit-elle d'un ton buté.

– Donc, tu ne leur as même pas montré ce truc-là », reprocha-t-il en soupirant d'un air las. Elle haussa les épaules.

« J'attends le bon moment, répondit-elle.

– Et tu n'aurais pas pu attendre d'avoir seize ans, au moins comme ça, cela aurait été légal. Enfin, je crois bien que ça doit être interdit de se faire tatouer avant.

– La vie, c'est maintenant. Et je ne suis pas toi.

– Ho, hé ! Qu'est-ce que tu insinues ? » Elle rabattit à nouveau ses cheveux noirs derrière ses oreilles.

« Tu es tellement en retard. Tu laisses papa et maman te commander comme un gamin.

– N'importe quoi !

– Est-ce que tu as déjà fait quelque chose d'interdit ? Passé toute la nuit dehors sans appeler pour dire où tu étais ? Fréquenté quelqu'un que tu ne pouvais pas imaginer inviter à prendre le café à la maison ? D'ailleurs, as-tu jamais fréquenté quelqu'un ? Enfin, je veux dire quelqu'une ? À moins que tu sois pédé, ouais, t'es peut-être homo ? Et Hallgrímur serait ton petit copain ?

– Enfin, arrête tes conneries, Björg !

– En tout cas, tu n'as jamais été en couple, n'est-ce pas ? Je n'ai jamais rencontré aucune de tes petites amies.

– Je vis ma vie et ne t'occupe pas de ce qui ne te regarde pas.

– Tu n'as pas répondu à ma question : est-ce que tu as déjà fait quelque chose d'interdit ?

– *You have no idea*, répondit-il, moqueur.

– Ah bon, tu vis peut-être une vie de grand criminel en secret sans qu'aucun d'entre nous n'en sache quoi que ce soit ? Tu aurais dû en toucher quelques mots à papa et maman afin de me débroussailler un peu la route. Ça serait nettement plus facile pour moi si je pouvais mentionner un truc que tu aurais fait, d'autant plus que tu es un garçon et que les garçons se tirent toujours de tout à bon compte à moins d'être des pauvres types. Au lieu de ça, je suis obligée de partir constamment de zéro.

– Où est-ce que tu t'es fait tatouer ce truc-là ?

– J'ai demandé à mon petit copain.

– Tu es folle ou quoi ? À ton petit copain ? s'offusqua Marteinn. Tu t'imagines que tu as un petit copain ? Tu n'es rien qu'une idiote. Ça peut être très dangereux de laisser un amateur faire un boulot auquel il ne connaît rien.

– Il n'a rien d'un amateur, c'est un professionnel, il a suivi une formation dans un salon de tatouage aux U.S.A. »

Marteinn était interloqué. Abasourdi, il fixait Björg qui se comportait comme si de rien n'était ; elle rabattit à nouveau ses cheveux derrière ses oreilles et se mit à regarder par la fenêtre.

« Il a quel âge, ce type ?

– Eldar, il s'appelle Eldar.

– O.K., alors quel âge il a, cet Eldar ?

– Vingt-deux ans.

– Tu as complètement perdu la tête ou quoi ? Il est plus vieux que moi !

– Et alors ? »

Marteinn se remit à pianoter. On aurait dit que tout était en pleine déliquescence, son père avait partiellement quitté le foyer sans même le reconnaître, sa mère tournait constamment en rond et se refermait de plus en plus sur elle-même et voilà maintenant que Björg n'allait plus tarder à se tirer à toute vitesse loin de chez eux. Il eut l'impression subite de ne plus connaître ces gens qui auraient pourtant dû être les plus proches. Il ne manquerait plus que la police vienne m'arrêter pour effraction, se dit-il en jouant un accord dramatique et dissonant sur le piano. Il décida d'appeler Hallgrímur pour lui demander de passer le voir afin de discuter de tout ça. Il avait oublié de dire à son ami de ne souffler mot de cette histoire à personne.

« Tu ne pourrais pas jouer quelque chose d'un peu plus sympa ? demanda Björg.

– Ah ça non, je ne crois pas », répondit-il.

Neuf

« Qu'est-ce que tu me racontes là, ma chérie ? » demanda Hildigunnur, stupéfaite alors que Sunneva tentait de minimiser l'événement. » La fille et sa mère étaient assises dans le bureau de cette dernière avec chacune sa tasse de thé. Sunneva était arrivée à l'improviste.

« Il n'y a aucune raison de s'inquiéter, maman, c'était juste un adolescent. Elvis a dû lui flanquer une sacrée frousse et ensuite, je suis arrivée et je lui ai crevé les tympans avec mes hurlements. Tu t'imagines bien qu'il n'est pas prêt de remettre les pieds chez moi.

– Mais comment est-ce que… ?

– Eh bien, je voulais juste déposer mon sac de sport à la maison et il était là, le pauvre gamin.

– Qu'est-ce que la police en dit ?

– Pratiquement rien. Ils ne vont sûrement pas le retrouver. Est-ce que papa est à l'étranger ? »

Chacune d'elles regarda, gênée, dans une direction opposée.

« Et les enfants, ils vont bien, n'est-ce pas ? demanda Sunneva au bout d'un moment.

– Hein ? Si, si, répondit Hildigunnur. Tu ne veux pas dormir à la maison ce soir, pour plus de sûreté ? »

Elle sentait qu'il y avait quelque chose qui n'allait pas. Sunneva se grattouillait de temps en temps les sourcils et c'était le signe indubitable qu'elle s'inquiétait. En outre, elle ne la regardait pas franchement dans les yeux.

« Ma petite maman, tout va très bien », rassura Sunneva en la serrant dans ses bras. Hildigunnur tenta de capter le regard de sa fille qui, cette fois-ci, ne s'y déroba pas. Cependant, il y avait quelque chose de forcé dans la manière dont elle écarquillait les yeux et dont elle prenait un visage d'ange afin de convaincre sa mère qu'elle n'avait rien à cacher. Hildigunnur la connaissait trop bien pour se laisser berner.

« Tu en es sûre ? » demanda-t-elle, juste pour la forme,

ayant abandonné l'idée d'amener sa fille à se confier à elle. Elles présentaient une grande ressemblance physique et étaient proches l'une de l'autre sous bien des rapports, pourtant, elles ne l'étaient pas autant que Hildigunnur l'aurait souhaité. Il existait chez Sunneva un côté obscur qu'elle ne montrait pas, comme si elle ressentait encore le besoin de prouver à sa mère qu'elle était une gentille petite fille qui se tenait correctement. Hildigunnur ignorait qui était cette *autre* Sunneva dont elle pressentait l'existence. Était-ce une version plus sombre de la Sunneva qu'elle connaissait si bien, ou possédait-elle une personnalité radicalement différente et inconnue de sa mère ? Sa voix se teinta de son habituel ton buté quand elle demanda à Sunneva :

« Et tu as l'intention d'aller travailler après cette aventure ?

– Non, répondit Sunneva, je vais m'en servir comme excuse bidon pour me détendre un peu aujourd'hui. J'en ai bien besoin. D'ailleurs, je ne vais pas tarder à y aller.

– Passe prendre le petit déjeuner demain matin, ma chérie, il y a tellement longtemps que je n'ai pas eu de vrai tête-à-tête avec toi. Tes frères et sœurs m'ont aussi demandé de tes nouvelles. »

Cette dernière remarque n'était pas vraie en soi bien que recelant toutefois une part de vérité ; en tout cas, il ne se trouverait personne pour prendre Hildigunnur en flagrant délit de mensonge.

« C'est promis, ma petite maman. »

Dix

Dans le coin droit, au bas de la fenêtre, deux araignées lézardaient au soleil. Hallgrímur se mit à observer leur manège comme s'il s'agissait de la chose la plus importante au monde. La plus petite des deux, à son avis le mâle, s'approcha de la plus grosse, la tripota du bout des pattes avant de déguerpir et de s'éloigner d'elle. Ne s'appelait-elle pas la *veuve noire*, cette race d'araignée qui tuait son partenaire et le mangeait une fois qu'elle avait obtenu ce qu'elle voulait de lui ? Cela fonctionnait exactement comme chez les humains, les bonnes femmes voulaient s'emparer des bonshommes pour dévorer leur âme en les attachant par les liens conjugaux, ensuite ils ne possédaient plus leur propre corps.

Il se détacha des copulations arachnéennes, promena son regard le long de son corps nu et ressentit un soudain dégoût à la vue de son impeccable morphologie, de ce gros membre dont il tirait habituellement tant de fierté sous la douche, de cette carnation bronze qu'il avait d'abord acquise sur une plage du sud de l'Europe l'été précédent et ensuite entretenue en se faisant des UV une fois par semaine, il n'en avait pas fallu plus que ça. En outre, son teint mat accentuait encore la blondeur de sa chevelure. Des tas de gens s'imaginaient qu'il se teignait les cheveux, pourtant, c'était sa couleur naturelle, et il avait des cheveux de qualité, comme l'avait dit le coiffeur chez lequel il se rendait une fois par mois. Ce dernier affirmait que ces cheveux-là ne lui seraient jamais source d'aucun souci, c'était le type de cheveux qui ne se clairsemaient pas, au pire, ils deviendraient gris, ce qui était aisément réparable par des colorations régulières.

Ça oui, il était rudement satisfait de son corps, du reste, il n'éprouvait aucune difficulté à se procurer autant de filles qu'il le désirait. Ce fut lors d'un séjour en Espagne qu'il avait pour la première fois constaté à quel point c'était un jeu d'enfant. Toutes ces filles à la plage qui lui lançaient des regards concupiscents. Et les deux homos qu'il torturait à plaisir à la piscine en prenant des poses alanguies sur une chaise longue ou sur un banc. Ils pouvaient bien le dévorer du regard à s'en faire sortir les yeux de la tête, ces deux satyres, en tout cas, ils le laissaient en paix. Quant aux filles, elles tombaient comme des mouches, au point que c'en était presque devenu une addiction pour lui au cours des trois semaines qu'il avait passées là-bas, en la délicieuse absence de sa mère et de toute sa montagne de problèmes. Un jour où il était comme pris de fureur, il s'était tapé trois filles en un seul soir sans même s'accorder le temps de se laver entre elles. Il avait pris la première dans les toilettes d'une discothèque, il s'était agenouillé face à elle, l'avait léchée sans lui enlever sa petite culotte avant de la retourner pour la prendre par-derrière dans la cabine. C'était une Anglaise, plutôt laide. Ensuite, il avait dansé un moment avant de s'arranger pour disparaître ; il lui avait montré un truc qui se trouvait derrière elle, puis s'était simplement éclipsé. Un peu plus tard, il s'était rendu dans une pizzeria pour manger un morceau et voilà qu'il avait tout à coup croisé le regard d'une Espagnole assise à la table voisine. Elle était maigre comme un clou et avait des cheveux courts comme un garçon. Elle était accompagnée de gens quelconques et s'était mise à lui lancer de tels regards qu'il saisit l'occasion au vol et demanda au serveur de lui apporter un cocktail. Non qu'il ait été totalement séduit par la fille, mais uniquement parce qu'il avait envie de l'essayer. Elle l'invita à venir à leur table puis l'emmena dans une discothèque rock géniale où il remarqua qu'elle portait un piercing au sein ; elle qui semblait tellement jeune et tellement innocente, avait quand même un piercing au téton ! Alors qu'il avait posé une main sur la cuisse de l'Espagnole, il vit tout à coup l'Anglaise de l'autre discothèque qui lui lançait un regard assassin. Il lui rit au nez : est-ce qu'elle s'imaginait le posséder corps et âme simplement parce qu'elle l'avait laissé la prendre par-derrière dans les chiottes ? L'Espagnole partageait un appartement en colocation avec une copine. Le plus simple fut naturellement d'aller là-bas et la copine les y accompagna. Elle n'était pas mal non plus et il avait bien envie d'essayer de coucher avec les deux en même temps, pourtant il n'osa pas le demander, par peur d'énerver celle qu'il était parvenu à ferrer. Peut-être était-ce à cause de ce désir inassouvi qu'il décida de coincer la suivante alors qu'il rentrait vers son hôtel. La fille aux cheveux courts devait travailler tôt le lendemain matin et lui avait demandé de partir, ce qui n'était en rien gênant, étant donné qu'il n'avait aucune envie de se retrouver à petit-déjeuner avec elle. Enfin, en tout cas, en chemin vers son hôtel, une toute jeune déesse engagea la conversation avec lui et il l'invita donc à l'accompagner dans sa chambre. Il reçut une sacrée douche froide une fois qu'ils furent arrivés en découvrant que c'était une junkie qui s'attendait à être payée pour la chose : il ne comprenait pas comment il avait pu germer dans son esprit l'idée qu'un gars comme lui aille payer pour ça ! Il avait toutefois envie de battre son record personnel, trois en une seule soirée. Il lui donna donc les quelques pièces qu'il avait en euros, puis la fit le sucer jusqu'à ce qu'il durcisse avant de lui demander de se mettre à quatre pattes sur le lit pendant qu'il restait debout, qu'il l'enduisait de crème à l'aloé-véra afin de pouvoir s'enfoncer en elle. Il se disait qu'il n'allait jamais parvenir à jouir, il avait presque peur de débander et fut quelque peu brutal avec la pauvre fille, lui plaquant de sa main gauche le visage contre le matelas tout en lui assénant des tapes sur les fesses de la droite. Au moment où il prit son pied, il lui pinça le téton tellement fort qu'elle se mit à pleurnicher. Il ressentait de la pitié pour elle et essaya de lui donner une petite tape amicale sur la joue au moment où elle quittait la chambre, mais elle l'esquiva. Tant pis, c'était sa faute à elle, pas à lui.

Repenser à tout cela maintenant lui donnait la nausée. Cela prouvait qu'il pouvait avoir autant de filles qu'il en voulait, il ne dépendait de personne en la matière. Ses vêtements de la veille étaient bien pliés sur la chaise : celui qui ne faisait pas attention à ses vêtements courait le risque de perdre le contrôle de son existence, avait-il un jour lu dans une interview. Le genre d'imbécillité typique qui se fixe dans votre tête et donne du sel à votre vie, se disait-il puisque cette pensée venait lui caresser l'esprit presque chaque jour depuis qu'il l'avait lue.

Sa mère était rentrée à la maison et s'affairait dans la

cuisine. Et lui qui aurait tellement eu envie de manger un morceau sans l'avoir sur le dos !

« Bonjour, salua-t-il en arrivant au rez-de-chaussée.

– Bonjour, mon petit Grímsi », répondit la mère d'un ton enjoué.

Il grimaça machinalement sans lui accorder un regard en l'entendant l'appeler de cette façon. Elle remarqua sans doute la chose puisqu'elle expulsa violemment l'air de ses narines en signe de désapprobation. La familiarité de ce bruit le déprima d'un coup. Sa mère lui tourna le dos pour ranger un paquet de gâteaux secs chocolatés dans le placard.

« Tu ne veux pas manger quelque chose ? » demanda-t-elle de sa voix éteinte qui agaçait terriblement son fils. Le pire, c'était que quand elle forçait sa voix, celle-ci devenait faiblarde et inefficace, elle faisait peut-être du bruit mais n'en demeurait pas moins pitoyable.

« Si, si, je vais me débrouiller. »

Il y avait des Cheerios.

« Tu as travaillé, hier soir ? »

Il la dévisagea. Elle n'avait pas pour habitude de se montrer curieuse dans ce domaine.

« Oui, pourquoi cette question ?

– Eh bien, c'est juste que… Jakob s'est un peu énervé cette nuit, j'ai eu peur que ça t'empêche de dormir. »

Dieu tout-puissant. Ses amoureux constituaient un chapitre à eux seuls. Ou disons plutôt, une ribambelle de chapitres qui débutaient invariablement par une inénarrable séance de lecture de tarot sur le Net et s'achevaient sur des accusations de trahison, d'infidélité, de vol ou de Dieu savait quoi encore, proférées de part et d'autre. Il arrivait même parfois qu'ils en viennent aux mains. Hallgrímur ne comprenait pas comment elle parvenait à supporter ce cirque, cela se terminait toujours en eau de boudin.

« Non, je suis rentré très tard et j'ai dormi comme une souche. »

Il lui lança un regard par-derrière le paquet de Cheerios qu'il avait placé devant lui comme une muraille destinée à le protéger. En tout cas, elle n'avait pas attrapé d'œil au beurre noir.

« Dis donc, mon petit Grímsi, tu serais partant pour me déposer à Árbær ? »

Il n'était absolument pas d'accord.

« Non, j'ai promis à Marteinn de l'aider pour un petit truc.

– Toujours ce Marteinn ! Tu as besoin de la voiture ?

– Oui. »

Les fois où il lui prêtait la voiture, il ne la revoyait plus de la journée et comme elle n'avait pas de téléphone portable, il était impossible de la joindre. De plus, ses promesses n'avaient pas la moindre valeur. Quand il les singeait face à elle, elle le regardait comme s'il était débile et rétorquait éventuellement : « Oui, mais c'était l'anniversaire d'Ásta ! » ou encore : « Ce n'est quand même pas si souvent que j'ai l'occasion d'aller faire les soldes au centre commercial de Mjódd ! » Ces excuses lui semblaient si naturelles qu'elle était presque scandalisée du fait que son fils lui demande des comptes. Cela ne le gênait pas outre mesure, il avait appris à se méfier d'elle. Elle avait toujours été ainsi. Hallgrímur se souvenait l'avoir vue disparaître des jours durant quand il n'était encore qu'un petit garçon et, à son retour, elle s'offusquait lorsqu'elle constatait son mécontentement : n'y avait-il pas assez à manger dans le frigo, n'avait-il pas assez de jeux électroniques pour s'occuper ?

« Enfin, mon petit Grímsi, tu ne peux vraiment pas faire ça pour ta pauvre mère ? demanda-t-elle, d'une voix pleine de reproches. Ce n'est pas si souvent que je te demande quelque chose. Tu pourrais me déposer en route…

– C'est que j'ai tout bêtement autre chose à faire, maman, il va falloir que tu prennes le bus. »

À nouveau, elle expulsa violemment l'air par les narines.

« Tu sais que j'ai très mal au dos… »

Un bon nombre de ses déclarations demandaient à être décodées. Elle souffrait de ce mal de dos depuis que Hallgrímur était né, elle le lui répétait depuis qu'il était tout gamin. En d'autres termes, c'était la faute de Hallgrímur si elle avait mal au dos.

« Dans ce cas, tu ne préférerais pas te reposer ? »

Elle comprit que ça ne servait à rien.

« Au fait, ton père a appelé hier soir.

– Ah bon ? »

Il savait qu'elle mentait. Elle avait l'habitude d'orienter d'une manière ou d'une autre la conversation vers le père quand elle était déçue par le fils. Ça relevait presque de la manie. Ce n'était pas la première fois qu'elle mentionnait de mystérieux coups de téléphone après s'être vue refuser un service.

« Il m'a demandé comment tu allais.

– Ouais, ouais. »

Son petit jeu était tellement transparent. La mère de Hallgrímur n'ignorait pas que, même quand il était à la maison, il n'avait pas le courage de venir au téléphone quand son père demandait à lui parler. Elle s'imaginait qu'il haïssait ce père, ce qui était faux. En réalité, il trouvait parfaitement normal que cet homme les ait laissés en plan à l'époque ; lui-même n'aurait pas réussi à supporter la vie commune avec sa mère. À dire vrai, il le méprisait presque d'avoir tenu aussi longtemps. Ce simple fait prouvait qu'il n'était qu'un raté. Hallgrímur n'avait tout bonnement aucune envie d'avoir la moindre relation avec ce type. Peut-être aurait-il eu besoin de sa présence étant plus jeune, mais il n'avait pas été là et, maintenant, il était trop tard.

« À plus ! » lança-t-il à sa mère en franchissant le seuil.

Onze

C'est en nageant que Valdimar se sentait le plus libre. Il lui arrivait parfois de s'oublier totalement et de parcourir plusieurs kilomètres, s'il en jugeait par le temps qui s'était écoulé. Il adorait piquer des sprints au crawl et sentir la résistance de ses paumes le propulser dans l'eau ; il battait des pieds avec une telle puissance qu'il en avait mal aux mollets et aux cuisses, il avait presque l'impression de percevoir ses muscles en train de se façonner. Cependant, il n'avait rien d'un culturiste et ne s'intéressait pas à la beauté de son propre corps – du reste, il n'y avait pas de quoi tomber en extase. Valdimar était un homme au physique peu avantageux, il avait une bouche tordue et un grand nez. Mais les traits de son visage disparaissaient sous l'eau et son grand corps imposant prenait quand il nageait une dignité qui lui était autrement interdite. Il avait trente-sept ans et cela faisait six ans qu'il travaillait à la criminelle. Auparavant, il avait été « simple flic », comme il le disait parfois afin de tourner en dérision cette branche de la profession, bien que soupçonnant que son humour ne changerait rien à l'opinion de ses collègues actuels : ils le prenaient simplement au mot et le jugeaient en conséquence.

Il venait de terminer sa séance de natation de la soirée et avait discuté sous la douche avec son fidèle compagnon Jóhannes qu'il rencontrait presque toujours quand il se rendait à la piscine le soir. Ce Jóhannes dénichait constamment de nouveaux territoires à explorer quant à son état de santé. Il s'intéressait beaucoup aux interventions chirurgicales, en particulier à cette opération du cœur qu'il avait subie et qui était pour lui une source intarissable de discussions et d'anecdotes ; il était même allé jusqu'à se documenter dans les revues médicales afin d'essayer d'en comprendre au mieux le déroulement.

Quand il sortit du bâtiment de la piscine, le ciel flamboyait d'une foule de nuages. Ce soir-là, on avait droit à de la dentelle, un nombre infini de voiles jaune orangé et gris s'étaient amoncelés au nord-est. Valdimar n'avait pas envie de rentrer immédiatement chez lui et il se rendit jusqu'à la pointe de Nes pour faire une promenade sur la plage. Pour la cent millième fois, il se fit la réflexion qu'un homme tel que lui devait se trouver un centre d'intérêt quelconque, même si cela se limitait à la lecture ou à la musique. Cependant, il était nettement trop impatient pour lire autre chose que des magazines, dont il ne pouvait ingérer le contenu que par doses homéopathiques – les articles les plus longs le décourageaient.

Quant à la musique, il avait effectué des tentatives réitérées. Chacune avait pour objectif de répondre à la question : quel genre musical un homme de son genre devait-il écouter ? Les vieux classiques hippies l'insupportaient, il en avait sûrement eu plus que sa dose au cours de son enfance, il ne comprenait absolument rien à toute cette débauche de guitares stridentes et avait l'impression que les Beatles et tous ces groupes que ses parents admiraient à l'époque vivaient dans un univers de bal masqué et chantaient des idéaux auxquels, en définitive, nul n'avait cru. Le rock contemporain qu'il entendait parfois au travail ne lui plaisait pas beaucoup non plus, cette musique formatée à la rythmique sexuelle avec ces guitares qui couinaient, ces chanteuses qui hurlaient tout en dégringolant le long des octaves et cette boîte à rythme entêtante qui lui semblait être le signe d'un désir sexuel jamais assouvi. Il ne comprenait pas un traître mot de ce que les rappeurs aboyaient et trouvait surprenant qu'on donne à ça le nom de musique. Il avait fait de son mieux pour se mettre au jazz, cependant la quasi-totalité du genre était demeurée pour lui un livre clos et puis, au moment où il lui sembla enfin avoir trouvé son bonheur en la personne de Miles Davis et l'album *Kind of Blue*, il découvrit que la sobriété et le raffinement qui l'avaient séduit étaient absents du second album qu'il avait acheté. Puis, il avait lu que l'homme s'était drogué la majeure partie de son existence, ce qui coupa presque définitivement court à l'intérêt qu'il portait à la musique que l'artiste avait composée. Il lui arrivait cependant d'écouter *Kind of Blue* de temps à autre, cet album possédait quelque chose qui échappait à toute analyse. Ensuite, il s'attaqua à la musique classique avec, dès le début, l'impression qu'il lui manquait un certain nombre de bases, parmi lesquelles le sens musical et la sensibilité dont devaient, à son avis, faire preuve les mélomanes avertis. Et même si elles ne lui déplaisaient pas, les *Suites pour violoncelle* de Bach ne parvenaient pas à le séduire complètement. Il avait lu sur la jaquette du disque que la composition de ces suites était très variée ; la remarque l'avait surpris car il trouvait justement qu'elles se ressemblaient toutes, qu'elles étaient agréables à l'écoute mais que, malgré tout, elles ne le touchaient pas avec autant d'intensité qu'il savait qu'elles auraient dû le faire.

Debout sur la plage, il regardait dans la direction du glacier de Snæfellsjökull. Il y avait des années qu'il s'était promis de s'y rendre. Il savait qu'une fois qu'il aurait pris la décision, il lui suffirait de quelques heures entre le moment où il téléphonerait à l'une de ces compagnies qui proposaient des excursions en motoneige et celui où il atteindrait le sommet. Cependant, les années passaient et, en dépit de son désir, il ne faisait rien de plus dans ce domaine que dans bien d'autres qui lui tenaient à cœur. Il n'avait rien contre l'idée de fonder une famille et de commencer à mordre la vie à pleines dents mais, pour l'instant, il avait l'impression qu'il était pratiquement exclu que la chose se produise jamais.

Étant donné la situation, Valdimar préférait travailler autant que possible. Chaque soir, il rentrait dans son appartement vide, allumait la télévision qu'il ne regardait qu'en de rares occasions, mais qu'il trouvait agréable de laisser ronronner en bruit de fond ; ou bien, s'il éteignait le son, il aimait voir vaciller sur l'écran des gens occupés à vivre leur vie comme il aurait bien voulu, lui aussi, être occupé à vivre la sienne.

En retournant à sa voiture, il vit une jeune femme arriver en trottinant, vêtue d'un pantalon de jogging brillant. Elle avait des cheveux noirs bouclés et un physique exotique. Il resta immobile à l'observer pendant qu'elle s'approchait de lui. Soudain un chat blanc lui coupa la route sur le sentier, probablement en chemin vers de passionnantes aventures. Elle s'arrêta et appela le matou avec quelques mots doux qui semblaient être de l'anglais et l'animal s'avança pour obtenir des caresses. Elle lui adressa un sourire tout en caressant le chat et Valdimar lui renvoya un sourire gêné. Il sentit sa gorge se serrer. Il comprenait bien le message que lui envoyait son corps ; il n'engagea malgré tout pas la conversation avec la femme.

Douze

Ce dîner allait rester gravé dans la mémoire de Marteinn. Sa mère avait acheté un poulet rôti qu'elle avait accompagné de riz, d'une sauce aux champignons et de salade. Elle avait placé le poulet dans un plat peu profond d'où la graisse et le jus débordèrent au moment où elle s'approcha de la table. Elle ne le remarqua pas et, alors que Marteinn s'apprêtait à essuyer la flaque – trop tard – sa mère revint avec la casserole riz à la main et glissa sur le sol mouillé. L'une de ses jambes sembla se dérober sous elle et elle tomba lourdement à terre avec un grand fracas. Rien de tout cela ne se serait produit si elle n'avait bu une bière avec ses médicaments, ce qui pouvait avoir sur elle des effets bizarres.

Marteinn et Björg se précipitèrent pour l'aider à se relever. Fort heureusement, elle ne s'était pas fait mal. Elle s'était approchée de la table tout en tournant le riz à l'aide d'une cuiller et, quand elle avait glissé, elle avait agité l'ustensile dans tous les sens, éparpillant des grains de riz un peu partout dans la cuisine. Le frère et la sœur se mirent à genoux pour ramasser. Björg gloussait et Marteinn ne put refréner un sourire.

Son père fut le dernier arrivé à table, il s'assit à sa place sans dire un mot et balaya la table du repas d'un regard désapprobateur, comme si une demande précise qu'il avait formulée n'avait pas été suivie d'effet.

C'est juste à ce moment-là que Marteinn remarqua la présence d'un grain de riz collé sur l'oreille de sa mère. Il la regarda qui remplissait les assiettes en essayant de se donner un air respectable afin de couvrir d'un voile la chute peu respectable qu'elle avait faite quelques minutes plus tôt. Mais voilà, elle avait un grain de riz collé à l'oreille, pas quelques grains assemblés, mais un seul et unique puisqu'il s'agissait d'un type de riz américain incollable. En voyant cela, Marteinn fut saisi d'une crise de rire inextinguible. La tension accumulée et les inquiétudes de la journée trouvèrent un exutoire rapide dans ce fou rire si incontrôlable qu'il était incapable de l'expliquer à sa famille. Son père le regardait, bouche bée, complètement outré.

« Enfin, mon vieux, qu'est-ce que tu as donc ? » demanda-t-il. Björg gloussa et sa mère feignit d'ignorer la remarque, redoublant d'application pour continuer le service.

« Il y a un grain de riz… » parvint-il à éructer sans atteindre la fin de sa phrase. Il avait mal au ventre tellement il riait.

« Tu as plus d'une raison de rire », remarqua le père, excédé.

Qu'entend-il donc par-là ? se demanda Marteinn au milieu d'une quinte, puis il vit à nouveau le grain de riz toujours collé sur l'oreille de sa mère.

Au même moment, le regard de la mère tomba sur le tatouage que Björg avait pourtant tenté de dissimuler en tirant sur les manches de son pull-over à intervalles réguliers, ainsi que l'avait noté Marteinn.

« Non, mais qu'est-ce que c'est que ça, ma fille ? »

Björg supplia Marteinn du regard. Que pouvait-il à l'affaire ? Elle en portait l'entière responsabilité. Son rire diminua en intensité.

« Maman, tu as un grain de riz collé sur l'oreille », déclara-t-il, histoire de dire quelque chose. Sa mère se tourna vers lui et lui fit les gros yeux.

« Quoi ?

– Tu as un grain de riz collé sur l'oreille. »

Sa mère le fixa longuement. Ce fut alors son père qui perdit son sang-froid. Ce n'était pas la première fois.

« Qu'est-ce que tu as donc en tête, espèce de petit crétin ? Tu as décidé de nous gâcher ce repas ou quoi ? » tonna-t-il en se levant d'un bond et ses cheveux noirs mi-longs lui balayèrent le visage.

« Je ne vaux pas moins que toi ! hurla Marteinn en retour. Qu'est-ce que ça veut dire de m'accuser de gâcher les repas alors que toi-même, tu n'y assistes pas la plupart du temps ? De quel genre de repas de famille peut-on parler quand le putain de père n'y assiste même pas ?

– Il se trouve que je travaille pour nourrir la famille !

Est-ce que par hasard, ce serait devenu un crime ? cria Björn en se rasseyant.

– Tu es bien certain que tu travailles pour nourrir la famille à chaque fois que tu découches ? » hurla Marteinn.

Son père le dévisagea, cloué sur place, ce qui agaça encore plus Marteinn.

« Allons, allons, mes garçons chéris, pour l'amour du ciel, ne faites pas autant de bruit, j'ai un affreux mal de tête », s'écria Eva depuis une autre dimension au sein de laquelle Marteinn et Björn étaient toujours ses garçons chéris et pas ces hommes-singes en furie que Marteinn avait soudain l'impression qu'ils étaient. Le grain de riz était tombé tout seul de son oreille. Björg les fixait du regard, dans une certaine mesure, son tatouage était oublié pour l'instant.

« Ne va pas fourrer ton nez dans des affaires qui ne te concernent pas ! grommela Björn hors de lui à Marteinn.

– Qui ne me concernent pas ? rétorqua Marteinn, scandalisé.

– Parfaitement, qui ne te concernent pas !

– Peut-être que l'endroit où tu passes tes nuits ne concerne pas non plus maman ?

– Tu es adulte, je suis adulte, ta mère est adulte et basta ! Je n'essaie pas de diriger les relations que tu entretiens avec elle, alors n'essaie pas de diriger celles qui me lient à elle, répondit Björn, légèrement calmé malgré la fureur qui emplissait encore son regard.

– Est-ce que je ne fais plus partie de cette famille ou quoi ? glissa Björg, perdant ainsi une bonne occasion de se taire.

– Tu n'es pas encore une adulte. Par conséquent, j'espère bien que ce truc que tu as sur le bras n'est pas ce que je crois être, observa Björn en fronçant les sourcils.

– Ne t'inquiète pas, répondit Björg en regardant son frère à la dérobée, ça s'efface au bout de trois semaines. Il y a d'autres jeunes de mon âge qui rentrent chez eux avec un anneau dans le nez ou dans l'arcade sourcilière, sans que leur père ou leur mère n'en fasse tout un plat.

– Tout un plat ? » ricana Marteinn.

Björg lui fit une grimace.

« En tout cas, on peut enlever ces anneaux quel que soit l'endroit où ils ont été placés », ajouta Eva en guise de contribution. La voix de la sagesse provenait d'une direction inattendue. D'une manière incompréhensible, la discussion avait bifurqué pour prendre un cours plus paisible. Même Björn avait l'air se détendre, lui qui, depuis son arrivée, avait été d'humeur orageuse.

Il y eut de nouveaux débordements pendant la nuit. Cette fois-ci, ce fut Eva qui se déchaîna alors que Björn demeurait peu loquace ou se faisait discret. Il ne tarda cependant pas à s'engouffrer dans sa voiture pour s'en aller. Marteinn se couvrit la tête avec la couette et parvint à se rendormir.

Treize

« *Your little joke is not so funny anymore* *, Mister Grétarsson.* »

Gunnar fut parcouru d'un frisson. Il n'avait jamais été dans ses intentions de faire de l'esprit.

« Je vous ai déjà expliqué comment c'est arrivé, répondit-il en anglais. Tout cela n'est qu'un monumental malentendu.

– Puisque vous le dites. Vous n'avez qu'à le réparer au plus vite.

– Je vais vous rendre cet argent dès que possible.

– Ce fichu pognon ne nous intéresse aucunement, essayez donc de vous rentrer ça dans la tête. »

Gunnar était assis sur le lit de son ancienne chambre à coucher, celle qu'il avait occupée enfant. Aux murs étaient accrochés trois de ses tableaux, datant de l'époque où il voulait devenir peintre. L'un d'eux représentait une sorte d'oiseau de métal traversant des nuages rouge sang avec le bec démesurément ouvert et une indicible expression de souffrance. Bien que le tableau fût légèrement flou, on pouvait imaginer des langues de feu jaillissant du bec de l'animal. Peut-être se consumait-il de l'intérieur ou quelque chose de ce genre. Gunnar se sentait un peu comme cet oiseau. Il avait ingéré un demi-litre de gin depuis son réveil. Il avait une légère envie de vomir, mais pas au point qu'elle l'empêche de continuer à boire. Il avait surtout mal à l'œsophage. Il avait avalé quelques cachets la veille au soir et il était probable qu'il ne les avait pas accompagnés d'assez de liquide pour les faire passer. On aurait dit qu'ils lui avaient brûlé l'œsophage en se désagrégeant, nom de Dieu. Il lui restait cependant encore quelques jours de sursis avant qu'il ne se mette à vomir du sang – c'était à ce signal qu'il s'arrêtait. Il aurait pu faire traîner les choses en longueur en s'alimentant un

* En anglais dans le texte : « Votre petite plaisanterie n'est plus très drôle, monsieur Grétarsson. »

peu mais n'en avait ni l'envie, ni le désir. Il était convaincu d'obtenir un minimum d'apports nutritionnels en buvant de la bière le matin et en l'alternant avec de la liqueur. Sa mère était à son travail au Centre d'Alimentation Macrobiotique de Hveragerði. Dans le cas contraire, elle se serait certainement assurée qu'il mange quelque chose mais évidemment, s'il était venu ici, c'était précisément parce qu'elle n'y était pas.

Il aurait dû cesser de laisser ces coups de téléphone le mettre dans tous ses états, ils étaient devenus tellement nombreux. Cependant, il était à chaque fois complètement retourné et submergé du désir de noyer dans l'alcool ce problème et bien d'autres avec lui.

Au moment où le téléphone avait sonné, il avait eu un pressentiment quant à l'identité de son interlocuteur et s'était efforcé de répondre sans bégayer de façon trop évidente. Il y était plus ou moins parvenu. Il sentit une goutte de sueur froide lui dégouliner depuis l'aisselle et s'introduire dans la ceinture de son pantalon. La conversation fut plutôt brève, pourtant il lui semblait dessoûler au fur et à mesure, et ressentir de plus en plus le manque d'alcool.

« Ce n'était rien qu'un petit jeu innocent de ma part, plaida-t-il. Comme je n'ai pas cessé de vous le répéter, je ne faisais que tâter le terrain. Et je suis en train de m'occuper de régler le problème pour l'argent.

– En affaires, les petits jeux innocents n'existent pas, vous devriez le savoir. Quand on met quelque chose en vente, il faut en assurer la livraison. Quant à cet argent, nous ne voulons pas le voir, je commence à en avoir ma claque de vous entendre me rabattre les oreilles avec ça. »

Gunnar décida de tenter d'en appeler à l'humanité qui devait quand même bien habiter cet homme.

« Tout simplement, j'étais un petit peu ivre. »

Il comprit qu'il avait commis une erreur.

« Aimez-vous votre famille ? » demanda l'homme, d'une voix insinuante. Gunnar ne décelait aucune trace d'accent dans son anglais. Quelle pouvait bien être sa nationalité ?

« Évidemment », répondit Gunnar terrifié, en se préparant à lui demander en quoi cette histoire concernait sa famille, chose qu'il n'eut pas l'occasion de faire.

« Alors, il vaudrait mieux que vous teniez votre promesse », menaça l'homme, en prenant pour une raison quelconque un ton triomphant. Sur quoi, il raccrocha.

Gunnar avala une grande lampée de gin. Il lui vint à l'esprit d'aller se servir un verre de lait frais dans le vieux frigo américain, il n'en avait pas du tout envie mais une idée imprécise lui disait qu'il devait pouvoir calmer la douleur lancinante qui lui brûlait la gorge avec un verre de lait. Il se demanda s'il devait appeler Hildigunnur afin de vérifier que tout allait bien de son côté comme de celui des enfants, mais il chassa cette pensée. Même dans le pire des cas, rien ne se produirait cette nuit. Il reprit un coup de gin. Pour l'instant, il préférait oublier cette conversation. Et c'est ce qu'il fit.

Quatorze

La première fois fut très étrange. Il lui arrivait depuis longtemps de se cogner à moi comme par accident alors que la chose n'avait rien à voir avec le hasard, je le savais et il savait que je le savais. Je le distinguais dans ses yeux. Cependant je me disais qu'il n'était pas nécessaire que cette histoire aille plus loin que ça, qu'il ne fallait pas qu'elle aille plus loin que ça. Je ne m'attendais pas à ce qu'il ose entreprendre quoi que ce soit et me refusais à faire le premier pas ; c'était lui qui avait initié ce jeu d'œillades et d'effleurements et c'était à lui qu'il appartenait de poursuivre s'il l'osait. Quant à moi, je ne savais absolument pas si je voulais vivre quoi que ce soit avec lui. La pensée de toucher ce bonhomme me mettait plutôt mal à l'aise, j'éprouvais presque de la répulsion quand je m'imaginais en train de faire des choses avec lui. Toutefois je continuais à fantasmer et je m'y habituais. La pensée de son corps a cessé de m'inspirer du dégoût et j'ai commencé à le désirer. Il a dû le sentir. En même temps, je me haïssais de le désirer et je méprisais mon propre corps, mais je n'ai pas la certitude qu'il ait ressenti cela. J'ai commencé à me comporter de façon bizarre, comme par exemple me promener avec des pinces à linge accrochées à mes tétons en dessous de mon pull-over ou de mon T-shirt. En fait, il a fallu que je les écarte un peu car elles me faisaient beaucoup trop mal, mais le fait que cela me fasse affreusement souffrir me plaisait aussi. Je me punissais des pensées que j'avais envers lui tout en y trouvant mon compte de plaisir. J'avais l'impression que c'était mal, j'ai tout de suite pensé que ce vers quoi nous nous dirigions pouvait blesser des gens qui nous étaient chers à tous les deux. Cependant, on aurait dit que ce sentiment de culpabilité ne faisait que rendre la perspective encore plus excitante. Petit à petit, le désir de baiser avec lui, ne serait-ce qu'une unique fois, s'est emparé de mon être. Cela me suffira peut-être, me rassurais-je, en proie à la plus parfaite des illusions. Le contact charnel avec ce bonhomme lourdaud de quarante ans m'emplira à nouveau du dégoût qu'il m'a inspiré les premières fois où j'ai eu des pensées sexuelles à son égard.

J'étais debout à la fenêtre et ne m'attendais pas à son arrivée quand il s'est retrouvé brusquement derrière moi et a posé sa main sur mon ventre. J'ai fait volte-face pour le regarder dans les yeux. Puis mon regard affolé est allé se perdre dans le vague par-dessus son épaule.

« Ne t'inquiète pas, a-t-il rassuré, tout va bien. »

Sa main s'est immiscée sous mon chandail pour me caresser le ventre. J'ai recommencé à regarder par la fenêtre en le laissant faire. Il caressait mon ventre nu en haletant.

« Tu as la peau si douce, a-t-il murmuré, que j'aurais envie de la toucher partout, ajouta-t-il. Est-ce que je peux ?

– Je ne sais pas, ai-je répondu, peut-être. »

À ce moment-là, on a entendu s'ouvrir la porte des toilettes et il a enlevé sa main. Je tremblais comme une feuille.

« Je t'appelle, a-t-il conclu.

– O.K. », ai-je répondu.

Quand il m'a téléphoné, il a essayé de se comporter comme si de rien n'était, m'a parlé de la pluie et du beau temps, même si son excitation le rendait un peu trop bavard. J'ai cru qu'il n'allait jamais oser me cracher ce qu'il avait prévu de me dire.

« Ça te dirait de venir faire un tour en voiture avec moi ? a-t-il demandé en s'efforçant de prendre un air détaché.

– Oui... pourquoi pas ? ai-je répondu, avec le cœur qui battait la chamade, sans lui demander la destination. Je me trouvais au centre-ville et nous avons décidé qu'il passerait me prendre rue Hverfisgata. Quand cette voiture familière s'est approchée, je me demandais encore si je devais y monter ou non. Je nageais dans l'indécision, j'avais l'impression que, quoi qu'il arrive, le reste de ma vie serait déterminé par ce choix. Il m'a adressé un sourire à travers la vitre ouverte. Ça m'a fait tout drôle d'ouvrir la porte et de m'asseoir.

Il n'a pas dit grand-chose en route, nous avons écouté la radio, il avait mis RAS 1, une chaîne que j'avais à peine entendue auparavant. Il était étrange d'écouter ces gens comme il faut lire des textes rédigés à l'avance. C'était sa génération à lui qui s'adressait à ses pairs, j'avais l'impression de ne pas faire partie de la fête et, d'ailleurs, je n'avais aucune envie d'y participer. Nous sommes arrivés ensuite à destination, sur les bords du lac d'Elliðavatn. Il a stoppé la voiture sur le parking situé à côté du petit pont. Nous sommes sortis. Je supposais qu'il avait un plan quelconque.

« On fait une petite promenade ? » a-t-il demandé. Il

n'avait pas encore posé sa main sur moi. Il tenait un petit sac à dos, je me disais que, peut-être, il n'arriverait rien du tout, qu'il avait simplement prévu de m'inviter à un pique-nique. Quelle pensée stupide ! Nous avons suivi un sentier, avons rencontré un couple d'âge mûr qui nous a adressé un signe de la tête. Nous leur avons répondu et je me suis dit qu'ils s'imaginaient probablement que c'était mon père. Ensuite, il a quitté le sentier pour s'enfoncer dans des buissons plus touffus. Je l'ai suivi. Brusquement, il s'est retourné pour me serrer dans ses bras.

« C'est ce que tu veux, tu n'as aucun doute ? a-t-il demandé.

– Arrête ce blabla », ai-je répondu. Et en effet il a coupé court à tout blabla. Au moment où il a touché mon corps, j'ai cru que j'allais m'évanouir. Il m'a embrassé le dos de la main puis la paume. Avec douceur, avec précaution. Quand j'ai pris conscience qu'il avait peur et qu'il manquait d'assurance, ma peur et mon manque d'assurance se sont évanouis. S'il osait franchir le pas, je me devais d'oser aussi.

Samedi

Quinze

Le lendemain matin, Marteinn fut tiré de son profond sommeil par les secousses de sa sœur Björg.

« Il est arrivé quelque chose à papa, lui annonça-t-elle, une fois qu'elle eut établi le contact avec lui. Il faut que tu ailles voir. »

Ensuite, elle quitta la chambre sans plus d'explications. Un coucou rouge et blanc s'apprêtait à atterrir sur la piste de l'aéroport. Marteinn était assis sur le rebord du lit et il l'observa par simple habitude jusqu'à le voir disparaître derrière le toit de la maison du voisin. Puis il enfila son slip et descendit. Björg n'était visible nulle part. Il alla jusqu'à la cuisine, versa des corn flakes dans un bol comme il en avait coutume et attrapa la brique de lait tout en se dirigeant vers le coin repas, un renfoncement meublé de deux bancs et d'une table fixée au mur.

Il faillit laisser tomber le bol à terre en voyant sa mère assise dans l'encoignure. Elle était restée là, muette, au lieu de lui souhaiter le bonjour.

« Pardon, mon chéri, s'excusa-t-elle en forçant un sourire, je ne voulais pas te faire peur.

– Maman, il y a un problème ? » demanda-t-il, sentant sa tête s'alourdir de moitié en l'espace de quelques secondes. Elle avait une mine affreuse, n'avait apparemment que peu dormi, voire pas du tout. Ses yeux étaicnt creux, ses cheveux tout ébouriffés. Il constata qu'elle était pieds nus, vêtue de sa robe de chambre en éponge orange. Elle avait manifestement pleuré une partie de la nuit.

« Un problème ? Quel problème voudrais-tu qu'il y ait ? » répondit-elle, sur ce ton triste qui lui était familier.

Elle crut qu'il n'avait pas saisi l'ironie. À chaque fois que son fils essayait de lui tirer les vers du nez, elle agissait comme si elle ne comprenait pas où il voulait en venir. Peut-être n'était-ce rien qu'une vieille et désagréable habitude chez elle. Cependant, cette fois-ci, il y avait anguille sous roche.

« Où est papa ? Björg a peur qu'il lui soit arrivé quelque chose.

– Ton père ? Je suppose qu'il a fini à son travail », répondit-elle en remuant presque imperceptiblement les lèvres, si bas qu'un autre n'aurait pas entendu ce qu'elle disait.

« Fini à son travail ? Qu'est-ce que tu veux dire par là ? »

Sa mère le regarda comme si elle n'avait pas compris. La dispute nocturne dont les bruits lui étaient parvenus revint brusquement à la surface de la mémoire de Marteinn.

« Est-ce qu'il est parti quelque part cette nuit ? » demanda-t-il. Elle demeura silencieuse, se bornant à se tordre les doigts dans son peignoir en éponge, ce qui signifiait que la réponse était oui.

« Et il est allé où ?

– Quelqu'un a téléphoné, répondit-elle d'un ton las.

– Qui ça ? » continua Marteinn. Sa mère ne répondit rien. Elle porta sa main à sa tempe qu'elle se mit à masser machinalement. La réaction était familière à Marteinn.

Il appela Björg sans obtenir de réponse, s'approcha de l'appareil fixé au mur de l'entrée pour téléphoner vers le portable de son père. Aucune réponse. Il composa ensuite le numéro de son travail. Personne ne décrocha, là non plus. Il remonta à sa chambre, enfila un jean et un T-shirt avant de descendre retrouver sa mère qui n'avait pas bougé. Le bol de corn flakes qu'il avait préparé se trouvait toujours sur la table, à côté de la brique. Il versa machinalement du lait sur les corn flakes bien que n'ayant absolument pas faim. Sa mère continuait de regarder par la fenêtre. Il jeta un œil à l'extérieur et constata que la voiture de son père ne s'y trouvait pas, comme il s'y était attendu.

« Où disais-tu que papa était parti ? interrogea-t-il.

– Il est allé au chalet », précisa Björg, apparaissant tout à coup derrière lui. Il se retourna, il ne l'avait pas entendue approcher. Il alla dans la pièce où se trouvait l'ordinateur, en indiquant à sa sœur de le suivre d'un signe de la tête.

« Qu'est-ce qui te fait croire qu'il lui serait arrivé quelque chose ?

– C'est juste un pressentiment.

– Es-tu en train de me dire que tu m'as réveillé un samedi matin à cause d'un vague pressentiment ?

– Oui, mais s'il se vérifiait, tu ne serais pas furieux que je ne t'en aie pas parlé ? »

Il ne répondit rien.

« Bon, alors, à quelle heure est-ce qu'il a quitté la maison ?

– Je ne sais pas, au milieu de la nuit.

– Et il t'a dit qu'il partait à Þingvellir ?

– Je me suis réveillée, je suis arrivée en bas au moment où il sortait. Alors, je lui ai demandé où il allait et il m'a répondu qu'il devait faire un tour au chalet. Il avait l'air franchement bizarre. J'avais l'impression qu'il allait éclater en sanglots. »

Aucun des deux n'avait jamais vu leur père pleurer.

« Ah bon ? Est-ce qu'il t'a expliqué pourquoi il devait aller là-bas ?

– Il m'a promis de me raconter ça plus tard.

– Et depuis quand est-ce que tu as ce... pressentiment ?

– Je me suis réveillée avec. Prenons la voiture pour aller vérifier que tout va bien là-bas.

– Attendons un peu, on va bien voir. »

Il retourna à la cuisine.

« Maman, tu vas t'habiller, oui ou non ? » s'agaça-t-il.

Elle le dévisagea comme s'il avait été un parfait inconnu.

Une heure s'écoula. Ils auraient pu agréablement tuer le temps ensemble, mais au lieu de ça, ils s'ennuyaient ferme, chacun de leur côté. Sa mère s'éclipsa à l'étage. Il pianota sans conviction. Björg venait lui susurrer de temps à autre à l'oreille qu'il fallait qu'ils aillent à Þingvellir. Il appela plusieurs fois son père, qui ne répondit pas. Finalement, il profita que Björg était allée aux toilettes pour attraper le double des clefs de la voiture de sa mère dans le placard et enfila ses chaussures.

« Je prends la Honda », lui cria-t-il dans l'escalier. Il n'était pas sûr qu'elle l'ait entendu et ne lui laissa d'ailleurs pas le loisir de répondre. Il sortit de la maison, sauta dans la voiture et démarra en trombe. Arrivé dans la rue

Suðurgata, son téléphone sonna. Il l'extirpa de sa poche, constata que l'appel provenait de la maison et éteignit l'appareil. Il n'avait aucune envie de parler à quiconque, qu'il s'agisse de sa mère ou de sa sœur.

Il faillit se raviser en montant la côte d'Ártúnsbrekka. Il s'imagina la réaction que son père aurait en le voyant arriver alors que ce dernier serait presque à coup sûr en compagnie de Sunneva. S'il voyait la voiture approcher, il s'imaginerait certainement que c'était son épouse, Eva. En fait, il n'était que peu probable que Björn aperçoive le véhicule avant de voir Marteinn ; le chalet était situé un peu à l'écart de la route, en contrebas d'une pente abrupte, ce qui signifiait que Marteinn surprendrait son père, pensée tout à fait inconfortable. D'un autre côté, il ne serait pas mal non plus d'abattre cette muraille de mensonges qui, de l'avis de Marteinn, s'était élevée entre lui et son père au cours des derniers mois. Il effectua deux tours du rond-point de Mosfellssveit avant de se conforter dans sa décision de poursuivre le voyage. Il s'arrangerait simplement pour manifester sa présence à temps de façon à ce que son père n'ait pas le sentiment que Marteinn venait le prendre la main dans le sac.

Par moments, il lui semblait que le temps s'écoulait à la fois avec une lenteur insupportable et une rapidité inconcevable. Telle était la nature de ce voyage. Marteinn avait l'impression qu'il ne prendrait jamais fin, qu'il se trouvait à l'intérieur d'une voiture qui n'allait jamais s'arrêter, mais continuerait indéfiniment à avancer vers nulle part. Il redoutait d'arriver à destination tout autant que de rebrousser chemin. Cependant, tant qu'il était à l'intérieur de la voiture, il se sentait bien.

Il s'engagea sur la route qui longeait le lac par la droite, juste à la frange du parc national. En arrivant devant le garage, il constata que la voiture de son père s'y trouvait, seule. Il se sentit soulagé. Finalement, il n'était pas certain que Sunneva soit également là. Pour plus de sécurité, il décida de passer un coup de fil afin de prévenir de son arrivée. Il ralluma son téléphone et laissa sonner le temps de parcourir la distance qui le séparait de la maison. Toujours pas de réponse.

Le chalet était ancien, ce qui commençait à se voir ; le grand-père de Marteinn l'avait bâti avec des matériaux bon marché au cours des années quarante. On y accédait depuis la route par une pente couverte de buissons, si abrupte qu'on avait dû y installer un long escalier en bois des plus raides. Il s'agissait simplement d'un petit chalet noir sur un niveau avec un grand espace en L où se trouvaient une petite cuisine, un salon avec cheminée et des lits superposés, installés dans un renfoncement à côté de la porte d'entrée. Il y avait également une chambre séparée dans laquelle on pénétrait par le fond du salon. Sur le côté qui faisait face au lac se trouvait une petite pelouse et puis, en contrebas, une nouvelle pente descendait jusqu'au rivage couvert de pierres.

Une fois que Marteinn fut descendu de la voiture, un corbeau vint à sa rencontre en croassant au-dessus de sa tête. Il s'étonna de constater que la maison était fermée. Mais la clef n'était pas à sa place habituelle, accrochée à la cheville de bois plantée dans l'un des montants de la terrasse. Il frappa timidement à la porte sans obtenir de réponse. Il appela :

« Papa ! C'est moi, Marteinn ! » Nul ne se manifesta. Son cœur s'était mis à battre plus vite. L'explication la plus probable était évidemment que son père soit parti se promener, cependant cela ne lui ressemblait guère de fermer à clef quand il s'absentait brièvement. Il téléphona à nouveau à son père. Si ce dernier était réellement en train de se cacher à l'intérieur, alors on y entendrait la sonnerie. Il perçut en effet une série de sons étouffés et plaqua son oreille à la porte. Non, ce n'était pas de là que provenait le bruit. Il descendit en bas de la maison, la sonnerie y était légèrement plus audible. Il avait l'impression qu'elle venait du bord du lac. Pourquoi diable son père ne décrochait-il pas son téléphone ?

« Papa ! » appela-t-il d'une voix forte en se laissant guider par le bruit.

Il était étendu là, gisant parmi les grosses pierres, pâle comme un linceul, les yeux clos, avec du sang sous la nuque. Les moineaux pépiaient gaiement dans les buissons au bord du lac, les moustiques volaient, le soleil brillait dans un ciel bleu limpide. Le corps de l'homme allongé parmi les rochers défigurait le calme paisible de la nature environnante.

Marteinn retenait sa respiration tandis qu'il se frayait un chemin entre les rochers de la pente comme il l'avait fait bien des fois auparavant. En lui s'affrontaient deux désirs opposés, le premier lui commandant de courir au plus vite au chevet de ce corps immobile et le second, impérieux, l'enjoignant à rebrousser chemin, à s'enfuir comme s'il avait le diable à ses trousses et que sa fuite avait le pouvoir d'effacer la vision qui se présentait à lui sur la rive du lac. Il continua de descendre vers le rivage à pas très légers, comme s'il craignait de troubler le sommeil de l'homme qui s'y trouvait allongé, vulnérable et pitoyable.

Marteinn sursauta presque en entendant la respiration rapide, peu profonde et sifflante de son père. Baigné de soleil, son visage semblait tranquille ; on aurait parfaitement pu croire qu'il dormait. Il portait des chaussures de sport, un pantalon de velours noir, un T-shirt blanc plutôt épais, orné d'une petite ancre bleue et jaune sur la poitrine. L'une de ses mains tombait d'un bloc de pierre, laissant tremper trois de ses doigts dans l'eau. Marteinn la remonta en vitesse, tenta de la lui poser sur la poitrine, mais immédiatement, elle glissa à nouveau dans l'eau avec un léger clapotis. Le bruit ramena Marteinn à la réalité. Il sortit son téléphone de sa poche et fut envahi d'une violente sensation d'irréalité quand un jeune homme lui répondit :

« Ici, les urgences, je vous écoute. »

Une fois qu'il fut resté un certain temps assis au bord du lac, totalement désemparé, à regarder son père, Marteinn appela sa mère. Il s'efforça de s'exprimer d'un ton posé et mesuré, pourtant dès les premiers mots il sentit immédiatement sa voix se briser.

« Maman, papa a eu un accident, je l'ai trouvé au bord du lac, il a dû tomber.

– Hein ? Qu'est-ce que tu racontes ? demanda-t-elle.

– C'est papa… Je crois qu'il est gravement blessé, parvint-il à articuler.

– Mon Dieu ! Qu'est-ce que j'ai fait ? s'écria Eva.

– Maman ! répondit-il en sanglotant, tu n'as rien fait du tout. C'est juste que papa est tombé et qu'il s'est blessé. Je viens d'appeler une ambulance.

– Est-ce qu'il est là, à côté de toi ? demanda-t-elle.
– Oui et l'ambulance est en route.
– Laisse-moi lui parler ! ordonna-t-elle d'un ton étrangement autoritaire.
– Ce n'est pas possible, maman, répondit-il.
– Tout ça est ma faute, dit-elle.
– Maman ! Rejoins-nous à l'hôpital », conclut-il, à bout d'arguments.

Une heure plus tard, tout était encore sens dessus dessous dans l'esprit de Marteinn alors qu'il suivait l'ambulance roulant bien au-delà de la limite de vitesse sans même que la chose lui effleure l'esprit. Il aurait préféré se tenir au chevet de son père, craignant que ce dernier ne décède en route. Cependant l'un des ambulanciers lui avait fait remarquer qu'il serait peut-être quelque peu embarrassant pour la famille de se retrouver sans aucun véhicule et, l'argument s'étant frayé un chemin à travers les enchevêtrements de son esprit, il avait fini par reprendre la voiture pour la ramener à Reykjavík. On lui avait également demandé d'attendre l'arrivée de la police afin de pouvoir leur montrer les lieux, mais il n'avait pas voulu en entendre parler.

Un souvenir qui avait louvoyé dans son esprit depuis le moment où il avait découvert son père sur la rive du lac et où il l'avait cru mort réapparut à la surface.

C'était par une soirée d'été, il y avait bien longtemps. Marteinn devait avoir six ans. Le soleil était bas dans le ciel, les nuages roses et violets, tels ceux des contes de fées. Marteinn avait passé presque toute la journée à pêcher avec son père. Ils s'étaient éloignés du chalet à la recherche d'endroits poissonneux çà et là au bord du lac. Sa mère était restée à la maison en compagnie de Björg qui était alors encore bébé. C'était l'une de ces journées parfaites sous tout rapport, pour peu qu'on oublie le fait que Marteinn s'apitoyait sur les poissons. Son père avait tenté de l'initier à la pêche à la mouche, mais ça ne lui avait pas plu. Il appréciait en revanche de voir l'hameçon scintiller dans l'eau quand il ramenait sa ligne à terre. Il fut presque désorienté lorsqu'il attrapa un poisson, voyant que son père ne sourcillait pas quand ils constatèrent que l'animal avait été hameçonné par les ouïes.

« Allez, mon petit gars, assomme-le », avait-il dit en

tendant une pierre à l'enfant qui avait lancé à son père un regard suppliant auquel ce dernier avait répondu par un rictus.

« Allez, ordonna-t-il, pas de chichis ! »

Il fallut à Marteinn un temps interminable pour extirper la vie de l'animal. Quand il y parvint finalement, il était sur le point de vomir. Le pire, ce fut quand son père accrocha la prise en lui passant un fil de fer par les yeux. C'était la première fois qu'il voyait un animal mourir : cette bête frétillante, pleine de vie, s'était transformée en un poisson mort à cause de lui. S'il ne s'était pas trouvé là, elle aurait continué à nager dans le lac.

Ils firent griller la truite sur la terrasse et l'accompagnèrent de pommes de terre. D'une certaine manière, il n'établissait aucun lien entre le morceau de poisson qu'il avait dans son assiette et la manière dont il avait vécu la mort de l'animal. Son père avait pris une bière pendant qu'ils grillaient le poisson, il en avait avalé deux autres au cours du repas. Ensuite, il avait bu un whisky – « pour se réchauffer », avait-il expliqué. Il était vrai que l'air avait fraîchi dans la soirée bien que Marteinn trouvât encore tout à fait supportable de rester assis sur la terrasse en T-shirt. Sa mère était rentrée dans le chalet pour endormir Björg, le père et le fils demeurèrent seuls tous les deux.

« Tu ne seras jamais un vrai pêcheur si tu refuses d'essayer les différentes techniques », observa tout à coup Björn. Marteinn le regarda tout étonné. Il eut l'impression que son père avait passé son temps à ressasser tout ça.

« Peut-être que je n'ai pas envie de devenir un bon pêcheur, observa Marteinn, vexé.

– Non, peut-être pas », répondit Björn en laissant échapper un petit rire déplaisant. Ils gardèrent le silence quelques instants. Le ciel devenait de plus en plus sublime.

« Papa, c'est juste que ça ne m'amuse pas de tuer les animaux », annonça Marteinn, déclenchant chez Björn un nouvel éclat de rire.

« L'homme doit tuer pour survivre, mon petit Marteinn. Nous nous nourrissons d'animaux morts. La mort fait partie de la vie. Ensuite, nous aussi, nous mourons.

– Ah bon, quand ça ?

– Nous mourons tous un jour ou l'autre. Quand notre moment arrive. »

Marteinn ne comprenait pas très bien ce que son père voulait dire, cependant ses paroles l'emplirent d'inquiétude.

« Et toi, quand est-ce que ton moment va arriver ? demanda-t-il.

– Eh bien, mon petit, j'espère que ce n'est pas pour tout de suite, répondit-il avec un sourire. Pas dans l'immédiat. »

Il ne fut plus question de ce sujet. Pourtant, Marteinn resta longtemps les yeux ouverts dans le lit superposé à côté de la porte. C'était la première fois qu'il envisageait l'idée que ses parents puissent un jour disparaître. La pensée lui était insupportable et les soirs furent nombreux où il s'endormit en pleurant parce qu'il imaginait que quelque chose d'affreux pouvait leur arriver.

*

Et voilà maintenant que cela s'était produit. Sa mère était en dépression ; autant qu'il sache, elle suivait un traitement qu'elle avait probablement arrêté ou qui n'avait plus aucun effet. Elle s'était précipitée dans des profondeurs terrifiantes qui compliquaient la cohabitation avec cette femme autrefois adorable et pleine d'attentions. Il se demandait comment elle allait prendre ce qui venait de se passer, seuls deux choix s'offraient à lui : soit le choc la forcerait à relever la tête, soit elle serait définitivement vaincue. Le fait qu'elle s'adresse des reproches n'aurait peut-être pas dû surprendre Marteinn tant que ça. Désormais, son rôle à lui serait de la soutenir en action comme en parole.

En revanche, il ne pouvait apporter aucune aide à son père, il allait falloir qu'il se débrouille seul pour se sortir de l'ornière dans laquelle il s'était fourré. Ces derniers temps, Björn avait été épuisé, tendu à l'extrême, il s'était montré froid, irritable et n'avait pas eu l'esprit à la maison en dépit du peu de temps qu'il y séjournait. Il se comportait dans une certaine mesure comme l'un de ces adolescents capricieux qui vont à la recherche de la maturité sur d'autres terrains, ne percevant leur famille que comme un obstacle. Un ado qui se prépare à quitter la maison avant de se séparer de son ancienne famille, avait souvent pensé Marteinn. Peut-être s'agissait-il précisément de ce que Björn était en train de faire. Sa situation était toutefois différente et son fils ne pouvait refréner la pensée obsédante que le père ne devait s'en prendre qu'à lui-même.

Marteinn avait l'impression que la journée avait été interminable. Il n'était pourtant que midi passé quand les deux véhicules quittèrent la route de Þingvellir pour s'engager sur le boulevard Vesturlandsvegur. Il ralentit, n'osant plus se risquer à suivre l'ambulance.

Seize

Elle essaya d'appeler encore une fois, pour plus de sécurité. Le résultat fut identique, personne ne décrocha. Hildigunnur était très inquiète. Sunneva avait pour habitude d'allumer son répondeur quand elle était prise par quelque chose. Et elle avait promis qu'elle passerait chez sa mère prendre le petit déjeuner. Cet oubli ne lui ressemblait pas.

Hildigunnur retourna à la cuisine et se mit à desservir la table afin de s'occuper. Les petits pains dans la corbeille, le fromage sur le plateau, les deux tasses à café bleues dont l'une était encore propre. Elle alla la remettre dans le placard même si elle avait envie de la laisser sur la table afin d'indiquer qu'elle attendait encore l'arrivée de sa fille. Elle s'efforça de se débarrasser de son inquiétude, ce n'était là que de l'hystérie de sa part, se disait-elle. Peut-être Sunneva avait-elle un nouveau petit ami, il était typique chez les amoureux d'oublier les rendez-vous, surtout avec leur mère. Elle décida de mettre le lave-vaisselle en route bien qu'il fût à moitié vide. Le ronronnement familier de la machine ne parvint toutefois pas à calmer son angoisse.

Quelqu'un sonna à la porte. Hildigunnur se leva d'un bond.

« Je suis bien chez Gunnar Grétarsson ?

– Il n'est malheureusement pas en Islande, répondit-elle, déçue à la vue du grand jeune homme maigre qui se tenait sur le pas de la porte dans son uniforme rouge.

– J'ai ici un pli recommandé à son intention, je peux avoir votre signature ?

– Je suppose que je n'ai pas le choix », répondit Hildigunnur en prenant une profonde inspiration. Les recommandés n'auguraient en général rien de bon et c'était encore plus le cas en ce moment. Elle n'avait pas l'intention de l'ouvrir, du reste, ce n'était pas à elle que la lettre était adressée. Elle connaîtrait bien assez tôt son contenu.

L'employé de la poste la salua avant de disparaître. Elle alla s'asseoir sur la chaise à côté du téléphone, examina un instant l'enveloppe avant de la poser dans le porte-lettres où elle rangeait les courriers non ouverts ainsi que les factures en attente. Elle refréna son envie de téléphoner une nouvelle fois à sa fille.

Le soleil passait à travers la fenêtre du salon, venant éclairer un tableau de Stefán frá Möðrudal qui représentait des moutons paissant sur le flanc d'une montagne. Dans deux jours, elle fêterait son anniversaire. Pour une raison imprécise, l'idée lui traversa l'esprit qu'à ce moment-là, elle ne serait peut-être plus de ce monde. Elle écarta toutefois immédiatement cette pensée. Qu'est-ce que ça changerait ? Et que pouvait-elle y faire si la chose devait arriver ? Rien du tout. Elle menait une vie saine, mangeait correctement et pratiquait la gymnastique. C'était une femme magnifique, quelque chose dans ses mouvements poussait encore les hommes, même jeunes, à se retourner sur son passage quand ils la croisaient dans la rue, elle n'avait aucun besoin de regarder quand cela se produisait, elle le sentait. Oui, elle adorait la vie bien que n'ayant aucune peur de la mort. Elle trouvait inutile de craindre quoi que ce soit, elle pensait qu'il existait un fond de vérité dans le cliché affirmant que la peur était la seule chose à redouter. Et c'était précisément cette peur qu'elle craignait. À ce moment précis, elle se voyait sollicitée par la seule pensée susceptible de menacer son équilibre.

Dix-sept

Valdimar devait commencer à enquêter sur l'accident survenu au lac de Þingvellir, si nécessaire avec l'aide de Hafliði. L'enquête préliminaire avait donné lieu à une incroyable embrouille : l'un des employés des urgences avait contacté le commissariat de Selfoss dont l'ensemble des hommes disponibles se trouvaient sur les lieux d'un grave accident de voiture, sur la route nationale numéro un. Par conséquent, la police de Selfoss n'était arrivée au lac de Þingvellir qu'une fois que tout le monde en était reparti. Ils n'avaient même pas trouvé le chalet, entre autres parce qu'ils s'imaginaient que quelqu'un y serait resté pour les attendre. Finalement, ils avaient abandonné puis appelé la criminelle, ce qu'ils auraient d'ailleurs dû faire dès le début. Ce type d'accident exigeait la même procédure que les décès : on devait procéder à une enquête, ce qui était la raison d'être de la police criminelle.

Il était presque quatre heures quand Valdimar arriva à l'hôpital. L'accidenté se trouvait encore en salle d'opération. Sa femme et sa fille étaient rentrées chez elles ; Marteinn, le fils, étant le seul membre de la famille resté sur place. On conduisit Valdimar à la salle d'attente.

« Vous êtes bien Marteinn ? » demanda-t-il au garçon assis dans la pièce. Ce dernier confirma. C'était un jeune homme maigre aux cheveux bruns, à peine âgé de dix-huit ans, au visage couvert de taches de rousseur et avec un petit nez en patate islandaise. L'expression apeurée qui s'étalait sur son visage éveilla tout à coup chez Valdimar une profonde compassion.

« J'ai cru comprendre que vous étiez allé vérifier que votre père allait bien ce matin. Pourquoi ? Aviez-vous des raisons de croire que quelque chose lui était arrivé ?

– Eh bien, tout ça était franchement bizarre. Quelqu'un l'a appelé au beau milieu de la nuit, il est parti comme une flèche à notre chalet puis il a arrêté de répondre au téléphone. De plus, ma sœur était convaincue que quelque chose de grave lui était arrivé. Alors, j'ai tout bêtement décidé d'aller vérifier.

– Oui, je suis bien d'accord, cela semble en effet quelque peu étrange, convint Valdimar, pensif. Auriez-vous une idée sur l'identité de la personne qui l'a appelé ?

– Aucune », répondit Marteinn, peut-être un peu trop promptement, en secouant la tête. Valdimar le scrutait du regard, le jeune homme était abattu – mais fallait-il s'attendre à ce qu'il en soit autrement ?

« Nous nous rendrons à Þingvellir afin d'examiner les lieux de l'accident à la première occasion. Pourriez-vous nous procurer la clef du chalet ?

– Oui, bien sûr, papa devait l'avoir sur lui, mais je crois qu'il y en a une autre à la maison, répondit le jeune homme.

– Le mieux serait peut-être que vous veniez avec nous pour nous expliquer tout ça.

– Oui, oui, pas de problème, marmonna le garçon. Je veux juste rester ici jusqu'à ce que l'opération soit terminée. »

Valdimar n'ayant aucune objection là-dessus, il prit sa voiture pour aller à Skerjafjörður interroger l'épouse.

« Qui êtes-vous ? » lui demanda à la porte une femme plutôt petite et à l'indéniable beauté. Ses cheveux clairs qu'elle venait de laver lui tombaient sur les épaules. Elle n'était pas maquillée, marchait pieds nus, vêtue d'un blue-jeans et d'un chemisier blanc à col en V orné de perles qui formaient une fine broderie sur sa poitrine. Son visage affichait une sensibilité à fleur de peau qui ne pouvait être mise sur le compte exclusif de la situation. Cette émotivité semblait y être trop profondément ancrée. Elle donnait l'impression qu'elle allait d'un moment à l'autre se mettre à sourire ou bien éclater en sanglots. Valdimar ressentit brusquement le désir de la prendre dans ses bras, mais l'éloigna de son esprit telle une lubie désagréable.

« Je m'appelle Valdimar, je suis policier à la criminelle.

– Ah, je vois, répondit la femme d'un ton morne. Entrez donc. »

Elle le précéda dans la salle de séjour où tout était

immaculé, que ce soit le canapé ou les fauteuils blancs, la table blanche avec le cendrier en marbre blanc, les lattes de parquet cirées peintes en blanc, jusqu'aux murs, ornés de deux portraits aux couleurs si ternes qu'ils en étaient presque blancs.

« Ça, c'est Björn », précisa platement la femme. Valdimar n'aurait su dire si elle voulait parler de l'homme représenté sur l'un des tableaux – l'autre peinture représentait une femme – ou si elle entendait l'informer que c'était Björn, son époux, qui portait la responsabilité de la décoration de la pièce. « Puis-je vous offrir quelque chose ? » demanda-t-elle ensuite d'un ton chaleureux, endossant alors le rôle de la parfaite maîtresse de maison. Valdimar déclina l'offre.

« Je voulais juste vous poser quelques questions concernant des points de détail.

– Oui, soupira-t-elle, comme si elle savait de quoi il retournait. Si cela ne dure pas trop longtemps. J'allais repartir à l'hôpital.

– Je vois, répondit Valdimar. Cela ne prendra que quelques instants. Nous essayons de comprendre ce qui s'est passé, là-bas à Þingvellir.

– Oui, répéta-t-elle. Eh bien, voilà. J'ai été réveillée par la sonnerie du téléphone et... j'ai entendu Björn qui discutait avec quelqu'un...

– Sur votre ligne fixe ?

– Oui.

– Avez-vous saisi le sujet de la conversation ?

– Non, pas précisément, mais...

– Mais vous avez entendu quelque chose ?

– Oui, j'ai eu l'impression qu'il était en colère, ou tout du moins énervé. Il martelait ses mots à voix basse dans le combiné... Enfin, je suppose qu'il ne voulait pas nous réveiller.

– Avez-vous compris de quoi il parlait ?

– Peut-être une phrase.

– Laquelle ? Est-ce que vous vous souvenez ?

– Enfin, je crois qu'il a dit : “Tu es complètement dingue” et il a aussi parlé de la police.

– De la police ?

– Oui, c'est ce qu'il m'a semblé.

– Dans quel contexte ?

– Je n'en sais rien, j'étais à moitié désorientée… euh, à moitié endormie.

– Et ensuite, que s'est-il passé ?

– Björn est remonté à l'étage, il s'est habillé. Je lui ai demandé s'il allait sortir mais… mais il ne m'a pas répondu », précisa la femme, amère. Des larmes se mirent à couler sur ses joues.

« Hein ? » demanda Valdimar, légèrement déconcerté, en gigotant, mal à l'aise, sur son fauteuil. Il ne savait jamais quelle attitude adopter quand il voyait des femmes pleurer en sa présence. Sa connaissance empirique du comportement humain lui disait que le meilleur remède était le contact physique, qu'il lui fallait poser une main chaleureuse sur l'épaule ou le bras de la femme. Cependant ses propres sentiments lui enjoignaient le contraire. Sa phobie du contact physique, qu'elle soit innée ou acquise, s'en trouvait décuplée et il ne supportait pas d'approcher un individu en pleurs, qu'il soit connu ou inconnu.

« Je pensais pourtant qu'il vous avait dit où il s'en allait, ajouta-t-il.

– Il ne l'a pas fait bien que… Bien que je lui aie posé la question à plusieurs reprises. En tout cas, Björg, notre fille, a été réveillée par la conversation et quand elle lui a posé la même question que moi, il a mentionné le chalet. Quant à moi, il n'a pas daigné me répondre… » expliqua-t-elle, sans aucune fêlure dans la voix même si les larmes continuaient de lui couler sur les joues. Valdimar se sentit envahi d'une sensation de claustrophobie. Il avait l'impression que ses vêtements lui serraient tout le corps et mourait d'envie de s'en extirper. La conscience de ce désir ne faisait qu'augmenter son malaise. Il n'était toutefois pas encore quitte.

« Lui avez-vous demandé qui l'appelait ? »

Le visage de la femme se durcit. Elle regardait dans le vide devant elle, comme pétrifiée.

« Oui, je l'ai fait, et il a refusé de me répondre. Cependant, je n'ai pas tardé à le découvrir, ajouta-t-elle. J'ai simplement regardé qui avait téléphoné une fois qu'il était parti. Le numéro n'était pas masqué ni quoi que ce soit de ce genre. Ensuite, j'ai appelé les renseignements pour savoir à qui il appartenait.

– Très bien, et alors, de qui s'agissait-il ? demanda Valdimar.

– Elle s'appelle Sunneva. Sunneva Gunnarsdóttir. »

Le nom avait une consonance familière aux oreilles de Valdimar qui ne parvenait toutefois pas à se souvenir où il l'avait entendu.

« C'est la fille d'amis de longue date et… elle étudie l'architecture et… elle travaille au cabinet de Björn.

– Avez-vous une idée de ce qui a pu conduire Sunneva à contacter Björn à cette heure de la nuit ? demanda prudemment Valdimar.

– C'est à elle que vous devez poser la question », répondit Eva en évitant de croiser son regard.

Au fur et à mesure qu'on avançait dans l'été, Valdimar était de plus en plus agité. Il avait surtout besoin de quelque chose sur quoi se concentrer. Le travail, le travail, toujours le travail, voilà l'unique planche de salut qui l'empêchait de se plonger dans des souvenirs assassins et de devenir la marionnette d'un pessimisme assorti de troubles obsessionnels. Il y avait longtemps qu'il avait compris à quel point sa personnalité fluctuait au gré des saisons et cela s'accentuait avec les années. L'hiver était l'époque de la stabilité, la vie suivait son cours habituel et il ne se perdait pas en considérations sur ce qu'il était devenu ou sur sa façon d'être. Le printemps allumait en lui toutes sortes d'espoirs et d'attentes quant à des projets parfaitement irréalistes sous des cieux lointains ou des changements radicaux dans son existence. Au moment de l'année où le jour était permanent, ses lubies et ses divagations le privaient de tout sommeil. Il avait le monde entier à ses pieds, s'emplissait d'un optimisme contagieux et, pour tout dire, sa sensibilité tout autant que son amour du travail étaient exacerbés. Si tel n'avait pas été le cas, il serait probablement allé consulter un médecin afin de limiter ses débordements à l'aide d'un traitement approprié. L'été avançant, l'épuisement commençait à se manifester. Perdant toute énergie, il manquait de sommeil pendant plusieurs semaines. Au moment où il remettait les pieds sur terre, à l'automne, les fondements de sa vision de la vie s'étaient complètement transformés. L'optimisme faisait place à un certain mal de vivre, une sorte de dépression. À cette inclination naturelle s'ajoutait sa conviction que, dans ce domaine comme dans bien d'autres, il tenait de sa mère. Les femmes en crise parce qu'elles venaient de découvrir l'infidélité de leur mari la lui rappelaient invariablement, surtout à cette époque de l'année, à l'approche de cette saison.

Cela devait être lors de la dernière fête qu'ils avaient organisée avant le décès de son père. La maison était tellement remplie de monde que les fumeurs les plus invétérés n'avaient pas envie d'allumer leur pipe dans la salle. Son père et quelques autres convives avaient tenté d'aller dans la chambre de Valdimar qui, en les voyant, leur en avait interdit l'accès. Ils étaient donc descendus s'installer dans la buanderie. Son père tenait une sacrée forme, il tripotait toutes les femmes passant à sa portée. Sa chère petite Magga se trouvant dans les parages, elles s'étaient toutes débarrassées de lui à grands éclats de rire, jusqu'au moment où Vigdís l'avait finalement laissé s'immiscer sous sa robe sans protestation. Certes, elle lui avait asséné une tape sur la main, mais ce n'était que pour la forme et, au moment où Valdimar avait remarqué qu'elle avait cessé tous chichis et qu'elle faisait semblant de s'intéresser à autre chose et de suivre la conversation sur le canapé, il avait compris que son père, rudement aguerri en la matière, avait passé sa main à l'intérieur de sa petite culotte. Couché au pied du canapé, Valdimar regardait la télé sans le son : c'était un vieux film de cowboys en noir et blanc. La ville était en ébullition, le méchant propriétaire du ranch était venu avec une bande de mercenaires pour régler son compte au shérif et à quelques hommes de bien qui s'étaient rangés à ses côtés. Valdimar avait simplement besoin de changer imperceptiblement d'angle de vue pour regarder droit dans la direction de Vigdís, assise dans le vieux et profond fauteuil, une jambe posée sur l'un des accoudoirs, grande ouverte aux doigts tripoteurs de son père qui s'était agenouillé à ses pieds. Qu'est-ce qu'ils avaient donc dans la tête ? s'était souvent demandé Valdimar par la suite. Il ne parvenait pas à comprendre quelle mouche les avait piqués, peu importe qu'ils aient été tous les deux complètement défoncés. Son père était un homme à femmes ou plutôt « un chatouilleur de chattes », comme il se définissait lui-même avec son légendaire langage de charretier. Mais c'était quand même aller un peu loin que de se donner ainsi en spectacle au beau milieu de la salle de séjour devant Valdimar dont, encore heureux, la sœur était déjà partie dormir. Valdimar avait cessé de s'intéresser à la télé, il se contentait de rester allongé en cette demi-cachette et de regarder son père agiter sa main sous la robe de Vigdís. Il avait l'impression qu'il l'avait complètement enfoncée en elle. Elle attrapa son père par les cheveux l'espace d'un instant, le repoussa pour la forme avant de se remettre à feindre d'être absorbée par la conversation qui continuait sur le canapé en surplomb de Valdimar où était également assis Óli, un copain de son père qui avait été en couple avec Vigdís, mais s'était trouvé une nouvelle petite amie absente ce soir-là. À côté de lui était assise une jeune fille aux cheveux blonds que Valdimar n'avait jamais vue auparavant. Elle portait une jupe courte et faisait parfois passer sa jambe devant son visage, l'empêchant de voir l'écran. Et puis de temps à autre, un nuage de poussière atterrissait sur les cheveux de Valdimar, à chaque fois qu'Óli tapait du poing sur le canapé afin de donner plus de poids à un détail de son discours, et discours était effectivement le terme approprié étant donné qu'il faisait suivre tout ce qu'il disait de points d'exclamation. En outre, tout ce qu'il avait sur le cœur était susceptible de changer la face du monde. Un grain de poussière atterrit dans l'œil de l'enfant et, tandis qu'il y portait sa main pour l'enlever, il aperçut sa mère occupée à s'essuyer les mains avec un torchon de cuisine et à regarder son père avec un étrange sourire sur les lèvres. Avec le recul, il y lisait un mélange d'incrédulité, de douleur et de pardon. Peut-être avait-elle déjà pris sa décision à ce moment-là ? En tout cas, elle disparut à nouveau dans la cuisine sans dire un mot à son père même si elle était probablement venue justement pour lui dire quelque chose. Quelques instants plus tard, Valdimar vit son père s'essuyer les doigts dans la robe de Vigdís en parcourant les alentours du regard avec un rictus diabolique sur le visage, avant de disparaître dans le couloir menant aux chambres et à la salle de bains. Valdimar n'y prêta pas attention, il essaya simplement de reprendre le fil du western qu'il était en train de regarder. Brusquement, Vigdís se leva puis disparut quelque part et, peu après, sa mère revint de la cuisine. Il la vit parcourir la salle du regard. Tout à coup, il eut un mauvais pressentiment, se leva d'en dessous le canapé pour se précipiter dans le couloir. La salle de bains était fermée à clef, il frappa à la porte sans obtenir de réponse, appela :

« Y a quelqu'un ? Papa ? » Mais il était déjà trop tard : sa mère était arrivée dans le couloir, elle se tenait debout à côté de lui, affichant à nouveau cet étrange sourire qui n'avait rien d'un sourire véritable et il constata tout à coup que sa mère avait soit maigri, soit vieilli. Son visage était tellement tendu, les lignes qui lui descendaient du nez jusqu'à la commissure des lèvres avaient acquis une telle profondeur qu'il ne parvenait pas comprendre à quel moment la chose avait bien pu se produire.

« Tu n'as qu'à aller aux toilettes, mon chéri », lui dit-elle sans qu'il ait d'autre choix que de lui obéir. Mais il savait que, cette fois-ci, son père était allé un peu loin, qu'il avait dépassé les bornes. Une mouche passa par là, essaya de se poser sur le visage de sa mère qui frappa la bestiole d'un geste vif exprimant sa force et peut-être aussi sa colère dont par ailleurs pas une trace ne se voyait sur ses traits doux et maternels.

« Allez, allez », dit-elle en écartant Valdimar de son passage comme elle venait de le faire avec la mouche. Ensuite, elle frappa à la porte de la salle de bains. Valdimar bondit à l'intérieur du couloir sans pouvoir détacher ses yeux de la porte jusqu'au moment où sa mère lui fit les gros yeux. Il retourna se blottir au pied du canapé, non pour voir la fin du film, ce dont il n'avait plus aucune envie, mais parce qu'il ne savait simplement pas où il devait se réfugier. Il avait peur. Pourtant, il n'avait aucune raison de redouter quoi que ce soit : quelques instants plus tard, ils apparurent à nouveau dans la salle. Son père, tout honteux, et sa mère, l'air grave et réprobateur avec cette nouvelle ride si profonde sur le visage. Ensuite, Vigdís fit un passage éclair avant de rentrer directement chez elle. Non, qu'avait-il à redouter : des règlements de compte et des disputes ? Plus tard, il s'était pourtant dit que cela aurait sûrement mieux valu, qu'il aurait nettement mieux valu. Au bout de quelques instants, son père avait repris son humeur de boute-en-train et la mère de Valdimar avait envoyé celui-ci dans sa chambre en disant qu'elle-même allait se coucher.

En fin de compte, il n'était pas sûr que cet événement ait changé quoi que ce soit. Pourtant, c'était ce souvenir qui lui revenait le plus souvent à l'esprit quand il repensait à cet été que sa mère avait rendu inoubliable en se coupant les veines du poignet dans la salle de bains. Il ne s'était même pas imaginé qu'elle puisse être à ce point malheureuse, elle s'était tellement appliquée à ne pas laisser transparaître ses sentiments. Cet étrange sourire avait été en fait la seule chose qui ait amené Valdimar à se poser des questions.

Dix-huit

Marteinn comptait sur Hallgrímur pour l'accompagner à Þingvellir de façon à ce qu'il puisse en ramener la voiture de son père pendant que lui-même montrerait le chalet à la police.

« C'est pas vrai ! Quelle horreur ! » s'exclama Hallgrímur, visiblement choqué quand Marteinn lui téléphona pour lui apprendre ce qui s'était passé. Hallgrímur était à son travail, Marteinn entendait en arrière-plan les verres qui s'entrechoquaient. « Et alors… ? Ils pensent qu'il s'en tirera, n'est-ce pas ?

– Ils ne promettent rien. En tout cas, ça prendra beaucoup de temps, pour autant qu'il y ait de l'espoir », répondit Marteinn en sentant sa gorge se nouer. C'étaient là les renseignements que lui avait communiqués le médecin après l'opération.

« Malheureusement, je ne peux absolument pas me libérer, regretta Hallgrímur. Tu t'en tireras quand même ?

– Oui, oui, je me sens plutôt bien », mentit Marteinn à son ami. Il ne voyait personne d'autre à qui demander de l'accompagner au lac. Toutefois, il ne se voyait pas non plus faire la route jusque là-bas dans le véhicule de la police. Il s'y rendit donc avec la voiture de sa mère. Les pensées tourbillonnaient dans son esprit, il avait parcouru une bonne partie du chemin quand son portable se manifesta. C'était Valdimar. Ils avaient échangé leurs numéros afin de pouvoir se donner rendez-vous.

« Est-ce que cela vous conviendrait d'y aller maintenant ? demanda-t-il.

– Oui, pardonnez-moi. Je suis déjà parti, j'ai tout bêtement oublié de vous appeler, s'excusa Marteinn.

– Eh bien, nous ferons vite », répondit le policier avant de raccrocher sans dire au revoir.

Comme Marteinn l'avait prévu, son cœur se mit à bondir à l'intérieur de sa poitrine au moment où il se gara à droite de la voiture de son père ; il avait aussi l'habitude de se placer de ce côté-là à leur domicile de Skerjabraut. Cependant, voir ces deux véhicules côte à côte comme ils l'avaient été en des jours meilleurs semblait parfaitement déplacé. Il coupa le moteur et ouvrit la portière.

Le jour était bien avancé, le soleil plongeait derrière un nuage dans le dos de Marteinn, presque à l'opposé de l'endroit où il avait trôné dans la matinée. L'air était immobile, les mouches et moustiques toujours en vol. Quand il enjamba la clôture pour descendre jusqu'au chalet, le ciel s'obscurcit brusquement. Marteinn se dit qu'il allait sans doute bientôt pleuvoir. Vêtu d'un T-shirt à manches courtes et d'une veste légère, il frissonnait presque.

Quand il arriva sur la terrasse à côté de la porte du chalet, il lança machinalement un regard vers la berge d'où les ambulanciers avaient péniblement remonté son père en passant par la pente, si raide qu'ils avaient même pensé avoir recours à une barque afin de le transporter par le lac. Pourtant, la pente était encore plus raide à l'endroit où son père était tombé de la terrasse, elle formait presque un à-pic de plusieurs mètres. Comment diable s'y était-il pris pour trébucher à cet endroit, lui qui connaissait comme sa poche chaque mètre carré des environs du chalet ?

Il tenta de se représenter la scène. Björn avait dû s'aventurer à descendre jusqu'au lac dans l'obscurité. Dans quel but ? Il avait dû être en compagnie de quelqu'un, de ce quelqu'un qui l'avait appelé et dont Marteinn était presque certain de savoir l'identité. Pourquoi Sunneva n'avait-elle pas prévenu les secours si elle avait été témoin de cet accident ? Peut-être même était-ce elle qui l'avait poussé ? Marteinn sentit la chaleur lui monter son visage. Sunneva avait en tout cas dû être présente sur les lieux, elle avait donc abandonné son père en pleine détresse, elle l'avait trahi, l'avait laissé alors qu'il était mourant, dans l'unique souci que personne ne découvre qu'ils se voyaient. Son père était peut-être un égoïste et un égocentrique, mais il ne se serait jamais livré à ce genre de chose. Debout à attendre la police, Marteinn sentit tout à coup naître en lui une haine jusque-là inconnue à l'endroit de cette jeune femme. Il se rappela ce jour où pour lui tout cela avait débuté, ce jour de pluie où il avait vu son père et Sunneva s'embrasser dans la voiture.

Marteinn était rentré à la maison, trempé comme une soupe et tout tremblant. Sa mère était assise dans la salle de séjour avec les rideaux tirés.

« Maman, tu es là ? avait-il lancé dans la pénombre.

– Oui, mon petit Marteinn, je ne me sens pas très bien, avait-elle répondu.

– Où est papa ? avait-il prudemment demandé.

– Je n'en sais rien, mon chéri. Il m'a dit qu'il n'était pas sûr de rentrer à la maison ce soir. »

Marteinn se tenait dans l'embrasure de la porte, ne sachant trop que faire. Au bout de quelques instants, Eva se leva et s'approcha de lui. Il la regardait avec un œil entièrement neuf.

« Dis-moi Marteinn, que se passe-t-il ? Pourquoi est-ce que tu me regardes comme ça ? » interrogea sa mère, étonnée.

Précisément, que se passait-il ? Marteinn était le premier à se poser la question et à se demander s'il pouvait arranger quoi que ce soit à l'affaire. En effet, pourquoi regardait-il sa mère de cette façon ? Eh bien, pour la première fois, il tentait de la mesurer sur une échelle de beauté féminine et de sex-appeal. Il se disait qu'elle était plutôt pas mal. Elle avait certes un petit bedon, mais il y avait chez elle quelque chose de doux et de beau qui n'avait pas disparu avec le temps, et son apparence correspondait presque exactement à celle qu'elle avait sur sa photo de mariage.

« Rien, répondit-il, j'étais juste en train de réfléchir. »

Eva lui tapota la tête en allant à la cuisine. Il ne tenta pas de l'esquiver, contrairement à son habitude.

« Alors, mon chéri, qu'est-ce que tu racontes de beau ? demanda-t-elle.

– Tout va bien, répondit-il d'un ton morne.

– Tu as faim ? fit-elle en ouvrant le réfrigérateur.

– Pas plus que ça », marmonna-t-il.

Deux heures plus tard, la mère et le fils achevaient leur repas lorsqu'ils entendirent enfin la porte d'entrée s'ouvrir.

« Tu as eu une grosse journée au travail, mon chéri ?

demanda Eva à Björn, une fois qu'il eut pris place à la table du repas. Marteinn sentit son cœur battre plus fort.

« Oui, c'était du délire, répondit Björn. Et puis, je suis aussi allé aider Sunneva après le boulot. »

Eva se leva pour aller jusqu'à la cuisinière, elle avait mis une part au four afin de la garder au chaud pour Björn.

« Tu parles de Sunneva, la fille de Gunnar ? glissa Marteinn. À quoi est-ce que tu l'as aidée ? »

Son père le regarda avec une expression étrangement absente.

« Elle travaille au cabinet pendant l'été. Elle prévoit d'écrire un mémoire de fin d'études en rapport avec ce que nous faisons en ce moment », répondit-il. Marteinn eut un pincement au cœur. Son père ne racontait pas toute la vérité. Il avait le sentiment qu'il ne mentionnait Sunneva qu'afin d'assurer ses arrières au cas où quelqu'un les aurait aperçus. Peut-être d'ailleurs avait-il repéré Marteinn alors qu'il se trouvait dans la rue Fjólugata, même s'il n'en avait rien laissé paraître.

Björn le regardait par en dessous d'un air sérieux. L'espace d'un instant, Marteinn eut le sentiment que son père s'efforçait de créer une distance entre eux deux, comme s'il s'entraînait à sectionner les liens qui les unissaient. Mais l'instant d'après, il lui adressa un sourire malicieux et entendu comme s'ils avaient été de mèche, comme s'il lui avait confié un secret qu'il ne devait pas dévoiler à sa mère. Et Marteinn lui renvoya machinalement son sourire comme s'il acceptait de se soumettre au devoir de silence.

Ils s'étaient si bien entendus pendant tout l'hiver. Son père l'avait autorisé à construire un petit studio d'enregistrement à l'intérieur du garage. Il en avait dessiné les plans et les avait aidés, lui et Hallgrímur, à l'aménager. Il s'était intéressé à la musique des deux copains qui lui avaient même plusieurs fois demandé de les aider pour les prises de son. Au début, ils avaient été accompagnés d'un batteur. Ce dernier avait arrêté de venir jouer avec eux mais, fort heureusement, ils disposaient d'une foule d'accompagnements en stock. Marteinn trouvait plutôt drôle, mais toutefois agréable, de voir son père de l'autre côté de la vitre alors que lui et Hallgrímur se démenaient dans le studio. On aurait dit qu'au cours de cet hiver, son père s'était enfin mis à considérer Marteinn comme son égal, peut-être parce que le fils avait pris l'initiative de cette activité à laquelle le père pouvait se joindre et l'encourager. Pour sa part, Björn écoutait toute sorte de musique. Il restait souvent assis à discuter de choses et d'autres avec eux dans la cuisine le soir pendant qu'ils s'accordaient une pause café. Et voilà que subitement, la distance les séparant était devenue plus importante que jamais. Certes, son père était très occupé, il avait complètement cessé ses visites dans leur studio où, du reste, les deux garçons ne se retrouvaient plus avec autant d'assiduité que pendant l'hiver. Marteinn passait ses examens et Hallgrímur avait commencé à travailler dans un bar ce qui, bien souvent, ne lui laissait pas beaucoup de temps le soir. Toujours était-il que les relations s'étaient dégradées après que le fils avait surpris son père en compagnie de Sunneva. Le fait que son père lui mente ouvertement lui avait franchement déplu. Il avait été submergé par une sorte de pessimisme lugubre. Comment pouvait-il accorder sa confiance à qui que ce soit alors que son propre père lui mentait à tout bout de champ ? Cependant, Marteinn avait également l'impression que la réticence n'était pas uniquement sienne. Il aurait bien voulu rétablir le contact avec son père afin de parvenir à une sorte d'entente avec lui. Il n'était pas absolument nécessaire qu'ils abordent le sujet de son infidélité, mais Björn ne lui témoignait simplement aucun intérêt ; il passait son temps à traînasser au travail à longueur de journée, quand il n'était pas tout bonnement en train de cajoler sa maîtresse.

Toutes ces considérations qui revenaient à l'esprit de Marteinn lui semblaient maintenant étrangement futiles. Il sentit la première goutte de pluie lui tomber sur le visage, sortit la clef de sa poche pour ouvrir le chalet.

Dix-neuf

Si Hafliði crut sa dernière heure venue quand lui parvint une requête informelle l'enjoignant à passer dans une arrière-boutique de Glæsibær, ce n'était pas juste parce que son fils Eiríkur l'y attendait, alors qu'il le croyait sous bonne garde, chez sa mère à Egilsstaðir. Eiríkur était en compagnie d'un de ses amis originaire de l'est du pays, qui avait déménagé à la capitale et que Hafliði connaissait de vue. L'ami était en larmes, quant à Eiríkur, hors de lui, il était écarlate.

« Nous les avons arrêtés pour vol à l'étalage, annonça avec un rictus moqueur un policier âgé d'une cinquantaine d'années au torse imposant.

– Nous n'avons rien volé du tout, protesta vigoureusement le garçon. Papa, c'est un malentendu !

– Ce n'est pas ce que dit le personnel. Ils ont été attrapés la main dans le sac, reprit le policier en lançant à Hafliði un clin d'œil sans que son fils s'en aperçoive.

– C'était juste une blague ! On avait envie de voir si on réussirait à sortir du supermarché avec des produits plein les bras ! C'est pas comme si on avait piqué des trucs qui nous font envie. Vous ne croyez pas que des gars de notre âge préféreraient piquer autre chose que des céréales et des rouleaux de PQ ? Nous voulions juste voir les réactions du personnel. On avait l'intention de tout rendre, papa, je te jure !

– Voilà une explication bien trop incroyable pour qu'il puisse s'agir d'un mensonge », dit Hafliði au policier qui souriait dans sa barbe. Puis, il s'adressa à son fils : « Bonjour, mon petit Eiríkur, quand est-ce que tu es arrivé en ville ?

– Ce matin, répondit le fils, tout honteux. Je voulais passer chez toi une fois que tu aurais terminé ton travail.

– Bon sang, quel dommage que je sois de service ce week-end », regretta Hafliði en pensant à l'accident de Þingvellir. Cet étrange coup de téléphone mentionné par

Valdimar ne lui disait rien qui vaille. Ils n'étaient quand même pas en train de s'engager dans une enquête pour meurtre ? Il espérait que les choses se clarifieraient une fois que Valdimar serait allé inspecter les lieux de l'accident et qu'il aurait retrouvé la personne qui avait appelé. Mais d'abord, il lui fallait régler ce petit problème.

« Je ferais sûrement mieux d'aller discuter avec le directeur du magasin, observa-t-il en fronçant les sourcils.

– Il n'a pas l'intention de porter plainte, précisa le policier. En raison de leur âge et de leur évident manque de dextérité, ajouta-t-il, d'un ton moqueur en regardant les deux garçons. Une chose est évidente, vous n'avez pas grand avenir dans la profession. Vous feriez mieux de rester sur le droit chemin.

– Nous n'avons aucune envie d'en faire notre profession », tonna Eiríkur, furieux. Énerver le jeune homme était un jeu d'enfant, et le policier s'en était visiblement aperçu.

« Eh bien, puisqu'il ne prévoit pas de porter plainte, tout va pour le mieux, n'est-ce pas ? observa calmement Hafliði.

– Oui, tout à fait, convint le policier. Nous pouvons les relâcher avec un avertissement. À condition qu'ils promettent de se tenir à carreau. »

Les deux compères le jurèrent haut et fort. L'ami d'Eiríkur reprenait ses esprits.

« Sans déconner, je connais des mecs qui ont piqué ici à Glæsibær, annonça-t-il. Tout et n'importe quoi, mais surtout des tas de trucs de sport.

– Eh bien, observa le policier, vous pourrez leur dire de ma part qu'ils ne s'en tireront plus aussi facilement à l'avenir. Nous les tiendrons à l'œil.

– Et comment est-ce que vous allez faire ? s'étonna le garçon.

– Nous avons nos méthodes en la matière.

– Alors, les petits gars, je vous dépose ? proposa Hafliði, tout heureux de voir l'affaire résolue sans avoir à s'y impliquer plus avant. Et merci beaucoup de m'avoir prévenu », ajouta-t-il à l'officier qui lui adressa un nouveau clin d'œil.

Quand ils traversèrent le magasin, il apostropha les deux compères.

« Je suppose que je n'ai pas besoin de vous demander de ne plus vous amuser à ce genre de choses à l'avenir, n'est-ce pas ?

– Non, bien sûr que non, répondit son fils d'un air abattu.

– C'est promis », confirma le copain, droit comme un *i*.

Hafliði posa sa main sur l'épaule de son fils et son cœur s'emplit de bonheur.

Vingt

Valdimar s'était préparé à quitter Reykjavík accompagné de Björgvin, un policier de la scientifique. Il attendait simplement confirmation de la part de Marteinn qui lui avait promis de l'informer du moment où il lui serait possible de se mettre en route. C'est alors que Drífa l'avait appelé.

« J'étais en train de réfléchir, pour mon ordinateur portable. En fait, j'en aurais besoin aujourd'hui. »

Valdimar hésita. Il aurait bien aimé avoir un peu de temps devant lui, peut-être ne se présenterait-il plus d'autre occasion de rencontrer Drífa seul à seul. Mais bon, il n'avait pas le choix.

« Si tu peux passer tout de suite, ça ne posera aucun problème, répondit-il.

– Parfait, j'arrive », répliqua-t-elle sèchement. Il sentit tout à coup combien il redoutait de revoir Drífa. Il tenta de se décontracter les épaules en inspirant profondément, s'accorda un moment pour se détendre, mais n'y parvint que partiellement. Il fut à nouveau saisi de ce vieux désir familier de s'extirper de son propre corps comme il l'aurait fait d'un vêtement trop étroit. D'un coup de pied, il recula sa chaise, se leva et se dirigea vers son bureau. Le policier de la scientifique haussa les sourcils quand il lui annonça qu'il devait s'absenter un moment, mais Valdimar n'y prêta pas attention.

Drífa l'attendait devant l'immeuble quand il arriva. Il arrêta la voiture et descendit. Elle portait un blue-jeans et des santiags qu'il ne lui avait jamais vues aux pieds jusque-là. Fallait-il y voir un message lui indiquant qu'elle avait changé ? Il balaya cette pensée, fatigué de ses propres élucubrations.

« Salut, murmura-t-elle.

– Salut », renvoya-t-il d'un ton quelque peu abrupt. Il le regretta aussitôt et ajouta, plus amical : « Comment ça va ?

– Comme ci comme ça », répondit-elle, sur la défensive.

La question n'était pas appropriée. Trop directe, elle lui offrait l'accès à une intimité qu'il se savait désormais interdite. Lors de leur dernière rencontre, il avait exigé qu'elle lui rende la clef de chez lui puis lui avait ordonné de déguerpir. Il n'avait pas eu le choix. Pourtant, au moment même où elle avait claqué la porte, il avait fondu en larmes.

« Quelles nouvelles d'Illugi ? »

Le visage de la jeune femme s'adoucit légèrement, comme il l'avait espéré.

« Il est vraiment en pleine forme ces jours-ci, annonça-t-elle avec un sourire. Évidemment, puisque son père est en ville, ajouta-t-elle en regardant Valdimar avec une expression indéchiffrable sur le visage.

– Ah oui. Et il habite avec vous ?

– Oui.

– Et tu couches avec lui ? »

La question lui était sortie de la bouche toute seule. C'était pourtant la dernière chose qu'il avait eu l'intention de lui demander. Elle afficha une moue et demeura un instant interloquée avant de lui répondre.

« Cela ne te regarde pas. Cela dit, la réponse est non. »

Valdimar eut l'impression qu'on lui ôtait un énorme poids du cœur. Les temps derniers, il avait passé des nuits d'insomnies à se demander à quoi Drífa et Baldur étaient occupés. Il s'efforça de ne pas laisser transparaître son soulagement dans le ton de sa voix mais se montra toutefois un peu trop enjoué quand il annonça :

« Eh bien, on ne va quand même pas rester plantés là comme des piquets ! »

Il ouvrit la porte. Précédant la jeune femme à l'intérieur, il jeta un coup d'œil à la dérobée dans la cuisine et constata que les corn flakes et le lait qu'il avait laissé traîner sur la table n'avaient pas bougé depuis le moment où il avait quitté son domicile à la hâte, plus tôt dans la matinée. Fort heureusement, la salle de séjour était dans un état présentable.

« Je t'en prie, assieds-toi », invita-t-il, envahi d'un sentiment d'étrangeté en s'entendant s'exprimer d'une manière aussi formelle. Au lieu de s'asseoir, elle marcha jusqu'à la fenêtre pour regarder à l'extérieur. Il fit un saut dans la chambre à coucher ; là, dans le tiroir d'une commode, se trouvait une petite pile de vêtements qu'il avait pliés, la gorge serrée, quelques jours plus tôt. L'ordinateur portable reposait sur un bureau dans un coin du salon. Il posa les vêtements dessus avant d'aller s'asseoir sur l'accoudoir du fauteuil.

« Pourquoi est-ce que tu ne couches pas avec lui ? » demanda-t-il. À nouveau, la question lui avait échappé sans qu'il en ait eu l'intention. Elle se tourna vers lui en soupirant. L'idée l'effleura qu'elle n'avait pas mieux dormi que lui au cours des derniers jours.

« Parce que je crois que ça ne mènerait nulle part.

– Par conséquent, tu ne pensais pas un mot de ce que tu m'as raconté l'autre jour ? Que vous alliez essayer de recommencer à zéro et tout ça. »

Elle s'avança vers lui, s'assit sur l'autre accoudoir avant de lui répondre.

« Si, en tout cas, c'est ce que je croyais. Mais maintenant, j'ai l'impression que ça ne servirait à rien.

– Et alors, qu'en est-il de nous ? » demanda-t-il avec un pincement au cœur.

Elle demeura un long moment silencieuse.

« Je t'aime énormément. Mais je crois que ça ne mènerait nulle part non plus.

– Je pourrais essayer de résoudre mes problèmes, proposa-t-il.

– Oh, Valdimar », répondit-elle en posant sa main sur la sienne. Il sursauta comme si la peau de la jeune femme était brûlante et retira sa main d'un geste vif. Sa tête était secouée de spasmes incontrôlables. Elle fit machine arrière. Il baissa les yeux. Elle se mit debout, se plaça face à lui et leva ses yeux emplis de larmes vers le visage de Valdimar.

« Embrasse-moi, Valdimar. »

Il essaya de se tourner vers elle, de se pencher en avant pour l'embrasser. Mais c'était sans espoir. En percevant la chaleur de la peau de la jeune femme à proximité de son visage, il se sentit si affreusement mal qu'il crut qu'il allait s'évanouir. Sa claustrophobie et sa peur du contact avaient considérablement empiré depuis qu'ils s'étaient quittés, au point qu'il ne parvenait plus à en contrôler les manifestations. Drífa s'approcha de lui en lui présentant la paume de sa main afin de lui caresser la joue. Il se recroquevilla sur lui-même et lui tourna le dos avant de tomber à genoux en se prenant le visage entre les mains. Il désirait plus que tout qu'elle pose sa main sur son épaule et, en même temps, il le redoutait plus que tout au monde. Elle n'essaya même pas. Il l'entendit pleurer presque en silence au moment où elle alla reprendre l'ordinateur et les vêtements sur le bureau avant de quitter l'appartement.

Quand il se releva de terre, Valdimar était épuisé. Il avait mal à la poitrine, ses épaules étaient tellement tendues qu'il ne parvenait pas à les relaxer. Il avait envie de s'allonger pour dormir des jours et des jours, de se déconnecter de l'existence pour quelque temps, de se mettre hors-jeu. Au lieu de cela, il sortit son téléphone de sa poche pour appeler Marteinn. Il apparut alors que ce sale gamin les avait devancés et qu'il était déjà en route vers Þingvellir.

Vingt et un

Il régnait à l'intérieur du chalet une étrange odeur sure que Marteinn perçut dès qu'il poussa la porte. Quand il entra, son regard tomba immédiatement sur un pull-over posé sur le fauteuil, ce vieux fauteuil qui avait fini par atterrir ici. C'était un pull noir et blanc avec de grossiers motifs triangulaires très reconnaissables. Il pensait savoir qui en était la propriétaire et son cœur se mit à battre la chamade. Elle était donc effectivement venue ici, comme il l'avait soupçonné. Même si peu de temps auparavant, il avait souhaité qu'elle ait à répondre de ses actes ou plutôt de leur absence quant à ce qui venait d'arriver à son père, Marteinn était à présent angoissé à l'idée qu'on puisse découvrir que son père entretenait une liaison avec cette jeune femme. Comment sa mère prendrait-elle la nouvelle ? Sa coupe n'était-elle pas assez pleine comme ça en ce moment ?

Il s'approcha du fauteuil et laissa glisser ses doigts le long des côtes du pull-over. Son père avait touché ce vêtement. Il l'avait eu devant les yeux le soir de son accident, cette soirée où il avait peut-être eu toute sa tête pour la dernière fois, se dit Marteinn. C'était là ce que lui avaient laissé entendre les médecins : premièrement, il n'était pas certain qu'il sorte du coma ; en outre, il avait subi un sérieux traumatisme crânien dont il était impossible d'envisager les conséquences sur son état de santé futur.

Marteinn regarda l'heure en se demandant si la police mettrait encore longtemps à arriver. Valdimar, le policier de la criminelle avec qui il avait discuté, lui avait bien recommandé de ne toucher à rien, mais il était curieux de voir s'il y avait d'autres traces du passage de son père et de Sunneva à l'intérieur du chalet. Il devait quand même avoir le droit d'inspecter les environs.

Il n'y avait rien d'anormal dans la salle de séjour, le coin cuisine était propre et bien rangé. Ils n'avaient visiblement pas mangé quoi que ce soit pendant la nuit. À côté de la porte se trouvaient les lits superposés, il y jeta un coup d'œil rapide, sachant d'avance qu'il n'y avait rien de particulier à y voir.

Il ne restait donc plus que la chambre à coucher dont l'ouverture sombre lui apparaissait depuis la salle de séjour. Il éprouvait une grande réticence à y pénétrer. Dans son esprit, c'était la chambre de ses parents, leur territoire privé qu'il espérait bien que son père n'était pas allé souiller en y invitant d'autres femmes. Il s'enhardit et poussa la porte.

Les rideaux étaient tirés, la pièce baignait dans la pénombre. La première chose que les sens de Marteinn perçurent fut que c'était de cet endroit que provenait l'odeur aigre. Il étendit le bras vers le cordon qui allumait l'ampoule mais cette dernière était apparemment grillée. La seconde chose qu'il décela, ce fut la présence d'autres vêtements sur le sol. Ensuite, il vit un pied nu qui dépassait de dessous la couette.

Il resta immobile, pétrifié de peur autant que de surprise. Puis il appela :

« Ho hé ! Qui êtes-vous ? Réveillez-vous ! »

Il appela plusieurs fois d'une voix forte avant de renoncer. Il alla alors ouvrir les rideaux pour découvrir avec horreur le corps sans vie de Sunneva sur le lit.

Elle était allongée la tête posée sur l'oreiller, les yeux fermés, les lèvres collées. Marteinn n'avait aucun doute sur le fait qu'elle était morte. Il s'apprêta toutefois à lui prendre le pouls pour vérifier, mais lâcha immédiatement son bras, terrifié, en constatant à quel point son corps était froid. Il était totalement désorienté. L'enchaînement d'événements qu'il s'était imaginé venait brusquement de s'inverser. Sunneva avait dû décéder avant l'accident de son père. La mort de Sunneva devait, elle aussi, être accidentelle, à moins qu'elle n'ait été victime d'une crise cardiaque, d'un accident vasculaire cérébral ou d'une chose de ce genre. Mais dans ce cas, pourquoi son père n'avait-il pas prévenu les secours plutôt que d'aller se risquer à descendre vers le lac à l'endroit qu'il savait le plus dangereux ? Était-il possible qu'il ait eu l'intention de faire disparaître le cadavre, saisi de la même peur que Marteinn avait jusque-là attribuée à Sunneva, la crainte qu'on découvre leur liaison ? Était-il imaginable que son père soit si peu adulte ? Les pensées traversaient l'esprit de Marteinn à la vitesse de l'éclair, il parvint petit à petit à la conclusion qu'il se refusait à envisager : cet horrible soupçon selon lequel son père avait fait du mal à la jeune fille. La chose était impossible, à moins que ce n'ait été sans le vouloir… Avec une étonnante rapidité et en envisageant les diverses éventualités, il parvint à échafauder dans son esprit une théorie sur la manière dont les événements s'étaient enchaînés au cours de la nuit. Sunneva avait téléphoné à son père, il n'y avait aucun doute là-dessus. Elle devait être désespérée. Dans le cas contraire, elle ne se serait jamais risquée à appeler au domicile d'un homme marié avec lequel elle entretenait une liaison. Au moment où Marteinn avait espéré qu'elle et son père cessent de se voir, il avait toujours imaginé que la chose se produirait à l'initiative de Sunneva. Car elle était nettement plus jeune que lui, elle avait l'avenir devant elle alors qu'il était marié et père de deux enfants. Cependant maintenant, il penchait en faveur de l'hypothèse selon laquelle c'était son père qui l'avait éconduite, même si cela avait dû le rendre malheureux, à en juger par son comportement ces derniers temps. Le fait qu'ils travaillent ensemble et qu'ils se voient chaque jour au cabinet avait dû leur compliquer la tâche. Son père avait mis fin à cette liaison, Marteinn en avait maintenant la certitude. Quant à Sunneva, elle n'avait pas accepté la situation et, désespérée, elle avait tenté de se suicider, probablement en avalant des médicaments et en s'imaginant que Björn viendrait la sauver in extremis dans ce chalet où ils avaient si souvent fait l'amour. Mais voilà, le plan avait échoué et elle était déjà morte à l'arrivée du père de Marteinn. Et quand ce dernier était descendu vers le lac, complètement désemparé, il s'était trouvé dans une telle agitation d'esprit qu'il n'était pas exclu qu'il soit tombé la tête la première ou qu'il ait eu l'intention d'aller se jeter dans le lac.

Marteinn ne manquerait pas d'en avoir honte par la suite, mais à ce moment précis, l'idée ne l'effleurait pas de prendre en pitié la jeune femme étendue là. Il ne lui venait pas à l'esprit qu'elle possédait une famille et des amis qui l'aimaient, il ne réfléchissait pas au fait qu'elle venait de terminer sa vie et que cette vie était aussi sacrée que celle du père, de la mère et de la sœur de Marteinn ; tout cela, il n'y pensait pas. On aurait dit qu'il avait épuisé son quota de compassion de la journée. En réalité, il ne voyait en cette jeune femme rien d'autre qu'un objet mort qui ne ferait qu'apporter encore un peu plus de malheur à sa famille. La police ne tarderait pas à arriver, elle trouverait ce cadavre, accuserait son père d'une manière ou d'une autre – qui d'autre pouvait-elle soupçonner ? Alors, en un clin d'œil, Marteinn deviendrait le fils d'un assassin ou, dans le meilleur des cas, le fils d'un homme qui s'était fourvoyé dans une liaison avec une jeune femme et s'était montré incapable d'assumer ses actes. Sa mère deviendrait l'épouse d'un meurtrier. Plus que jamais, il haïssait Sunneva ; c'était là sa vengeance, elle devait quand même avoir réfléchi aux éventuelles conséquences de ses actes. Quelle méchanceté que d'aller appeler le père de Marteinn dans le seul but de l'amener jusqu'ici afin qu'il la retrouve morte. Et quel choc cela avait dû être ! Le cœur de Marteinn allait exploser de compassion envers son pauvre papa qui, après mûre réflexion, s'était efforcé de tout arranger, pour sa famille, mais qui n'en avait pas eu le loisir à cause de cette petite effrontée, allongée sur le lit, qui ôtait à Marteinn toute force vitale à chaque fois que ses yeux se posaient sur elle. La police allait arriver. Bientôt, la vie de son père s'effondrerait : il n'était pas simplement inconscient, le cerveau gravement endommagé. Tout le monde, ceux qu'il connaissait comme les autres allaient le mépriser, l'accuser de la mort de cette jeune femme sans qu'il puisse lever le petit doigt pour sa défense. Björg, qui admirait tant son père en dépit de sa crise d'adolescence, deviendrait la fille d'un pervers, les gamins de l'école la montreraient du doigt en chuchotant sur le meurtrier de Þingvellir ou, tout du moins, sur l'homme qui avait séduit la fille de son meilleur ami avant de la pousser au suicide. Toutes ces pensées fusaient dans l'esprit de Marteinn qui aurait été incapable de dire à quel moment il avait décidé de prendre les choses en main, de s'employer à mener à bien ce que son père avait commencé, à savoir à sauver le bonheur de la famille.

Le temps allait lui manquer. La police arriverait d'une minute à l'autre. Il ramassa les vêtements de Sunneva sur le sol, les lança sur son visage posé sur l'oreiller. Puis il se saisit du drap dont il noua les coins ensemble. Une voiture approcha. Il avait eu l'intention de s'y prendre avec plus de douceur, mais il tirait maintenant de toutes ses forces sur le nœud qu'il avait fait au pied du drap. Le corps de la jeune fille glissa sur le lit jusqu'à ce que la tête parvienne presque au rebord, il n'eut pas le temps de l'empêcher de tomber et la nuque de Sunneva heurta le sol dans un terrible fracas même si Marteinn savait parfaitement qu'elle ne ressentait plus rien. La voiture se gara à côté des deux autres véhicules. Il s'était attendu à recevoir un appel des policiers, mais ces derniers devant connaître le numéro d'immatriculation des voitures de la famille, ils n'avaient eu besoin d'aucun renseignement supplémentaire. Dans un moment d'hésitation, il envisagea de renoncer à son plan. Mais n'était-il pas déjà trop tard ? Il attrapa le drap du côté de la tête et le tira à toute vitesse hors de la chambre, à travers la salle de séjour avant de le passer par la porte. Il entendit le claquement d'une portière de voiture pendant qu'il tirait le corps jusqu'à la terrasse. Désespéré, il scruta les alentours. Il n'avait que peu de choix pour l'endroit. Les bruits de pas sur le gravier à côté de la clôture lui insufflèrent une force surhumaine qui lui fit presque dévaler la pente en tirant le drap derrière lui. Le chalet était construit à flanc de colline ; par conséquent, sa partie basse ainsi que la terrasse à l'avant reposaient sur des pieux d'un mètre cinquante de haut pour les plus grands. L'espace vide situé en dessous n'était pas utilisé, il ne consistait qu'en une surface nue à laquelle, avec beaucoup de bonne volonté, on pouvait donner le nom de terre. Diverses vieilleries y avaient été entassées : une ancienne tondeuse à gazon manuelle qui n'avait plus servi depuis l'époque du grand-père ainsi qu'un carton de carreaux de faïence dont il avait longtemps été question de carreler le coin cuisine. Cet espace était fermé à l'aide de planches coulées horizontalement entre les piliers. Il était également muni d'une porte des plus sommaires, fermée par un cadenas. C'est vers cet endroit que Marteinn emmenait le cadavre, animé du maigre espoir que le cadenas soit ouvert ou qu'il puisse l'arracher de la porte à mains nues. Il entendit deux hommes échanger quelques paroles tout en approchant du chalet. Évidemment, le cadenas était fermé et des plus résistants, en outre, la clef était accrochée à son clou près de la porte d'entrée du chalet.

Quelques années plus tôt, une perdrix était venue nicher en dessous du chalet avec ses oisillons l'espace de quelques jours alors que Marteinn et Björg étaient en vacances avec leurs parents. Elle partait souvent en expédition, sans doute pour rapporter à manger à ses petits, mais de l'avis de Marteinn et de Björg, elle revenait toujours au même endroit avec une grande obstination. Le frère et la sœur, attirés par cette famille à plumes, épiaient précautionneusement à travers les fentes les oiseaux qui se blottissaient dans l'obscurité. De place en place, la maman perdrix pouvait facilement passer sous les planches et à un endroit précis, l'espace entre la planche du bas et le sol était si important qu'un enfant pouvait aisément s'y faufiler. Ainsi, le séjour de la maman perdrix avait connu une fin abrupte le jour où Björg avait rampé sous le chalet pour aller dire bonjour aux petits oiseaux. Ce passage se trouvait de l'autre côté de la porte, Marteinn s'y précipita, en désespoir de cause. Tirer le corps l'avait mis en nage. Mort de peur à l'idée d'avoir une crise d'asthme, il essaya de respirer aussi calmement que possible afin que les deux hommes ne l'entendent pas.

Il n'osait toutefois pas s'aventurer jusqu'au coin du chalet car quelqu'un frappait maintenant à la porte. Ce fut à nouveau le silence. Il ne se risquait pas au moindre geste, respirait aussi lentement qu'il le pouvait, la bouche grande ouverte. Il avait l'impression que les battements de son cœur parvenaient aux oreilles des deux hommes.

« Marteinn ! appela l'un des policiers, vous êtes là ? »

La porte était ouverte, comme il l'avait laissée quand il avait emmené le cadavre vers l'extérieur. Si les deux hommes venaient à se diriger droit vers le lac, vers l'endroit qu'ils devaient examiner en premier lieu, ils tomberaient directement sur lui et sur le drap contenant le corps de la fille à côté de lui. Ils ne manqueraient pas de voir ce drap blanc qu'on apercevait d'ailleurs depuis le coin de la maison.

« Ohé ! Marteinn, vous êtes ici ? »

Cette fois-ci, ils appelaient en direction du lac, d'une voix plus forte. Marteinn fut saisi d'un désir irrépressible de s'enfuir à toutes jambes. Il fit taire son envie et resta immobile.

Par bonheur, la curiosité des deux policiers sembla piquée par ce qu'abritait cette maison ouverte et ils entrèrent à l'intérieur. Le bruit de leurs pas résonnait sur le sol. Bien que n'osant pas faire un geste, Marteinn devait pourtant s'y résoudre. Il rampa jusqu'à l'ouverture par laquelle il n'était jamais passé. Il ne savait pas s'il n'y resterait pas coincé. Il se retourna et entra lentement ses pieds dans l'obscurité.

Cela lui demanda un effort considérable de ramper à reculons tout en tirant le drap avec lui. Une fois qu'il eut passé ses fesses en dessous des planches, il constata avec horreur que le nœud du côté de la tête était descendu jusqu'au niveau du front du cadavre et qu'il risquait de se détacher. Il n'avait plus d'autre solution que de tirer le drap du côté des pieds.

Les deux policiers avaient examiné l'ensemble du chalet en échangeant quelques paroles. Il crut entendre qu'ils s'apprêtaient à sortir. Affolé, il regarda les pieds qui se trouvaient devant lui. Aux orteils, elle s'était mis du vernis à ongles vert foncé avec des paillettes. Comme plongé dans une transe d'effroi, Marteinn remarqua que les deux orteils voisins des pouces dépassaient nettement de tous les autres. Quel présage fallait-il voir dans ce détail ? Il y avait peu de chances pour qu'il soit de bon augure, conjectura-t-il, totalement perdu dans les arcanes de son esprit. Il ferma les yeux, attrapa les pieds glacés et tira de toutes ses forces. Il dut ouvrir les yeux au moment où il sentit une résistance, le menton butait contre la planche. La couette, emportée en même temps que le drap, s'était mise en boule en dessous du corps nu de Sunneva. C'était la première fois que Marteinn touchait une femme nue. Il dut prendre appui avec sa main sur le ventre de Sunneva afin de se pencher en avant. Il faillit se mettre à hurler en entendant un craquement dans le cadavre. Une odeur pestilentielle monta jusqu'à ses narines au moment où il parvenait à faire entrer la tête. La longue chevelure rousse de la jeune fille dépassait toujours de l'autre côté des planches, avec la couette, l'oreiller ainsi que l'extrémité du drap, au moment où les deux policiers longèrent la façade du chalet pour descendre vers le lac. Penché au-dessus du cadavre, Marteinn fut saisi d'un violent haut-le-cœur et ne parvint qu'in extremis à éviter que son vomi n'atterrisse sur le ventre de la jeune fille.

Vingt-deux

Le Garçon de Porcelaine ne se plaisait généralement pas à l'extérieur du Japon bien que sa profession l'amenât parfois à se rendre en diverses contrées rebutantes, dont les pays occidentaux, afin d'honorer les contrats passés avec ses commanditaires. Parmi tous ces pays contrariants, l'Islande devait être de loin le plus ennuyeux avec sa capitale construite à ras de terre, ses sources chaudes puantes, ses chutes d'eau imbéciles, ses vents pleins de traîtrise, ses lacs trompeurs et sa température suspecte. Il n'aurait jamais dû accepter ce contrat islandais.

« *There is a telegram for you, Mister Nau.* »

Il se tourna vers la jeune réceptionniste de l'hôtel avec un air menaçant. Elle semblait appartenir au type d'individus qui rendaient l'âme aussitôt qu'on leur posait la main dessus. En s'approchant d'elle, il lut la peur sur son visage et s'efforça de la rassurer d'un sourire qui produisit l'effet inverse de celui escompté. Elle écarquilla les yeux et recula d'un bond derrière le comptoir. Décidément, quel que soit le domaine, ce pays donnait dans le même registre.

« *The* telegrab, *please* », répondit-il, de sa voix caverneuse fortement altérée par l'engorgement de ses fosses nasales et par sa trachéite. Il n'avait pas été souffrant depuis des années. En réalité, il considérait toute forme de maladie ou d'indisposition comme la manifestation externe d'une faiblesse spirituelle. Son corps était tel le jardin des simples d'un monastère, il prenait grand soin de chacun de ses éléments, aimait à en parcourir chaque muscle et chaque tendon, à sentir que tout était en parfait état parce qu'il avait décidé qu'il devait en aller ainsi. Il ne quittait jamais le Japon sans emporter avec lui en provisions suffisantes trois sortes d'algues qu'il considérait capitales pour son équilibre tant physique que mental. Si les conditions le permettaient, il débutait chaque jour par ce qu'il appelait une séance de méditation, mais si un étranger avait été témoin de la scène, il lui aurait plutôt parlé d'exercices de gymnastique.

« *Certainly, Mister Nau.* »

La jeune femme apeurée lui tendit le télégramme. Il avança la main, paume orientée vers le bas tel un pasteur s'apprêtant à donner la bénédiction à ses paroissiens, coinça l'enveloppe entre son index et son majeur avant de la glisser dans sa poche.

Ne comprenant pas ce qui avait bien pu dérailler, il fit défiler les événements des dernières vingt-quatre heures dans son esprit.

Il avait pris sa voiture pour quitter la ville sans même consulter une carte, laissant le hasard décider, s'écartant de la route principale à chaque occasion et suivant des pistes de gravier qui ne menaient nulle part. Il s'était étonné de l'absence de végétation et s'était demandé où pouvaient bien se trouver tous les habitants. L'Islande était le pays de cocagne du tueur à gages, s'était-il dit. Nulle part au monde, il n'avait vu autant d'endroits où l'on pouvait assassiner les gens en toute quiétude dans des conditions esthétiques satisfaisantes sans avoir à redouter l'arrivée de cohortes de spectateurs. Il pouvait y arranger un « accident » n'importe où et personne ne viendrait contester la nature fortuite de l'événement à moins de s'être trouvé sur les lieux – l'intérêt étant que justement, presque partout, il n'y avait personne. Il était allé voir la chute d'eau de Gullfoss en même temps que le geyser pendant une excursion touristique quelques jours plus tôt, mais les avait tous les deux écartés. La hauteur de la cascade était certes toute choisie comme origine potentielle d'un cas de décès et même celui qui tombait dans la rivière coulant en contrebas n'avait que des chances limitées de s'en tirer vivant. En revanche, le geyser fut pour lui une franche déception, il n'y avait à son avis pas grand-chose à tirer de ces marmites bouillonnantes ; aucune beauté, rien que de l'eau qui giclait bêtement en l'air.

Ces deux endroits ne lui étaient toutefois pas apparus envisageables à cause de la foule des touristes. Il lui sembla donc rafraîchissant de découvrir les nombreux lieux où l'on pouvait se mettre à l'écart en compagnie d'une future victime. Les lacs l'attiraient particulièrement. Au Japon, à cette époque de l'année, leurs rives auraient grouillé de vie. Ici, en Islande, il y décelait à peine trace de présence humaine et seuls quelques rares chalets déserts parsemaient çà et là les rives de certains d'entre eux. Les gens se noyaient dans l'eau. C'était là une vérité qui avait bien souvent arrangé le Garçon de Porcelaine. Il affectionnait grandement la noyade, ayant un jour entendu dire que les victimes en tiraient un relatif plaisir une fois qu'elles avaient passé outre le gros de leur terreur.

Il avait exploré maints endroits en quête d'inspiration quand il arriva à un petit lac, sans doute peu profond, et difficilement susceptible de constituer un emplacement propice à la noyade parce qu'un certain nombre de chalets en parsemaient les rives et qu'en outre, il était situé aux abords d'une ferme. Il possédait toutefois quelque chose qui attirait le Garçon de Porcelaine, cette plage de sable, ces prairies lui rappelaient les jours lointains de son enfance. Il gara son 4x4, enjamba la clôture, traversa la tourbière et s'assit sur une étendue d'herbe à quelques mètres du bord. Il n'y avait pas âme qui vive, quelque part un chien aboyait, dans le lointain, on entendait le croassement des corbeaux. Il s'assit en tailleur pour goûter la tranquillité. Le temps semblait s'être arrêté. Il ferma les yeux et écouta son sang couler dans ses veines. C'est alors qu'un autobus arriva. Le bruit du moteur était assourdissant dans tout ce silence. L'autobus tourna à l'extrémité du lac pour prendre la direction de la ferme. Hananda Nau le suivit du regard et haussa les épaules en le voyant disparaître derrière un bâtiment agricole. Le véhicule y stationna au point mort pendant quelques minutes, le ronronnement du moteur parvenait jusqu'à l'endroit où Hananda s'était assis. Il entendit deux hommes parler ensemble à voix haute. Ensuite, l'autobus parcourut quelque distance sur le chemin avant de s'engager sur une sorte de piste hors de la route jusqu'à un chalet, situé de l'autre côté du lac. Hananda Nau regarda interloqué la bande de gamins qui descendaient du véhicule, accompagnés de quelques adultes. Dans une certaine mesure, les cris des enfants occupés à jouer constituaient le point d'orgue de cette atmosphère ; ils parvenaient à ressusciter en lui l'image d'un petit lac aux rives sableuses où il avait passé d'agréables moments, il y avait très, très longtemps. Il ferma les yeux pour laisser son esprit le ramener en arrière dans le temps.

Au moment où il les rouvrit, il vit quelques petits garçons qui s'amusaient sur la plage, juste en face du chalet. Une clôture empêchait les enfants de descendre jusqu'au lac, mais il semblait que les garçons l'avaient contournée en passant par le petit hangar à bateaux situé à proximité. Ils se mirent brusquement à courir le long de la rive en direction de la maison, distançant rapidement le plus petit d'entre eux qui courait maladroitement sur ses courtes jambes. Les grands se trouvaient loin devant, l'un d'entre eux se piqua d'entrer dans l'eau, les autres suivirent son exemple, ce que fit également le plus petit. Ils couraient dans le lac à environ un mètre du bord. L'eau leur arrivait à la cheville. Le dernier, le plus petit, n'avait parcouru que quelques mètres quand il tomba en avant, la résistance de l'eau avait visiblement suffi à le renverser. Il resta complètement immergé. Hananda Nau se leva en vitesse et se mit à crier vers le lac.

« Ohé ! » hurla-t-il, prenant immédiatement conscience qu'il était exclu que sa voix profonde et pourtant forte se fraie un chemin à travers les pépiements des gamins de l'autre côté.

Pour des raisons plus esthétiques que morales, le Garçon de Porcelaine n'avait jamais levé la main sur un enfant au cours de sa carrière. Certes, il reconnaissait qu'il était quelquefois nécessaire d'ôter la vie à des enfants, mais considérait tout simplement la chose comme étant en deçà de son standing. Toutefois, se garder de faire du mal à un enfant était autre chose que de lui sauver la vie quand il courait un danger, il y avait entre les deux une sacrée distance. Sauver la vie de quelqu'un, qu'il s'agisse d'un gamin ou d'un adulte, pouvait, dans la plupart des cas, éveiller chez les gens un authentique intérêt. Et s'il y avait une chose que le Garçon de Porcelaine désirait éviter, c'était bien justement d'aiguiser un intérêt qu'il suscitait déjà suffisamment à son goût du fait de sa taille, de son apparence et de sa couleur de peau. Voilà pourquoi une réaction normale de sa part aurait été d'observer la scène depuis la rive avec une curiosité professionnelle afin de voir si le petit garçon parviendrait à se relever de lui-même. Pourtant, à la place de cette froide curiosité, des sentiments chaleureux et humains auxquels il n'entendait rien naquirent en son for intérieur. Il se débarrassa à la hâte de sa veste et courut à toutes jambes dans le lac. L'eau était plus froide qu'il ne l'avait imaginé, ses souvenirs l'avaient induit en erreur. Arrivé à quelques mètres du bord, il eut l'impression que le fond se dérobait sous ses pieds et au moment où l'eau glaciale lui enserra la poitrine, il se mit à nager à toute vitesse en direction du garçonnet. Une fois qu'il eut à nouveau pied, parvenu de l'autre côté, il se leva dans toute sa majesté. L'eau lui arrivait à mi-cuisse, ses cheveux noirs et son pull-over à col roulé étaient verts d'algues. Il balaya les alentours du regard, en quête d'éclaboussures à la surface du lac, mais ne vit rien du tout. Fort heureusement, il avait pris comme point de repère un poteau tordu de la clôture non loin duquel il découvrit le gamin qui flottait, le visage enfoncé dans l'eau. Il s'y précipita à grandes enjambées, sortit le garçon de l'eau, le retourna contre lui en lui appuyant dans le dos. Un jet d'eau jaillit de la bouche de l'enfant et quand Hananda l'entendit tousser, il le porta pour regagner la terre. Il fit tout cela sans avoir à réfléchir une seule fois. Il comprit brusquement combien ce petit garçon qu'il serrait contre sa poitrine était indiciblement précieux. Il entendit les plus grands s'éloigner de lui en courant et en poussant des cris, probablement terrorisés, ce qui lui était tout à fait égal. L'enfant, immobile contre sa poitrine, s'était mis à sangloter. En regardant son visage, il constata à son immense étonnement qu'il semblait être japonais.

Le Garçon de Porcelaine savait qu'il aurait certainement mieux fait de se limiter à déposer l'enfant de l'autre côté de la clôture et l'y laisser. Pourtant, à peine cette pensée lui avait-elle traversé l'esprit qu'il avait enjambé la clôture, et avec l'enfant dans les bras il s'avançait vers tous ces gens. Le silence s'abattit sur le groupe quand il traversa les buissons aux abords du chalet. Ensuite, une femme aux cheveux blonds poussa un hurlement en courant vers lui.

« Il est tombé dans l'eau », précisa Hananda Nau à la femme au moment où elle lui prit l'enfant des bras. Le petit garçon pleurait, la femme aussi. C'était probablement son fils, peut-être un enfant adopté ou de père asiatique. Le Garçon de Porcelaine entendit le déclic d'un appareil photo, il lança un coup d'œil rapide dans sa direction. Il vit une femme lui sourire et prendre une seconde photo. Il caressa l'idée d'aller lui arracher l'appareil du cou pour le jeter dans l'eau, mais n'en fit rien. Cela n'avait aucune incidence, cette femme n'était pas journaliste. Les gens s'agglutinèrent autour de lui, beaucoup lui donnèrent la poignée de main en le remerciant. Il répondit en s'inclinant poliment avant de retourner vers le lac. Quelqu'un lui proposa des vêtements secs, mais il déclina l'offre, du reste, il était impossible que ces gens aient des vêtements à sa taille. Il s'apprêtait à retourner à sa voiture. La femme qui lui avait pris le garçonnet des bras revint vers lui en courant pour lui demander comment il s'appelait. Il allait lui communiquer son véritable nom quand il se ravisa et lui donna celui qui figurait dans son passeport, Hananda Nau. Elle prit sa main à l'intérieur de ses paumes bien chaude et le remercia avec les yeux emplis de larmes. Puis elle lui passa les bras autour du cou et déposa sur sa joue glaciale un baiser qui lui sembla brûlant.

Il ne parvint pas à se réchauffer sur le chemin du retour, médusé derrière le volant, ne comprenant plus rien à rien, n'ayant pas même le réflexe d'allumer le chauffage.

Il se réveilla tôt. Dès l'ouverture des magasins d'alimentation, il alla s'acheter des racines de gingembre pour tenter de se débarrasser de son rhume. Il ne fit rien d'utile de toute la journée, se contenta d'errer sans but dans cette ville étrange de maisons dépareillées, comme sorties d'un magasin de jouets, et aux murs recouverts de tôle ondulée.

Il ouvrit le télégramme une fois qu'il fut remonté à sa chambre. Le message était clair. *« Les pourparlers n'ont pas abouti. Finissez-en. »*

Vingt-trois

« Mon pauvre papa, qu'est-ce que tu as donc fait ? Je t'en prie, papa, dis-moi que c'était un accident. »

Björn était allongé sur le dos avec des tuyaux dans les bras, un tuyau dans le nez et un dans la bouche. Ses yeux étaient clos, son visage inexpressif. Marteinn ressentait pourtant la nécessité de lui parler, d'exiger de lui des réponses et de lui confier ce dont il ne pouvait parler à personne d'autre.

« Je l'ai cachée sous le chalet, papa. J'ai peut-être eu tort. Enfin, de toute façon, c'est fait. Et maintenant, je ne sais plus où j'en suis. Est-ce que j'aurais dû les laisser la trouver là-bas ? Est-ce que j'aurais dû leur parler d'elle ? »

Il murmurait ces mots à l'oreille de son père bien que ne courant pratiquement aucun risque d'être entendu par quiconque. L'homme allongé dans le lit d'à côté au service des soins intensifs était soit inconscient soit endormi. Quant aux médecins et aux infirmières, ils étaient trop occupés à soigner les autres patients. L'état de Björn était, disaient-ils, stationnaire. Pour l'instant, ses jours n'étaient pas en danger même si, évidemment, les choses étaient susceptibles d'évoluer dans un sens ou dans l'autre à n'importe quel moment.

« Si jamais ils la trouvent, je serai obligé de leur dire que c'est moi qui l'ai mise à cet endroit. Sinon, ils penseront que c'est toi. »

Marteinn avait été autorisé à passer un peu de temps au chevet de son père. Il avait pris un bain en rentrant à Reykjavík. Pourtant, il avait l'impression que quelque chose de sale et d'ignoble lui collait à la peau et ne se sentait pas digne d'entretenir des relations avec d'honnêtes gens, des gens de bien qui n'étaient jamais allés dissimuler un cadavre en dessous d'un chalet. Il avait l'impression qu'il appellerait sur eux le malheur rien qu'en les approchant. La seule personne qui évoluait dans une certaine mesure au sein d'une réalité comparable à la sienne, une réalité funeste où des jeunes femmes reposaient nues et mortes au sein du paradis des étés familiaux, c'était son père. Lui aussi avait vu Sunneva couchée sur le lit. Il savait ce que cela aurait signifié pour la famille que de permettre à la police de la découvrir.

Il avait effectué un signe de croix sur sa dépouille avant de sortir de dessous le chalet. C'était un geste presque machinal, mais on aurait dit que ce petit mouvement de la main l'avait rendue plus humaine, que c'était une reconnaissance de sa tragédie propre, laquelle n'avait rien à voir avec ce qui était arrivé au père de Marteinn : elle n'était pas simplement morte, Marteinn l'avait bafouée par son comportement impardonnable. Elle gisait là, tel un animal, seule et cachée. Sa famille ne pouvait même pas la pleurer ni se lamenter sur l'horrible destin qui l'avait frappée.

Les deux policiers n'avaient exigé aucune explication quand il les avait rejoints, après avoir enlevé le gros de la terre de ses vêtements. En réalité, ils ne lui accordèrent qu'une attention limitée, ils s'étaient finalement débrouillés seuls pour trouver le lieu de l'accident et l'un d'eux, celui que Marteinn n'avait pas encore rencontré, se tenait, jambes écartées, sur le rocher ensanglanté où il avait découvert son père. Marteinn confirma sans qu'on le lui ait demandé qu'ils étaient bien au bon endroit, les policiers lui répondirent d'un hochement de tête.

Valdimar rampa jusqu'au bord, visiblement à la recherche d'indices. Les policiers échangèrent quelques monosyllabes ; Marteinn n'essaya pas de s'immiscer dans leur conversation. Il resta là, tremblotant, à se demander s'il ne ferait pas mieux de repartir, quand Valdimar l'apostropha.

« Alors, racontez-moi ce qui s'est passé quand vous êtes arrivé ici.

– J'ai vu sa voiture et j'ai su qu'il était là.

– Je vois.

– Ensuite, je l'ai appelé sur son portable que j'ai entendu sonner là, en bas, répondit Marteinn en claquant des dents.

– Est-ce que vous avez froid à ce point ?

– Non, c'était juste un frisson », répondit Marteinn en

s'efforçant de se débarrasser de la peur qui le tenaillait. Valdimar s'apprêta à poser sa main sur l'épaule de Marteinn, mais s'arrêta en chemin, la laissant suspendue en l'air. Marteinn regardait la main par en dessous, croyant l'espace d'un instant que l'homme le menaçait. Valdimar abaissa brusquement le bras et se dépêcha de reprendre :

« Vous m'avez dit que le chalet était fermé à clef, n'est-ce pas ?

– Oui.

– Et il n'y avait pas de traces de la présence de votre père à l'intérieur ? »

Marteinn s'accorda un moment de réflexion, craignant de commettre un impair.

« Non, je n'ai rien vu », répondit-il. Il claquait toujours des dents et avait un goût de vomi dans la bouche.

« Dites, mon garçon, vous avez sûrement envie de rentrer en ville ? Nous refermerons à clef derrière nous », observa Valdimar qui voyait bien que Marteinn ne se sentait pas bien.

« Papa, ils ont dû passer le chalet au peigne fin, reprit-il. Et il est possible qu'ils soient tombés sur quelque chose. »

Il se détourna et pleura un moment, vaincu par la peur, la douleur et l'horreur que lui inspirait ce à quoi il s'était livré.

« Ils ont dû aussi relever des tas d'empreintes, papa. Il doit y avoir celles de Sunneva. Enfin, c'est vrai que ce n'était pas la première fois qu'elle venait au chalet », ajouta-t-il, d'un ton qui n'était pas dénué d'amertume en scrutant l'homme allongé devant lui.

Le père de Marteinn fut brusquement pris de convulsions, un râle inquiétant s'échappa de son corps et Marteinn lança un regard terrifié en direction de l'électrocardiogramme sur l'écran à droite du lit. Il allait appeler de l'aide quand une infirmière blonde au visage émacié entra en lui demandant si cela ne le dérangeait pas de sortir.

« Est-ce que c'est dangereux ? demanda-t-il angoissé, sans quitter des yeux la poitrine de son père agitée de spasmes.

– Non, non, c'est simplement une quinte de toux, il

faut que je lui aspire un peu de salive, répondit la femme d'un ton amical. Rentrez donc chez vous, mon petit. Nous allons prendre bien soin de lui. »

Le soleil éblouissait tant Marteinn tandis qu'il roulait le long de la rue Bústaðavegur qu'il eut envie de fermer les yeux et de conduire à l'aveuglette, la rue étant toute droite. Il avait le sentiment d'avoir commis un crime irréparable, l'impression que sa vie était en ruines.

Vingt-quatre

« Pardonne-moi d'être en retard à ce point, j'ai été obligé d'aller en dehors de la ville », s'excusa Valdimar. Il avait tout juste eu le temps de passer chez lui pour prendre une douche et se changer en rentrant de Þingvellir. Son repas s'était résumé à un sandwich et une boisson au malt achetés à la cafétéria du parc national de Þingvellir.

« Ce n'est pas bien grave, répondit gentiment Birta.

– Alors comme ça, la police est débordée ? » déclara une voix provenant du fauteuil dans le coin de la pièce.

Valdimar ne releva même pas la remarque. La profession qu'il exerçait n'avait jamais plu à Eggert, son père, et chacune des observations que ce dernier émettait sur la police était chargée d'allusions négatives.

« Tiens, je pensais justement à toi aujourd'hui, commenta Valdimar.

– J'espère que c'était des pensées chaleureuses », observa malicieusement son père. Valdimar afficha un rictus. Sa sœur Birta l'avait invité à prendre le café dans la soirée. Il ne s'était pas attendu à la présence d'autres convives mais au moment où il était arrivé, son père venait juste de sortir sur le balcon pour fumer ce qui devait être sa vingt-cinquième cigarette de la journée, pour autant qu'il connaisse bien le bonhomme. Valdimar se demanda depuis combien de temps lui et son père ne s'étaient pas vus ; il se dit qu'il devait bien y avoir un mois ou deux. Il était plutôt rare qu'ils se retrouvent tous les trois depuis le moment où ils avaient cessé de fêter Noël ensemble. Eggert était venu jeter un coup d'œil à l'appartement de Valdimar à l'époque où ce dernier l'avait acheté, mais il n'était jamais repassé depuis. De son côté, Valdimar ne montrait pas beaucoup plus d'empressement. Il lui arrivait de rendre visite à son père quand il passait dans le quartier. Cela lui faisait toutefois une drôle d'impression de revenir sur les lieux de son enfance, lesquels lui semblaient n'être plus que la dépouille empaillée du temps passé. Il avait longtemps espéré que son père finirait par vendre l'appartement, de toute façon nettement trop grand pour lui tout seul. Valdimar effectuait des visites nettement plus régulières chez sa sœur, surtout pour suivre la croissance et l'évolution de ses neveu et nièce ; il savait bien que son père venait également parfois la voir.

Birta était justement en congé de maternité en ce moment. Son troisième enfant, un garçon qui allait avoir six mois, était assis avec un large sourire sur une chaise au milieu de la salle et regardait son grand-père qui, de retour à l'intérieur après sa cigarette, rayonnait de bonheur alors qu'il caressait de temps à autre le visage du petit pendant qu'il faisait sauter sa sœur aînée sur ses genoux. Valdimar se fit la réflexion qu'on se serait cru dans une pub pour les assurances vie, dégoulinante à souhait de bons sentiments, avec le grand-père dans son fauteuil, entouré de ses petits-enfants.

« Alors, tu as beaucoup de boulot ? » demanda Valdimar. Entre quatorze et vingt ans, il avait passé chaque été à travailler dans l'entreprise paternelle et il avait peint plus de façades d'immeubles qu'il n'avait envie de se souvenir.

« Disons que je glane ici et là », répondit Eggert. Cela signifiait qu'il travaillait jusque tard le soir en ce moment. Quand il parlait du travail, il s'exprimait toujours un peu comme un campagnard.

« À part ça, quelles sont les nouvelles ?

– Eh bien, la routine », répondit Eggert. Il était plutôt difficile de dire ce que cela signifiait dans son cas. Il y avait pourtant certaines constantes, du reste, le diable si Valdimar ne sentait pas l'odeur aigre-douce du hasch imprégnée dans ses vêtements du dimanche. Il se demanda un instant comment son père parvenait aujourd'hui à se procurer des femmes, mais écarta la pensée de son esprit, la chose ne le concernant pas.

« Et Ívar, il ne rentre pas ? » interrogea Eggert. Valdimar lui lança un regard. Fallait-il comprendre qu'il avait enfin accepté son gendre qui était à la fois expert-comptable, politiquement à droite et, pour couronner le tout, ancien hard-rocker ?

« Si, il devrait bientôt arriver », observa Birta. Valdimar

la regardait déposer sur la table un gâteau tout frais sorti du four ainsi que diverses friandises. Il ne regrettait pas d'être venu, il aurait été dommage de ne pas venir aux invitations de sa sœur pour l'un de ses authentiques cafés.

« Et toi, Valdi, tu as beaucoup à faire ? questionna à nouveau Eggert, sur un ton cette fois plus amical.

– Eh bien, pas mal », répondit Valdimar. Puis, décidant de se montrer un peu plus généreux, il ajouta : « Naturellement, chacun préfère travailler le plus possible.

– Tout à fait, convint Eggert en le regardant par-dessous ses épais sourcils.

– Bien le bonjour au père comme au fils ! »

Ívar venait d'arriver, l'air guilleret et tout sourire, dans son costume bleu. Valdimar et Eggert le saluèrent, la fillette quitta les bras de son grand-père pour courir vers ceux de son père.

« Bon ! À table ! » lança Birta depuis la cuisine.

Valdimar était incapable de dire si le silence qui régnait autour de la table était dû à un malaise ou si les convives étaient simplement trop occupés à se régaler. Eggert était assis face à lui en chemise blanche immaculée et veste noire légère. En dessous de la table, on devinait son sempiternel blue-jeans. Ses cheveux gris qu'il portait encore longs lui tombaient le long des joues. Sa moustache fournie se soulevait par vagues pendant qu'il mâchait. La gamine était revenue dans les bras de son grand-père et le fils aîné s'était assis à ses côtés. Valdimar ressentait une pointe de jalousie dont il avait honte. Pour sa part, il n'attirait pas autant les gamins.

« Alors, Eili, quoi de neuf de ton côté ? » demanda Birta à Valdimar. Elle était la seule à avoir le droit de l'appeler par ce surnom.

« Il n'y a pas grand-chose à dire », mentit Valdimar. N'ayant même pas présenté Drífa à sa famille, cela n'aurait pas eu beaucoup de sens de lui raconter qu'elle avait quitté le navire.

« Allez, ma petite Magga, va donc t'amuser un peu toute seule », ordonna Eggert à la petite fille en la posant à terre.

Entendre ces mots familiers – « ma petite Magga » – sortir de la bouche de son père suscita chez Valdimar un étrange état hypnotique. Il nota que ce n'était pas de l'aigreur, mais plutôt des regrets doux-amers. Il se mit aussitôt à imaginer la situation si sa mère s'était trouvée assise là en leur compagnie. Il regarda son père qui lut sans doute les pensées de son fils puisqu'il baissa les yeux et se racla la gorge.

« Au fait, bon anniversaire, lança Eggert en l'air.

– Merci, pareillement », répondit Birta. Le visage de Valdimar affichait une expression suffisamment vide pour que Birta comprenne que son frère n'était absolument pas dans le coup.

« Enfin, Eili, c'est l'anniversaire de cette pauvre maman. Elle aurait eu cinquante-cinq ans », observa-t-elle, prenant un air plus scandalisé qu'elle ne l'était réellement.

Valdimar fut pris au dépourvu.

« Ah bon ? Ouais, bon anniversaire. »

Il s'étonnait surtout que son père se soit souvenu du jour, peut-être était-ce Birta qui le lui avait rappelé en l'invitant, sans en souffler mot à Valdimar. La dégustation du gâteau devint brusquement moins discrète. Ce fut Ívar qui rompit le silence.

« Un vrai délice, ce gâteau. »

Tout le monde était d'accord là-dessus.

*

Valdimar possédait une photo de sa mère âgée de dix ans où elle portait un habit de Robin des Bois, avec un arc, des flèches et tout l'attirail. Le déguisement était toujours là, quelque part à l'intérieur de l'armoire de son père, mais il ne savait pas ce qu'il était advenu de l'arc et des flèches. C'était cette photo d'elle qu'il aimait le plus, elle souriait à l'objectif, pleine d'innocence, dans le rôle du héros banni qui se battait pour la justice et les pauvres, contre les puissants hautains et iniques.

Elle avait toutefois fini par courber l'échine face aux injustices de la vie et de l'amour. Valdimar se rappelait ce souper auquel son père avait invité sa maîtresse, qui était restée assise à glousser sur sa chaise à côté de lui, les yeux embrumés par le manque de sommeil autant que par la fumée du hasch, dans l'appartement familial de la rue Hverfisgata. Sa mère avait servi le repas d'un air tellement furieux que Valdimar avait craint qu'une chose affreuse se prépare. Il avait compris bien plus tard que ce qui était affreux, c'était justement que rien ne soit arrivé, qu'ils mangent ensemble comme si de rien n'était avant que son père et sa poule ne disparaissent pour continuer la fête.

Plus tard, l'une des maîtresses de son père avait tenté de déniaiser Valdimar. Âgé de quinze ans, il avait dû employer toutes ses forces à maintenir la couette au-dessus de lui et n'était pas parvenu à l'empêcher de lui mettre la main entre les jambes pour voir « s'il en avait ». Son père avait assisté à la scène en se tordant de rire, totalement soûl et comme d'habitude satisfait de la vie. Le lendemain, il lui avait confié que cette fille était comme Almannagjá, cette faille de Þingvellir où se réunissait l'ancien parlement d'Islande, et qu'il ne comprenait pas pourquoi il avait refusé une offre si convenable. « Personne ne vivra ta vie sexuelle à ta place, mon petit gars », avait-il commenté. Pour sa part et selon ses dires, il s'était mis à « baiser comme une bête » dès l'âge de douze ans.

Mais voilà, Valdimar n'avait aucune envie de vivre comme une bête, pas plus qu'il ne pouvait d'ailleurs, à la réflexion, accepter de voir son père traiter sa mère tel un animal – tout cela au nom de la liberté et de l'amour. Ses parents formaient le couple de hippies le plus cool de la ville, lui avait-on affirmé, leur relation avait depuis le début été « ouverte et libre », comme l'avait plus tard raconté son père afin de se justifier. Cependant Valdimar savait parfaitement que sa mère avait depuis longtemps cessé de profiter de cette prétendue liberté, si tant est qu'elle l'ait d'ailleurs eue à quelque moment que ce soit alors que son père s'accrochait à un ancien accord tombé en désuétude afin de pouvoir continuer à piétiner les sentiments de sa femme, armé de toute sa bestialité. « C'était simplement une autre époque, mon petit Eili », avait-il argué, des années plus tard, au moment où Valdimar, alors qu'il allait avoir vingt ans, s'était fait baptiser à l'église et avait changé son prénom Eilífur au profit de Valdimar, celui de son grand-père.

De sa mère, il pensait avoir hérité son amour de la justice, cet air étrange et cette sensibilité à fleur de peau.

Que ce soit par les gènes ou par mimétisme, Valdimar tenait de son père un certain individualisme ainsi qu'un franc-parler dont il se montrait prolixe afin de promouvoir l'ordre dans le monde : alors que son père considérait comme un devoir sacré de brandir le calice de la liberté pour que lui et ses semblables puissent y tremper leurs lèvres, Valdimar s'était, de façon parfaitement consciente, attribué le rôle de mettre un frein au désordre du monde car, c'était pour lui une évidence, la totale liberté n'était d'aucune utilité puisque les gens la dévoyaient constamment. Le père et le fils avaient chacun leur manière de procéder ; ils se fichaient éperdument de ce que pouvaient bien penser les autres.

Cela ne signifiait pas pour autant que Valdimar ait reçu la bénédiction de son père quant à la voie qu'il avait choisie, ni que, de son côté, il lui ait donné sa bénédiction quant à la manière dont son père organisait sa vie. Il existait toutefois entre eux deux une sorte de trêve dont l'origine remontait au suicide de Magga, la mère de Valdimar, lequel savait que son père ne s'était jamais remis de l'événement, même s'il s'efforçait de l'oublier à sa manière.

Bien qu'encore assez jeune, les signes de l'âge avaient commencé à se manifester chez elle : la jeune hippie se transformait en une vieille bonne femme enveloppée. Valdimar n'oublierait jamais ce jour où elle avait fait couper sa longue chevelure, comme pour indiquer que sa jeunesse appartenait au passé. Elle s'efforçait de regarder cette vérité en face même si la chose était difficile, assise telle une condamnée avec ses cheveux courts, le visage totalement vide.

De l'autre côté de la table, la moustache se déchaîna brusquement. Le père de Valdimar ricanait tout seul.

« Qu'est-ce qu'il y a ? demanda Birta, tout sourire.

– Eh bien, c'est juste que je repense tout à coup à ton fameux gâteau de baptême », gloussa-t-il de contentement. Il s'agissait d'une de ces histoires de famille dont tout le monde avait ri un nombre incalculable de fois du vivant de leur mère, mais qu'on n'avait plus beaucoup entendues au cours des dernières années. Ívar ne la connaissant pas, Eggert la raconta : Magga avait oublié un gâteau dans le four le jour du baptême de Birta. La cérémonie avait lieu au domicile de la famille et, à la dernière minute, Magga avait décidé de mettre un gâteau supplémentaire au four. Ensuite, le prêtre était arrivé, elle s'était occupée d'autre chose. Une fois la cérémonie commencée, quelqu'un avait senti une odeur de brûlé. Magga s'était précipitée pour ouvrir la porte de la cuisine. Il en était sorti un épais nuage de fumée noire qui avait interrompu le baptême, lequel n'avait repris qu'au moment où l'appartement avait été aéré.

Birta pouffa avec son père, Ívar consentit un sourire. Valdimar, quant à lui, ne riait pas. Une violente envie de se lever pour aller secouer son père de l'autre côté de la table s'abattit sur lui. Des sentiments qu'il n'avait pas éprouvés depuis des années enflèrent en son for intérieur jusqu'à exploser sans crier gare. Il avait envie de balancer le gâteau et toutes les autres pâtisseries par terre, de se précipiter sur son père et le battre comme plâtre, pour autant qu'il y parvienne, fort comme était l'animal, mais tout du moins pour effacer ce rictus de son visage et lui dire : « Espèce de salaud, arrête donc de ricaner, tu l'as pratiquement tuée et tu ferais mieux de ne pas rester assis là à glousser. »

*

Il avait pris une gaufre.

« Tu pourrais me passer la confiture ? demanda-t-il à sa sœur.

– Oui, pardon, Eili.

– Il n'y a rien à pardonner. »

La gaufre était sans doute délicieuse, mais Valdimar lui trouvait un goût de merde de chien. L'atmosphère de la tablée était plus qu'oppressante.

« C'est incroyable ce que ce petit Skúli peut grandir vite, meubla Eggert.

– Oui, ils poussent comme des champignons, ces gamins », convint Ívar.

Grandis donc toi-même, pauvre con, se dit Valdimar. Voilà que cette satanée confiture lui rappelait le jour où il était allé chercher son père, occupé à bricoler sous une voiture, pour lui demander de rentrer chez lui s'occuper de sa femme qui était descendue à la cave où elle avalait les pots de confiture de myrtilles les uns après les autres. Valdimar avait oublié l'époque où ce sale bonhomme passait son temps allongé sous des putains de bagnoles quand il n'était pas en train de fumer du hasch ou de sauter des bonnes femmes quelque part en ville. Et voilà maintenant qu'il était assis là avec un sourire en coin et qu'il s'empiffrait d'un gâteau à la crème en se moquant de la femme qu'il avait tuée pendant que les vers la dévoraient, si toutefois il subsistait d'elle quoi que ce soit d'autre que le squelette.

« Mon petit Eili, serais-tu de mauvaise humeur ? lui demanda sa sœur.

– Hein ? Non, non », répondit-il. Il se sentit brusquement submergé de compassion pour sa sœur qui s'était démenée afin de réunir ce dont elle devait s'accommoder en guise de famille : ces deux rustres. Elle n'avait personne d'autre qu'eux à présenter. En revanche, Ívar avait trois frères et sœurs, tous les trois sympathiques, sains et financièrement à l'aise. Il avait des parents heureux qui vivaient dans un joli pavillon entouré d'un charmant jardin, des parents qui aimaient leur fils et l'avaient, entre autres choses, aidé à acheter ce magnifique appartement dans le quartier des Hlíðar, avec vue dégagée et tout le tralala. Valdimar avait l'impression que Birta était quelque peu vexée de sa conduite. Il décida donc de se débarrasser du paquet de sentiments contrariants qui l'avaient envahi, il n'était quand même pas constamment de cette humeur et n'avait aucun besoin d'être désagréable à ce moment.

« D'ailleurs, Magga a elle aussi sacrément grandi », ajouta-t-il.

Vingt-cinq

Il était tellement doux avec moi, mais il lui arrivait aussi de se montrer brutal, d'une exigence virile et inflexible. Il se servait de moi ; ça ne me déplaisait pas. J'aimais le laisser s'allonger sur moi pour me dominer, le laisser me prendre et sentir que j'étais totalement sans défense face à sa puissance masculine. Il était étonnamment fort, bien que pas très grand et j'adorais qu'il assouvisse sur moi son désir. J'allais même jusqu'à l'encourager à me traiter de la manière qu'il voulait, quelle qu'elle soit : je ne ressentais pas ça comme une humiliation ou une insulte. À mes yeux, notre amour, notre passion, impliquait qu'on ouvre tous les horizons, qu'on laisse arriver ce qui devait arriver.

Il en allait de même pour lui, à mon avis. Cela n'aurait eu aucun sens que je m'ouvre à toutes les possibilités s'il ne l'avait pas fait de son côté, si son unique but avait été d'étancher des désirs qu'on pourrait dire négatifs. Par bonheur, il avait aussi un autre côté que je qualifierais de féminin, même si, évidemment, la chose n'avait rien à voir avec sa sexualité. Il aimait venir se blottir tout contre moi une fois que nous avions profité de notre moment volé. Parfois, il était tellement fatigué de tout ce qui constituait la vie, du travail qui l'épuisait ; il travaillait comme un forçat tout le temps que nous avons été ensemble, j'étais plutôt bien au courant. Il devenait alors agressif, il me pétrissait le corps, me baisait avec une violence qui m'arrachait des cris, mais parfois il voulait au contraire que je le pétrisse lui et même que je lui inflige des souffrances. Il s'est arrangé pour que je me livre à des choses qui ne me seraient jamais venues à l'esprit. Il y a certaines de ces choses que j'aurais refusé qu'il me fasse, on aurait dit qu'il sentait où se trouvaient mes limites, car il s'en approchait sans jamais les dépasser.

Il parlait librement avec moi de sa femme et de leurs problèmes. À ses dires, il l'aimait, mais la passion qui les avait unis s'était comme figée. « C'est l'œuvre de toute une vie, disait-il, que de garder intacte l'étincelle de la passion. » Le mot passion lui tenait fort à cœur. Il affirmait qu'une vie sans passion était une chose qu'il ne parvenait pas à s'imaginer. Il m'a confié qu'avant de me connaître, il avait eu très peur de lui-même, qu'il avait étouffé son caractère passionné jusqu'à un point dangereux, que quelque chose en lui n'avait pas eu l'occasion de s'exprimer et qu'il s'était mis à se punir mentalement pour des désirs qu'il éprouvait. Il m'a confié qu'il n'avait que très rarement été infidèle à sa femme avant de me rencontrer et je l'ai cru. Il était tel un volcan de désirs divers ; en ce sens, je crois avoir fonctionné sur lui comme une sorte de remède naturel en le purgeant de toutes les impuretés et de toute la violence qui s'étaient accumulées en lui. J'avais l'impression qu'il était dans une certaine mesure meurtri, corrompu, toutefois j'avais la certitude qu'en allant jusqu'au bout de notre histoire tout en conservant une part d'innocence, nous parviendrions à le guérir. Tel était mon sentiment ; je crois que je n'avais pas tort même si le résultat de cette purification n'a finalement pas été celui que j'avais escompté.

Sa femme était évidemment en dépression. Il se reprochait en partie cette maladie ainsi que le mauvais fonctionnement de leur couple. Pourtant, le fait qu'il s'en rende responsable n'arrangeait en rien la situation, tout comme le fait qu'elle-même se sente responsable quand il allait mal. Tout cela formait un énorme écheveau sentimental où la honte et la culpabilité menaient la danse, le seul objectif de leur couple étant d'éviter l'effondrement total. Il était en passe de devenir impuissant au moment de notre rencontre. C'est ce qu'il m'a dit, bien que je n'aie jamais rien ressenti de tel, je suppose que je l'ai aidé en la matière.

Leur chalet d'été était notre quartier général. Au début, cela avait été difficile pour lui, l'endroit étant relié à un grand nombre de souvenirs de famille, autant de son enfance et de l'époque où il y venait avec ses parents que de celle, plus récente, où, ayant fondé une famille, il était devenu propriétaire des lieux. Je me souviens de la première fois que nous y sommes venus, il avait été envahi par une telle tristesse qu'il avait eu envie de rentrer chez lui sans me toucher. Évidemment, aller là-bas constituait une trahison, je le comprends parfaitement maintenant, mais ce jour-là, son sentimentalisme mal placé m'avait porté sur les nerfs et, pendant que nous remontions vers le parking, je lui ai fait un croche-pied pour le faire tomber dans la bruyère avant de me jeter sur lui en pla-

quant mon visage sur son entrejambe et en mordillant son membre entre mes dents à travers son pantalon. Ça l'a fait rire, il m'a caressé la nuque, ça lui avait donné une érection. Je l'aurais bien sucé sur place, mais nous étions très visibles de la route et il n'a pas voulu. Nous sommes retournés au chalet en nous tenant par la main. Suite à cet événement, la glace avait été rompue, même s'il était toujours mal à l'aise quand il me baisait dans le lit conjugal.

Dimanche

Vingt-six

Gunnar s'éveilla en sursaut tôt le matin, avec la sensation imprécise que quelque chose était arrivé, quelque chose de grave. Il l'éloigna de son esprit comme n'importe quelle autre de ses lubies alcoolisées, versa le reste de la bouteille de vin de la veille dans un verre qu'il avala avant d'aller se brosser les dents. Il avait pour principe de ne jamais consommer d'alcool fort avant midi. Il examina son reflet dans le miroir de la salle de bains comme s'il avait été celui d'un inconnu : ses cheveux blond cendré en bataille qui, pour une raison quelconque, ne grisonnaient pas encore malgré son âge – et ma vie dissolue, pensa-t-il, ce bon vieux mépris de soi lui collait tellement à la peau qu'il surgissait à la moindre sollicitation. À vrai dire, c'était à coup sûr tenter le diable que de se regarder dans un miroir au bout de quelques jours de beuverie ininterrompue.

Il parcourut mentalement son existence, cherchant d'autres raisons de se mépriser, quand il se souvint brusquement de la teneur de sa dernière conversation téléphonique. Il frissonna. « *Do you love your family ?* » lui avait demandé l'homme à l'autre bout de la ligne. Finalement, il s'était refusé à prendre la chose trop au sérieux et était resté debout avec un rictus aux lèvres, comme extérieur à lui-même et à la situation, une fois qu'il s'était remis des menaces de violence, certes seulement allusives, mais parfaitement claires à l'encontre de ses proches. Il refréna son envie d'ouvrir une autre bouteille de rouge, alla dans la chambre pour téléphoner à Hildigunnur. Elle répondit immédiatement d'une voix qui n'était pas pour apaiser son inquiétude : on n'y décelait aucune trace de ce charme badin dont elle usait volontiers, sa voix reflétait un évident malaise.

« Il y a un problème ? demanda-t-il sans même dire bonjour.

– J'espère bien que non, répondit-elle, sans dureté,

sans taquinerie, presque comme si elle était soulagée de l'entendre.

– Mais… quoi ?

– C'est juste Sunneva. Je ne sais pas où elle se cache. C'est peut-être seulement de l'hystérie de ma part, expliqua-t-elle, avant de se corriger : Non, ça n'a rien à voir avec de l'hystérie. Elle m'avait dit qu'elle passerait hier matin, mais elle n'est pas venue… Je n'arrive pas à la joindre sur son téléphone ; elle n'est pas allée donner à manger à son chien. Je ne comprends pas où elle peut bien être. J'ai à peine fermé l'œil de la nuit. »

Gunnar n'essaya pas de dissiper l'inquiétude de son épouse.

« J'arrive tout de suite, annonça-t-il simplement.

– Mais, tu n'es pas à Londres ? s'étonna-t-elle.

– Je n'en avais pas les moyens, expliqua-t-il. Je suis chez maman. »

Vingt-sept

« Alors, tu as avancé sur l'affaire de Þingvellir ? » interrogea Hafliði. Assis dans leur bureau, les deux policiers se répartissaient le travail.

« Mouais, Björn Einarsson est toujours dans le coma et il y a peu de chances qu'il en sorte dans l'immédiat. La personne qui l'a appelé au cours de la nuit est une dénommée Sunneva Gunnarsdóttir, précisa Valdimar.

– Pas possible ! s'exclama Hafliði, voilà qui est bien étrange.

– Pourquoi donc ? s'enquit Valdimar.

– Je crois bien que c'est la femme chez qui quelqu'un est entré par effraction vendredi matin, c'est moi qui suis allé l'interroger.

– Nom de Dieu, fit Valdimar, j'avais justement l'impression que ce nom me disait quelque chose. Je n'ai pas encore réussi à la joindre, mais j'ai laissé un message sur son répondeur et un autre sur la messagerie de son portable. Je m'attends à ce qu'elle m'appelle d'un moment à l'autre. Si elle ne l'a pas fait d'ici midi, je vais essayer de prendre contact avec ses parents ou ses frères et sœurs. Tu crois qu'il pourrait y avoir un rapport entre ces deux affaires ?

– Ça, Dieu seul le sait. En tout cas, c'est une drôle de coïncidence. Vous êtes allés à Þingvellir, n'est-ce pas ? Est-ce que vous avez trouvé quelque chose là-bas qui expliquerait comment tout ça s'est passé ? Un indice qui prouverait que Björn n'ait pas été seul au chalet ?

– Non, en soi, nous n'avons trouvé que très peu d'indices, répondit Valdimar, indécis. Il me semble évidemment probable que Sunneva et Björn s'y soient retrouvés après qu'elle l'a appelé. C'est pourquoi il faut qu'on la joigne dès que possible. Enfin, en ce qui concerne la possibilité qu'ils se soient retrouvés là-bas, nous avons remarqué qu'il n'y avait ni draps ni couette dans la chambre, si tant est que cela veuille dire quoi que ce soit. Nous n'avons trouvé aucun indice précis qui prouve qu'ils y soient allés ce soir-là.

– Et ce gamin, son fils, comment se fait-il qu'il ait traîné là-bas ? demanda Hafliði.

– Il a trouvé bizarre que son père parte en trombe au milieu de la nuit et qu'ensuite, il arrête de répondre sur son portable, expliqua Valdimar.

– Est-ce que nous saurions par hasard à quelle heure remonte l'accident ? Ne serait-il pas possible que le père et le fils se soient bagarrés ? Ce ne serait pas la première fois que ce genre de truc arriverait, observa Hafliði.

– Oui, c'est exact, convint Valdimar, mais on ferait peut-être quand même mieux d'attendre un peu avant de tirer ce genre de conclusions, tu ne crois pas ? Pour l'instant, rien n'indique qu'il y ait eu violence. »

À midi pile, Valdimar passa un coup de fil aux parents de Sunneva qui décrochèrent à la première sonnerie. La femme à l'autre bout de la ligne s'était mise à suffoquer dès qu'il avait décliné son identité.

« Est-ce que quelque chose est arrivé à Sunneva ? » demanda-t-elle immédiatement, avant même que le prénom de sa fille ait été mentionné. Valdimar fut quelque peu pris au dépourvu.

« Euh… Pas que je sache. C'est juste que j'avais besoin de m'entretenir avec elle pour une enquête en cours dans nos services. Qu'est-ce qui vous fait croire qu'il lui serait arrivé quelque chose ?

– Parce que j'ai justement appelé la police il y a dix minutes pour signaler sa disparition. La femme que j'ai eue au téléphone m'a dit qu'elle allait contacter les hôpitaux afin de vérifier si elle y avait été admise, je croyais que c'était la raison de votre appel. Vous désiriez lui parler à propos de l'effraction qui a eu lieu dans son appartement, avez-vous retrouvé le coupable ? »

Valdimar marqua une pause. Il n'était pas certain que Sunneva lui serait reconnaissante de dévoiler à sa mère des détails privés qu'elle préférait sans doute garder secrets. En revanche, il était intéressant de constater que la mère s'inquiète à ce point pour sa fille.

« Reprenons depuis le début, proposa-t-il. Quand avez-vous vu Sunneva pour la dernière fois ?

– Vendredi. Je l'ai invitée à prendre le petit déjeuner avec moi hier, mais elle n'est pas venue. Je me suis dit qu'elle avait simplement oublié de me prévenir qu'elle avait un empêchement, même si cela ne lui ressemble pas du tout. Et puis quand j'ai appelé à son travail ce matin, elle n'y était pas allée non plus. Elle possède un chien qui serait mort de faim si je n'étais pas allée le nourrir. En outre, elle n'a pas dormi chez elle la nuit dernière.

– Vous ne devriez pas désespérer. Il est fréquent que les jeunes découchent, vous n'êtes pas la première mère à nous appeler pour nous informer de telle situation. Les gens finissent tout de même généralement par réapparaître.

– Je me suis dit la même chose mais, dans ce cas, elle se serait tout de même assurée que son chien ait de quoi manger. Par exemple, elle aurait pu appeler ses voisins qui sont propriétaires de l'appartement qu'elle occupe et qui en possèdent la clef. Leur fille adore ce chien au point qu'il lui arrive de l'emprunter à Sunneva, vous vous imaginez bien qu'elle s'en serait occupée avec grand plaisir.

– Croyez-vous que ses voisins se soient trouvés à leur domicile ?

– Oui, ils étaient chez eux. Je les ai appelés. Mais dites-moi, quelle est cette affaire sur laquelle vous enquêtez ? Ne s'agit-il pas de cette histoire d'effraction ? »

Valdimar hésita. Il fallait qu'il lui dévoile certains éléments, mais jusqu'à quel point ? Percevant ses réticences, la femme haussa le ton.

« Pour l'amour de Dieu ! Arrêtez donc vos chichis ! J'ai le droit de savoir de quoi il retourne. Est-ce qu'elle aurait commis un crime quelconque ?

– Non, cela n'a rien à voir avec ça. On n'a simplement pas le droit de dévoiler tout et n'importe quoi, même aux proches des témoins, comme dans le cas présent. Cependant, afin que vous ne vous inquiétiez pas inutilement, je peux toutefois vous dire que c'est en rapport avec un accident dont nous n'avons aucun témoin et qu'en revanche, votre fille a eu une conversation téléphonique avec la personne concernée peu de temps avant l'événement.

– Un accident ? De qui s'agit-il ? »

Valdimar hésita à nouveau. En réalité, il lui avait déjà

raconté tout ce qui avait quelque importance. Partant de là, lui dévoiler le nom ne changerait plus grand-chose.

« Il s'appelle Björn Einarsson. Est-ce que ça vous dit quoi que ce soit ?

– Vous voulez parler de Bjössi ? Oui, je le connais plutôt bien. Et vous dites qu'il a eu un accident de voiture ?

– Non, en fait, il ne s'agit pas d'un accident de la circulation.

– Sunneva travaille à son cabinet cet été, elle l'a sûrement appelé pour des raisons professionnelles.

– Ah, je vois. C'est intéressant. Donc, elle travaille au cabinet d'architecte de Björn ? En tout cas, il a été victime d'un sérieux traumatisme crânien et, pour l'instant, il est encore inconscient.

– Dieu tout-puissant, quelle horreur ! s'exclama la femme avant de marquer un silence. Eh bien, d'autres personnes que moi devront s'en inquiéter, j'ai d'autres chats à fouetter en ce moment. Ce qui me préoccupe, c'est ce que vous allez faire concernant Sunneva, reprit-elle. Ne prévoyez-vous pas de lancer un avis de recherche ? »

Valdimar s'efforça de ne pas laisser paraître son agacement face à cette femme qui entendait dicter à la police sa conduite.

« Espérons que nous n'aurons pas à en arriver là, n'est-ce pas ? demanda-t-il, d'un ton aussi réconfortant que possible. Mon expérience me commande d'attendre un peu.

– Et la mienne m'ordonne de ne pas attendre le déluge. Lancez un avis de recherche, sinon je m'en occuperai moi-même.

– Qu'entendez-vous par-là ? demanda Valdimar, éberlué par le culot de cette femme.

– Vous verrez bien.

– Je vais soumettre ça à mon supérieur.

– Eh bien, allez-y ! Et bien le bonjour », lança-t-elle avant de raccrocher.

Vingt-huit

« Tu es complètement cinglé ! s'écria Hallgrímur en se levant d'un bond.

– Il n'y a que toi à qui je puisse m'adresser, je n'ai personne d'autre, expliqua Marteinn en regardant son ami.

– Nom de Dieu de merde, non ! Qu'est-ce que c'est que ces conneries, mon gars ? »

Hallgrímur était pâle comme un linge. Marteinn ne savait pas si c'était de colère, d'effroi ou d'indignation. Pour sa part, il frissonnait même s'ils étaient assis en plein soleil, sur un rocher de la colline d'Öskjuhlíð, où ils étaient si souvent venus autrefois mais où leurs visites s'étaient raréfiées les temps derniers, surtout depuis que Hallgrímur avait déménagé. Marteinn venait de demander à son ami de l'aider à enlever le cadavre de Sunneva de dessous le chalet. Il ne pouvait pas le laisser à cet endroit, il ne fallait pas qu'il y reste. Dès que la disparition de Sunneva serait découverte, la police s'interrogerait sur ce coup de téléphone qu'elle avait passé à son père ce soir-là. Ensuite, elle entreprendrait de passer le chalet et ses environs au peigne fin.

« Je comprends parfaitement que tu n'aies pas envie d'être mêlé à ça.

– Tu vois, l'idée de venir t'aider est tellement loin de moi, tu ne peux même pas t'imaginer. Laisse tomber tout ça, mon gars, c'est n'importe quoi.

– Je ne peux pas. Il faut que je termine ce truc-là. Pardonne-moi de t'avoir demandé de m'aider. J'ai été injuste. Mais s'il te plaît, ne dis rien à personne.

– Que je ne dise rien à personne ? Tu me prends pour qui ? *Fuck, fuck, fuck, fuck !* » D'impuissance et de colère, Hallgrímur martelait la terre avec ses pieds, peinant à se contenir. « As-tu au moins conscience de ce que tu exiges de moi ?

– Oui. Mais rien ne t'oblige à m'aider. Tout ce que je te demande maintenant, c'est de n'en parler à personne.

– Eh bien non, vois-tu ! Tu n'as aucune idée de ce que tu me demandes. Je crois que tu n'en as pas la moindre idée !

– Pardonne-moi d'avoir parlé de ce truc-là », s'excusa Marteinn. Pour sa part, il était devenu plutôt insensible à la chose. Il avait l'impression que le pire était passé. Ce qu'il avait en tête n'était qu'une nécessité a posteriori et il n'avait pas le sentiment de faire le moindre mal. À ses yeux, il s'agissait plutôt d'une bonne action. La dépouille de Sunneva reviendrait entre les mains de sa famille sans que le père de Marteinn, mais surtout sans que sa mère, aient à en répondre.

« Qu'est-ce que tu feras si ton père reprend conscience et s'il raconte ce qui s'est réellement passé ?

– Premièrement, il n'est pas sûr qu'il sorte du coma. Malheureusement. Deuxièmement, je ne suis pas certain qu'il ait su que Sunneva était morte. Troisièmement, même dans le cas où il aurait effectivement… » Marteinn s'interrompit pour avaler sa salive avant d'achever sa phrase par un euphémisme qu'il n'avait pas prévu au départ. « … commis une action répréhensible, il est presque certain qu'il ne s'en souviendra pas. On est toujours victime d'une amnésie de quelques heures dans ces cas-là. Tu ne te rappelles pas le jour où j'ai été renversé par une voiture à Efstasund ? Je n'ai été assommé qu'une minute tout au plus ; je suis rentré à la maison tout seul en courant et en larmes d'après ce que tu m'as raconté. Pourtant, le lendemain, je ne me souvenais même plus comment j'étais rentré. Il y a plusieurs heures qui sont passées à la trappe. Crois-tu qu'il en ira autrement pour papa, qui a subi un grave traumatisme crânien ?

– Par conséquent, tu as calculé tout ça, commenta Hallgrímur, d'un air maussade.

– Tu veux bien n'en parler à personne ? demanda Marteinn à voix basse.

– Merde, arrête de répéter ça constamment ! s'écria Hallgrímur, perdant à nouveau son sang-froid. Est-ce que tu m'imagines franchement aller voir les flics pour te dénoncer ? Tu me prends vraiment pour une balance ou quoi ? Tu me connais si mal que ça ? »

Marteinn afficha un sourire fatigué. Il avait l'impression que Hallgrímur s'apprêtait à céder, comme il l'avait espéré.

« En tout cas, tu assumeras les conséquences toi-même », lui cria Hallgrímur au visage. Ils entendirent quelqu'un arriver en trottinant sur le chemin de gravier, probablement un type venu faire son jogging. Marteinn posa un doigt sur ses lèvres, Hallgrímur baissa le ton. « Je suis sûr que c'est moi qui vais le plus en pâtir. C'est toujours comme ça.

– N'importe quoi ! » rétorqua sèchement Marteinn.

Vingt-neuf

Hallgrímur était éternellement redevable à Marteinn. Peu importe ce qui pouvait se passer entre eux, il semblait que Hallgrímur se trouve toujours en compte débiteur auprès de son ami.

Ils s'étaient connus à une époque des plus difficiles pour Hallgrímur. En retard dans sa croissance et de très petite taille, ce dernier rentrait juste de Suède, s'exprimait dans un islandais ridicule et ne parvenait même pas à se débrouiller avec l'anglais. Évidemment, il fut victime de brimades, qui s'intensifièrent jusqu'au moment où les choses déraillèrent. Axel, la terreur de la classe, s'était arrangé pour qu'il se retrouve enfermé dans le placard à balais à deux reprises au cours de la même semaine. La première fois n'avait pas été trop grave, il avait pris ça comme une plaisanterie, se contentant d'attendre qu'on vienne le libérer. Il n'avait pas cru que les autres le laisseraient manquer le cours. Ce fut toutefois ce qui se produisit. Quelques minutes après la sonnerie, il commença à s'agiter, enfermé dans ce cagibi sans fenêtre et, quand il tambourina à poings fermés contre la porte, le concierge arriva immédiatement pour le libérer, en le réprimandant vertement comme s'il s'y était enfermé lui-même. Hallgrímur s'était senti trop petit et trop humilié pour lui répondre.

La fois suivante, ce furent deux garçons et une fille qui le poussèrent dans le placard. Il s'était débattu de toutes ses forces, mais n'avait rien récolté d'autre que des saignements de nez. Il n'avait reçu aucun coup, mais il arrivait qu'il soit pris de saignements sans raison apparente à cette époque. Quand il avait senti le sang arriver, il s'était presque machinalement penché en avant en se pinçant les narines comme on le lui avait appris. La porte s'était alors refermée sur lui et il s'était retrouvé tout seul dans le noir complet. Il avait cherché à tâtons l'interrupteur, l'avait aussitôt trouvé, mais il n'était venu aucune lumière quand il avait appuyé dessus. Il s'y était repris à plusieurs fois, ce qui n'avait évidemment eu aucun effet. La colère doublée d'un sentiment d'impuissance était montée en lui. Il avait l'impression d'étouffer de fureur. Il avait essayé de tambouriner de sa main droite contre la porte tout en continuant à se pincer le nez de la gauche. Les coups s'entendaient à peine à l'extérieur, alors il avait décidé d'employer le plat de sa main, ce qui n'avait pas changé grand-chose. Il s'était mis à pleurer. Ensuite, il avait exploré les alentours à tâtons dans l'obscurité, avait d'abord trouvé un manche à balai trop long avant de tomber sur un gros bidon qu'il avait balancé avec une telle force contre la porte que le bidon avait éclaté et que le détergent très puissant qu'il contenait avait giclé au visage et dans les yeux de Hallgrímur qui s'était imaginé être devenu aveugle. Il s'était écroulé dans la flaque. Avait-il pissé dans sa culotte ? Il ne le pensait pas, cependant c'est ce que les autres avaient affirmé le lendemain. Il avait continué à frapper le bidon vide contre la porte, en hurlant de terreur et de douleur. Il avait l'impression qu'un temps interminable s'était écoulé, il commençait à croire que la journée d'école se terminerait sans que personne ne le trouve et qu'il allait mariner dans le cagibi jusqu'à ce que les femmes de ménage aient besoin de l'ouvrir. Il avait cessé de hurler, le son qui lui sortait de la bouche tenait plus du glapissement, il avait le nez complètement bouché, un mal de tête assommant, sans parler du fait que ses yeux le brûlaient violemment. Son cœur s'était mis à battre à tout rompre dans sa poitrine et il avait bien cru qu'il allait mourir. La tête lui tournait, il avait la poitrine oppressée. Il avait continué à balancer le bidon vide contre la porte. Il savait que les enfants pouvaient être cardiaques. Il avait pensé à sa cousine, décédée à l'âge de dix ans. Il avait attendu que son cœur s'arrête de battre. Et celui-ci s'était arrêté. Il ne se souvenait pas du moment où il avait perdu connaissance, ne se rappelait que celui où il était revenu à lui. Il avait senti que son cœur s'était calmé, mais cette impression d'avoir un sac de sable posé sur la poitrine avait persisté. Il avait à nouveau projeté le bidon contre la porte, s'était efforcé de la défoncer avec ses pieds, mais s'était simplement fait mal aux talons.

Le concierge était finalement arrivé pour ouvrir. Sa colère initiale avait rapidement laissé place à l'effroi ; il avait écarquillé les yeux en voyant le petit garçon tout tremblant assis sur le sol du cagibi, le nez et la bouche ensanglantés, les yeux rougis et baignant dans l'odeur du détergent.

Hallgrímur avait refusé de dénoncer ceux qui lui avaient infligé un tel traitement. De toute manière, il préférait attendre pour se venger lui-même.

Le directeur de l'école les avait sermonnés. Hallgrímur avait trouvé que ça ne servait pas à grand-chose. Il avait surtout eu l'impression que le directeur s'écoutait parler, comme s'il avait simplement saisi cette occasion pour instaurer plus de discipline ou, disons plutôt, pour feindre d'instaurer plus de discipline. Il s'agissait avant tout de paraître.

Ces brimades auraient pu continuer indéfiniment si Marteinn n'avait pas pris les rênes. Hallgrímur s'était d'ailleurs souvent interrogé sur ses motivations.

Quelques jours après l'épisode du placard à balais, Axel et deux de ses acolytes avaient coincé Hallgrímur dans un recoin des toilettes.

« Mon petit gars, on va te baptiser au nom du Père », avait annoncé Axel, costaud et grassouillet. À ce moment-là, Marteinn était sorti de l'une des toilettes. Lui et Hallgrímur, tous deux plutôt petits et frêles, s'étaient brusquement retrouvés côte à côte. Apparemment sans même y réfléchir, Marteinn s'était avancé vers Axel comme s'il avait juste eu l'intention de passer devant lui. Mais au lieu de ça, il lui asséna un violent coup à l'entrejambe. Le garçon se recroquevilla en hurlant. Ses deux copains accoururent à son secours avant de se préparer à flanquer une raclée à Marteinn qui, nettement plus petit qu'eux mais agile comme un singe, leur échappa d'un bond.

« Je vais vous dénoncer ! Je vais aller dire que c'est vous qui avez enfermé Grímur dans le placard ! Vous allez tous être virés de l'école !

– C'était même pas nous », rétorqua l'un des garçons, vexé. L'autre fanfaronnait moins, c'était une preuve suffisante.

« Je vais vous faire virer ! claironna Marteinn, d'un ton

victorieux. C'est vous les "petits voyous qui salissent la réputation de l'école", comme a dit le directeur. »

Un groupe de gamins s'étaient rassemblés autour d'eux dans l'espoir d'assister à une bagarre. Axel se tenait toujours l'entrejambe, allongé à terre. Ses deux compères l'aidèrent à se remettre debout et le trio s'éloigna. Quelques filles du groupe gloussèrent et quelqu'un prononça le mot « *loser* ».

Voilà comment ils s'étaient connus. Hallgrímur s'était mis à tourner autour de Marteinn à chaque fois que l'occasion se présentait. Il avait d'abord eu l'impression que ce dernier se bornait à supporter sa présence, mais les choses s'arrangèrent. Un jour, une fois que Hallgrímur avait acquis une plus grande confiance en lui, Marteinn lui avait dit :

« Bon Dieu ! J'ai oublié mon sac de sport au gymnase. Tu ne voudrais pas aller le récupérer, Grímsi ?

– Non, t'as qu'à aller le chercher toi-même.

– Tu n'as pas envie d'être mon ami ou quoi ? » avait rétorqué Marteinn sur le ton de la plaisanterie. Cependant on percevait dans sa voix une sorte de fermeté, qui avait conduit Hallgrímur à hausser les épaules avant de se mettre en route pour récupérer le sac. Depuis cette époque, il avait l'impression d'avoir passé son temps à aller chercher ce sac de sport, même si les conditions étaient depuis longtemps différentes.

Trente

Il semblait insignifiant, ainsi allongé sur le drap blanc. En même temps, il était beau, telle la statue d'un dieu endormi aux cheveux bruns parsemés de gris et aux poils de barbe d'une longueur si mûrement étudiée qu'il était impossible de savoir à quand remontait la dernière fois qu'il s'était rasé. Ce qu'elle pouvait avoir envie d'attraper un objet bien lourd, un marteau ou une masse et de frapper ce visage pour le transformer en un masque de viande sanguinolente qui repousserait toute femme, jeune ou âgée ! Crève donc, espèce de saleté, si c'est ton intention, adressa-t-elle mentalement à l'homme, abandonne-nous à notre culpabilité, à notre honte, aux conséquences de tes imbécillités et de ta concupiscence égoïste. Puis elle éclata en sanglots, embrassa ses doigts car, malgré tout, elle l'aimait tant, elle désirait tant qu'il ouvre les yeux, qu'il se réveille au moment où elle se blottirait tout contre lui, comme autrefois, comme ce printemps où ils s'étaient rencontrés et où elle était tombée amoureuse de ce jeune homme légèrement efféminé que son frère avait connu à Akureyri et qui, de l'avis de ce dernier, était homosexuel. Elle avait tout de même décidé de tenter le coup. Elle avait profité de l'occasion qui s'était présentée à elle pour capter son regard, un jour calme et ensoleillé qu'ils avaient emprunté une barque pour aller se promener sur le fjord à Akureyri. Il s'était longtemps dérobé à ce sourire narquois comme s'il ne savait pas dans quelle direction regarder. Finalement, il avait cédé, l'avait laissée plonger dans ses yeux qu'elle avait dits aussi lisses que la surface de l'eau. Alors, il avait éclaté de rire en lui demandant : « Tous les yeux ne sont-ils pas lisses ? Tu en as déjà vu qui étaient rugueux ? » Elle lui avait répondu : « En tout cas, je n'en ai jamais vu qui soient aussi lisses que les tiens, lisses comme un miroir. » Elle se souvenait aussi de son regard fuyant au moment où il l'avait présentée comme : « Eva, mon amie de Reykjavík » à son colocataire qui rentrait de week-end. Elle avait alors compris deux choses en même temps : la première était qu'elle risquait de perdre ce garçon à tout moment, il était susceptible de s'enfuir comme un poulain effrayé à la moindre occasion, fût-ce même par timidité ; la seconde était qu'elle ne voulait jamais le perdre. Elle se sentait capable de le maintenir en orbite autour d'elle, mais savait que dès que la force d'attraction diminuerait, la force centrifuge l'éloignerait d'elle, le projetant loin dans l'univers. Elle n'avait pas couché avec un grand nombre d'hommes ; aucun n'avait été aussi gentil que lui avec elle. En même temps, il se montrait détendu en sa présence, on aurait dit qu'il n'avait aucun besoin de défendre cette fragile image de virilité que bien des garçons s'évertuaient tant à présenter alentour. Elle comprenait pourquoi son frère l'avait cru homosexuel ; en même temps, l'idée lui apparaissait ridicule, nul n'était aussi masculin que lui, d'une certaine manière, aucun homme parmi ceux qu'elle connaissait ne se sentait aussi à l'aise avec son corps. Cependant il était également timide, effrayé par trop de proximité et s'était comporté comme une vierge effarouchée jusqu'au moment décisif où il s'était ouvert comme une fleur, s'offrant entièrement. Ils étaient encore si jeunes. Une longue période heureuse avait suivi. Au début, elle avait eu l'impression qu'il était tel un long couteau acéré qu'elle passait son temps à rentrer dans un fourreau. Elle était le fourreau et, dans le même temps, celle que la lame nue blessait et meurtrissait. Ils eurent un petit garçon puis une petite fille. Elle prit confiance en elle, voyant qu'elle parvenait convenablement à faire tourner son petit système solaire, à user avec constance de cette force d'attraction qui, elle le savait depuis le début, ne devait jamais faiblir. Mais finalement, elle avait faibli. Et ça avait suffi. Elle l'avait senti s'éloigner d'elle, de manière presque physique, attiré qu'il était par d'autres corps célestes. C'était de cette époque que datait sa dépression. Certes, elle avait senti dès le début qu'il serait difficile de le garder. Mais c'était autre chose que de le voir s'éloigner d'elle sans qu'il ne lui en dise rien et sans lui laisser la moindre chance. Ensuite, sa dépression avait définitivement scellé la situation. À un moment de leur vie commune, elle était devenue dépendante de lui, ce qui, désormais, jouait en sa défaveur. Elle était une étoile qui s'était effondrée sur elle-même, une étoile éteinte et, en réalité, il avait pitié d'elle, le pire sentiment qu'un homme puisse ressentir pour la femme qui l'aimait. Pendant qu'elle s'enfonçait dans les profondeurs, elle sentait qu'il s'éveillait à nouveau à la vie, que cet engourdissement dont il avait été victime et dont elle était sans doute l'origine se dissipait. Il cessa de lui parler de ce qui le passionnait le plus, comme il l'avait fait à l'époque où elle était le soleil de sa vie, avant que la lame effilée et tranchante qu'il était n'échappe à son étui, ne vienne entailler sa chair et ensuite retourner à sa vie parmi les couteaux afin, peut-être, de se trouver d'autres fourreaux. Elle ne savait quoi penser. En tout cas, il ne partageait plus rien d'important avec elle. Elle savait que leur vie de couple était terminée en tant que telle même s'il n'y mettait pas un point final, s'il n'avait pas le courage de lui dire en face : « C'est fini. » Au lieu de cela, il donnait un coup à droite, un coup à gauche, allant jusqu'à feindre que tout allait pour le mieux ou qu'en tout cas, il n'était pas exclu qu'ils repartent du bon pied, plus tard, quand il serait prêt, une fois qu'il aurait repris ses esprits. Cela la détruisait, elle se voyait peu à peu réduite à néant, elle devenait une coquille vide d'être humain, une femme qui n'avait plus de place en elle que pour un amour détruit, un amour écorché, un amour qui ressemblait à une maladie, à une tumeur, à un cancer qui prenait le pouvoir sur son corps et sur son âme. Cela avait duré bien trop longtemps, son état s'était constamment dégradé. Elle se sentait presque soulagée, maintenant que cet événement décisif s'était produit. Cependant, elle pensait avec horreur qu'il lui faudrait peut-être endosser le rôle de l'épouse qui s'occupe de son mari handicapé, lequel ne pourrait peut-être plus s'exprimer mais serait, par la force des choses, enchaîné à une femme dont il avait autrefois voulu se libérer, cause à laquelle il avait tout sacrifié. C'était là une vengeance trop terrible, pensa-t-elle, elle préférerait le tuer.

« Tu as entendu, j'aimerais encore mieux te tuer, lui dit-elle à haute voix.

Il était allongé, inconscient dans le lit devant elle, avec

des tuyaux qui lui sortaient de partout, maintenu en sommeil artificiel, comme on dit. Dans l'immédiat, ses jours n'étaient pas en danger, l'avait-on informée.

Trente et un

Elle avait pleuré, il le remarqua immédiatement. Ses grands yeux scintillaient et elle portait des marques rouges dans le cou. Hildigunnur était une très belle femme d'une cinquantaine d'années. Elle avait une peau joliment parsemée de taches de rousseur, une chevelure rousse, des hanches en arc de cercle. Elle était vêtue d'un blue-jeans assorti d'un épais pull-over d'un rouge vif et pimpant, comme si elle avait voulu effacer la douleur qu'affichait son visage.

Hafliði se présenta. Elle l'invita à s'asseoir. La pièce aux meubles peu nombreux était lumineuse, haute de plafond, vaste et spacieuse, décorée de quelques rares tableaux aux murs, tous du même artiste, à ce qu'il semblait à Hafliði : de grandes peintures représentant des gens nus, des animaux ou des fruits dans diverses positions. Il accepta le café que la femme lui proposait afin qu'elle se sente mieux, puis s'installa dans le fauteuil en cuir havane face au canapé placé au milieu de la pièce, mais regretta bien vite son choix : le cuir crissait à chacun de ses mouvements. Hildigunnur revint immédiatement avec une petite tasse marron couverte d'une mousse beige. Elle prit place dans le canapé face à lui comme il l'avait imaginé et fut la première à poser des questions.

« Alors, comment va Björn ?

– Son état est stationnaire. Votre fille est-elle bien avancée dans ses études ? demanda gentiment Hafliði.

– Oui, elle est en dernière année.

– Et ça marche bien ? » poursuivit-il. Elle lui opposa un regard inquisiteur sans lui répondre. Hafliði se mit à rougir, se pencha en avant dans le fauteuil qui émit un gros craquement. Il se sentit encore plus mal à l'aise.

« J'essaie simplement d'obtenir les informations essentielles se rapportant à votre fille, plaida-t-il, avec un air de chien battu.

– Quand prévoyez-vous de lancer un avis de recherche ?
– Vous souhaitez que nous le fassions au plus vite ?
– Oui.
– Dans ce cas, c'est d'accord.
– Le ciel soit loué ! » s'exclama-t-elle. Son regard se perdit un instant dans le vide, puis elle ajouta : « Votre collègue m'a raconté au téléphone que vous enquêtiez sur cet accident dont Björn a été victime. Je ne me suis pas trompée en lisant les journaux, c'est bien lui qui a eu cet accident à Þingvellir ?
– Oui, c'est exact.
– Par conséquent, vous êtes venu ici pour enquêter sur cette affaire. Croyez-vous que… qu'il y ait un quelconque rapport entre ce qui est arrivé à Björn et la disparition de ma fille ?
– Nous ne voulons pas exclure cette hypothèse, précisa Hafliði. En tout cas, nous ne pouvons ignorer le fait qu'elle lui a téléphoné aux environs de deux heures du matin la nuit en question et que, suite à cet appel, il semble bien que Björn soit parti en voiture directement au chalet d'été qu'il possède au bord du lac de Þingvellir, endroit où il s'est fracassé le crâne peu de temps après.
– Comment ? Elle l'a appelé au beau milieu de la nuit ? interrogea Hildigunnur, incrédule.
– Oui, parfaitement. Et si je comprends bien, vous n'avez plus eu de nouvelles d'elle depuis ce moment-là, n'est-ce pas ?
– Oui, c'est exact. Mais, comment interprétez-vous sa disparition ?
– Je ne la comprends absolument pas. J'espérais que vous alliez pouvoir éclairer ma lanterne sur la question. Pour commencer, j'aimerais savoir quel genre de relations vos deux familles entretiennent. Il semble que vous connaissiez Björn plutôt bien.
– Oui, Björn et Gunnar, mon mari, sont d'anciens camarades d'école ainsi que de vieux amis. En fait, jusqu'à il y a quelques années, ils ont dirigé conjointement le cabinet d'architecte qui appartient maintenant à Björn seulement. Depuis, nous nous fréquentons un peu moins, bien que Sunneva ait travaillé chez Björn tous les étés, comme c'était le cas à l'époque où son père était encore dans l'entreprise.

– Comment se fait-il que cette collaboration ait pris fin ? demanda Hafliði, par simple curiosité.

– Eh bien, disons qu'ils ont eu un différend quant à la gestion, expliqua-t-elle en haussant les épaules. Björn a racheté les parts de Gunnar ; peu après, mon mari a monté son propre cabinet.

– Auriez-vous une idée sur ce qui a conduit votre fille à contacter Björn à une heure si tardive ?

– Non, aucune. En revanche, le cabinet figure parmi les candidats à l'appel d'offres passé pour le Stade d'Islande, j'imagine que cela explique bien des choses dans ce domaine. »

Hafliði ne voulait pas la rudoyer, de toute façon, il avait l'impression que ce coup de fil nocturne rendait évidente la nature des rapports qu'entretenaient Björn et Sunneva. En outre, il savait que Hildigunnur n'était pas stupide au point de ne pas soupçonner ce qu'il imaginait, même si elle se refusait à en envisager l'éventualité. Le Stade d'Islande serait le plus grand complexe sportif du pays, financé par la Ville de Reykjavík et les communes environnantes ainsi que par les banques et divers sponsors. Il serait constitué d'un gymnase destiné au handball et autres sports d'intérieur, d'un terrain de sports, d'une piscine de compétition, d'un terrain de football en plein air, et à côté de toutes ces installations serait construit un grand hôtel.

Des entreprises privées devaient formuler des offres quant au design, à la construction et au fonctionnement du complexe en échange de paiements annuels de la part des communes et des sponsors. L'appel d'offres était international et l'unique offre islandaise était considérée a priori comme ayant des chances raisonnables de remporter le marché.

« Et vous dites que votre fille participe à cette grande aventure ? demanda Hafliði.

– Je crois bien que plus ou moins tous les employés du cabinet travaillent d'arrache-pied sur cette affaire depuis six mois, répondit Hildigunnur. L'ensemble du personnel a dû signer un pacte de confidentialité, car il est très important que les concurrents ne découvrent pas le contenu des offres des autres, dans ce genre d'offres “clefs en main”.

– Avant que j'oublie, auriez-vous une photo de Sunneva ? » demanda Hafliði.

Hildigunnur se pencha vers la table basse qui les séparait. Sous le plateau se trouvait une étagère, d'où elle tira une photo qu'elle avait imprimée sur papier brillant, probablement à son intention.

« C'est la photo la plus récente que j'aie, elle a été prise à l'anniversaire de son frère, il y a quelques semaines. »

Sunneva semblait être une jeune femme très heureuse, assise sur une chaise de salle à manger à haut dossier, vêtue d'un chemisier blanc décolleté. Ses cheveux étaient d'un roux plus foncé que ceux de sa mère et son visage d'une beauté mémorable. Sur la photo, elle affichait un petit sourire en coin, comme si elle se retenait de rire. Hafliði s'attendait à avoir d'autres occasions de se pencher sur le cliché. Il le reposa et regarda Hildigunnur.

« N'est-il réellement jamais arrivé que Sunneva vous laisse sans nouvelles pendant quelque temps ?

– Non. Elle a habité ici jusqu'à il y a deux ans et elle s'est toujours appliquée consciencieusement à nous tenir informés de ses allées et venues. Il lui arrivait de dormir chez son petit ami d'alors, mais jamais sans me le dire parce qu'elle savait que, sinon, je m'inquiéterais.

– Parlez-moi un peu de ce petit ami.

– Il s'appelle Ingi Geir. C'est le fils de nos voisins, un peu plus loin dans la rue. Sunneva et lui étaient amis d'enfance, mais leur couple n'a pas tenu. C'est justement après leur rupture qu'elle est partie de la maison, elle voulait éviter d'habiter à quelques mètres de chez lui. J'apprécie beaucoup Ingi mais, en fait, il a plutôt mal accepté que Sunneva rompe avec lui. Il téléphonait ici à n'importe quelle heure, s'exprimait comme s'ils avaient simplement décidé de s'accorder une pause, de se reposer l'un de l'autre.

– Ah, je vois. Je ferais peut-être bien d'aller interroger ce garçon.

– Vous pouvez, si vous voulez. Cependant il y a déjà deux ans qu'ils ne sont plus ensemble, et il a vite cessé d'appeler à la maison une fois que Sunneva a déménagé.

– Sunneva a-t-elle vécu en couple depuis cette époque ?

– Non, répondit Hildigunnur, d'un ton résolu. Elle

affirme qu'elle veut se concentrer sur ses études. Elle plaisante parfois en racontant qu'elle n'a pas le temps d'avoir un petit ami.

– Consomme-t-elle de l'alcool ?

– Oui, mais toujours avec modération.

– Auriez-vous connaissance d'un éventuel usage de stupéfiants ?

– Non, mais ça m'étonnerait franchement qu'elle en prenne, répondit Hildigunnur, péremptoire.

– Souffre-t-elle de maladies chroniques ?

– Non.

– Et son caractère, aurait-elle une tendance à la dépression ? Ou bien aux coups de tête ?

– Plus aux coups de tête qu'à la dépression, en tout cas. Mais ça n'a rien de maladif ou de malsain. La plupart du temps, elle est d'humeur gaie, même si elle démarre parfois au quart de tour. Elle s'emporte facilement, elle explose à la moindre occasion, mais elle se calme aussi vite.

– A-t-elle beaucoup d'amis ?

– Oui, un grand nombre, garçons et filles, ça, elle n'en manque pas. Beaucoup des gamins du quartier passaient souvent à la maison, elle connaît sa meilleure amie depuis toute petite.

– Comment s'appelle-t-elle ?

– Rúna. Elles ont fréquenté la même classe jusqu'au lycée. Rúna étudie la biologie.

– Vous pourriez peut-être me communiquer son numéro de téléphone ? » observa Hafliði. Une discussion avec cette jeune femme pouvait en effet s'avérer fructueuse : s'il voulait avoir un portrait authentique de Sunneva, il ne pouvait se fier uniquement aux déclarations de sa mère.

« Cela va de soi, répondit Hildigunnur. Je crois même l'avoir en mémoire dans mon téléphone.

– Auriez-vous remarqué dernièrement des changements par rapport à son attitude habituelle ? » demanda Hafliði une fois qu'elle eut trouvé le numéro et qu'elle le lui eut donné. Hildigunnur le dévisagea d'un air franchement hostile. En dépit du tact avec lequel il avait essayé d'agencer ses mots, l'atmosphère se chargeait de l'idée inexprimée que Sunneva s'était fait du mal, cette idée était telle une vapeur empoisonnée que ni lui ni Hildigunnur ne voulaient respirer.

« Sunneva n'est pas dépressive, affirma Hildigunnur avec force.

– Est-ce que son chien est toujours dans l'appartement ? demanda tout à coup Hafliði, pensant que la police devrait aller y jeter un œil et que le chien risquait de leur poser problème.

– Non, je l'ai ramené ici, répondit Hildigunnur d'une voix presque tremblante. Il est là, en bas.

– Pourrions-nous aller voir l'appartement ? Le mieux serait que vous me remettiez la clef.

– Cela va de soi », répondit-elle. Elle se leva, marcha jusqu'à une commode ancienne placée sous un miroir fixé au mur derrière le canapé. Elle ouvrit le tiroir du haut pour chercher la clef. Le miroir, du même style que la commode, était accroché de façon à incliner légèrement vers le bas. De l'endroit où il était assis, Hafliði voyait le reflet du haut du visage de Hildigunnur. Elle avait retiré son masque dès qu'elle lui avait tourné le dos, ses traits étaient distordus par d'invisibles et silencieuses larmes d'angoisse. Hafliði s'agita légèrement sur le fauteuil qui craqua fortement et, l'espace d'un instant, leurs regards se croisèrent dans le miroir. Au moment où elle se retourna, les traits de son visage avaient repris leur place.

Trente-deux

Les deux dernières années de l'existence de Gunnar avaient été une constante descente aux enfers ; il accusait Björn de tous ses échecs. Cela avait commencé quand il s'était vu évincé de sa propre entreprise, le cabinet d'architectes Byggingarlist, pour un motif qui lui était toujours resté en travers de la gorge. Certes, il avait puisé dans les deniers de l'entreprise pour s'offrir des voyages éthyliques à l'étranger, mais il avait proposé de tout rembourser, l'affaire ne se résumait donc pas à de simples questions financières. Certes, il avait également souvent été absent, mais il avait promis de se reprendre, ah ça oui, il avait même avancé l'idée de suivre une cure de désintoxication qu'il avait *effectivement* suivie plus tard afin de convaincre Björn qu'il n'avait pas besoin de mettre en pièces leur compagnie. Cependant, Björn s'était entêté et, même si Gunnar se maudissait d'apporter de l'eau au moulin de son associé par sa conduite, il avait continué à boire plus souvent qu'à son tour. Björn lui avait laissé le choix : soit il rachetait les parts de Gunnar, lequel quitterait l'entreprise, soit il lui vendait les siennes, pour peu que ce dernier soit intéressé ou, si tel n'était pas le cas, à tout autre preneur. Björn savait parfaitement que Gunnar n'avait pas les moyens d'acheter ses parts et Gunnar lui avait évidemment vendu les siennes, la question ne s'était jamais posée. Malgré cela, Gunnar n'était pas parvenu à saisir l'occasion en or qui s'était présentée à lui de repartir du bon pied. Certes, il s'était magnifiquement installé, avait recruté d'excellents employés, un jeune architecte, un dessinateur industriel et une secrétaire, mais tout allait de travers. On aurait dit que plus personne ne lui accordait sa confiance, les contrats étaient rares, il buvait de plus en plus fréquemment et arrivait au bureau avec la gueule de bois, en colère contre toute chose et contre le monde entier. Les dettes s'accumulaient à nouveau. C'était peut-être injuste, mais il était en train de tout perdre. En l'espace de deux ans, il était arrivé au bord d'un précipice financier. Il allait droit à la faillite alors que tout réussissait à Björn dont le cabinet florissait comme jamais.

Un bon mois plus tôt, Sunneva était, comme bien souvent, venue dîner chez ses parents un samedi soir. Elle était d'humeur particulièrement joyeuse et toute fière d'elle. Au cours de la semaine précédente, la liste des offres préliminaires retenues pour le contrat du Stade d'Islande avait été rendue publique et le cabinet Byggingarlist était l'architecte principal de l'unique candidat islandais sélectionné parmi les quatre concurrents restés en lice ainsi autorisés à finaliser leur offre contractuelle. Elle en avait le regard tout scintillant. Chaque été, elle avait travaillé dans ce cabinet depuis qu'elle avait entrepris ses études d'architecture. Le départ de son père n'y avait rien changé. Par conséquent, c'était aussi sa victoire à elle, elle avait apporté sa contribution à ce travail qui venait d'obtenir cette immense reconnaissance.

Évidemment, Gunnar était curieux, or Sunneva ayant signé un pacte de confidentialité, elle n'avait pas le droit de divulguer le moindre détail. Après le repas, ils avaient ouvert une deuxième bouteille de vin rouge. Le père et la fille étaient allés s'asseoir dans la véranda pendant que Hildigunnur débarrassait et que les deux autres enfants regardaient la télévision. Ce n'était qu'animé par la simple curiosité ainsi que par la joie face à la réussite de sa fille que, lui tirant les vers du nez, Gunnar avait fini par l'amener à trahir le pacte qu'elle avait signé. Il avait remarqué qu'une lueur bien précise s'était allumée dans les yeux de Sunneva au moment où elle avait mentionné le nom de Björn. Ensuite, au bout de trois jours de beuverie lors d'un colloque d'architectes à Rotterdam, le Diable en personne était venu s'asseoir sur son épaule, déversant dans ses oreilles une logorrhée à propos de trahison, de réputation, d'argent, de crimes inexpiables et de la façon dont on devait rendre aux coupables la monnaie de leur pièce. Le jour s'était levé, la clarté verdâtre qui s'immisçait à travers les rideaux de la chambre d'hôtel imprégnait les lieux d'une étrange atmosphère. Victime d'une violente hallucination, il avait eu l'impression que le temps passait deux fois moins vite qu'à la normale. Il avait examiné ses mains et ses poignets, comme il le faisait bien souvent, et il lui avait semblé toujours aussi incroyable qu'ils appartiennent à son propre corps en voyant la façon dont les veines saillantes se séparaient sur ses avant-bras.

Après avoir été couvée dans un recoin de son esprit, l'idée en était surgie, parfaitement aboutie, sans qu'il ait eu besoin d'y réfléchir. Dans la matinée de la veille, un architecte espagnol du nom de Navarro était venu discuter avec lui. C'était un Andalou sec aux cheveux bruns, âgé d'une quarantaine d'années et vêtu d'un costume de lin clair. Il lui avait affirmé travailler pour le compte d'un consortium japonais qui essayait de se tailler une part dans le domaine du BTP en Europe et avait formulé une proposition pour le grand complexe sportif en Islande. Navarro avait écarquillé les yeux quand Gunnar lui avait confié qu'il avait lui-même fondé le cabinet chargé de la partie design dans l'offre islandaise et que sa fille y était toujours employée. Bien que l'Espagnol se montrât extrêmement curieux, Gunnar ne répondit que par un rictus quand l'homme lui posa des questions sur l'offre des Islandais. Navarro lui renvoya son rictus, sachant qu'en ce moment décisif, il était de la plus haute importance pour les concurrents qu'aucune des données de leur offre ne soit dévoilée.

Que cela ait été le fruit du hasard ou non, Navarro se retrouva assis à la même table que lui au dîner. Il n'aborda toutefois à aucun moment le sujet de l'appel d'offres, voilà une chose dont Gunnar ne pouvait l'accuser. Gunnar aborda lui-même la question, s'étant convaincu de formuler la terrifiante proposition qui s'était tapie dans son esprit, comme un serpent venimeux qui n'attend que le moment propice pour mordre :

« Croyez-vous que les Japonais seraient intéressés de connaître les données sur lesquelles se basent les Islandais ? demanda-t-il en se penchant vers Navarro.

– Évidemment, ils pensent que les autochtones auront l'avantage, répondit Navarro avec un rictus. Ils pensent également qu'ils bénéficient de fuites du comité de sélection sur les autres concurrents, ajouta-t-il.

– J'imagine qu'ils seraient ravis que quelqu'un se

propose de leur monnayer des informations sur le projet islandais », reprit Gunnar avant de laisser échapper un rire tonitruant. Navarro lui sourit en signe d'acquiescement même si ses yeux ne souriaient pas. Il le dévisageait d'un air suspicieux.

« Je suis sûr qu'ils le récompenseraient comme il se doit, observa-t-il avant d'ajouter, le regard fuyant : Vous souhaitez peut-être que je vérifie leur degré d'intérêt ? » Puis, il poursuivit du bout des lèvres : « Chiffré en dollars. »

Gunnar ricana à nouveau, mais pas aussi fort que la première fois. Il sentit une goutte de sueur glacée lui glisser entre les deux omoplates.

« Pourquoi pas ? dit-il, ça ne ferait pas de mal !

– C'est à vous qu'il appartient de l'évaluer », observa Navarro, pensif. Il regarda Gunnar droit dans les yeux. « Cependant, si j'étais vous, je ne m'amuserais pas à mener les Japonais en bateau, ils manquent de sens de l'humour en la matière. »

Ils gardèrent le silence un instant.

L'une de leurs collègues hollandaises, une jeune femme qui avait montré un certain intérêt pour Navarro, vint s'asseoir à côté de Gunnar, à la place d'un architecte qui venait de s'excuser et de prendre congé d'eux quelques minutes plus tôt. Il était donc évident que la jeune femme avait attendu l'occasion. Navarro lui adressa un sourire séducteur avant de changer de conversation. Ils n'abordèrent plus la question, Gunnar guettait l'opportunité pour faire machine arrière, mais celle-ci ne se présenta simplement pas. Il lança un regard désespéré à l'Espagnol au moment où ce dernier quittait la table pour se diriger vers le bar, accompagné de la Hollandaise. Gunnar avait espéré qu'il comprendrait le message, mais ayant repris son sourire figé d'homme du monde, Navarro lui envoya un clin d'œil en s'éloignant.

Le lendemain matin, un message anonyme l'attendait, un bout de papier où était inscrit le chiffre de 250 000. Il avait calculé mentalement pour constater que, s'il était exprimé en dollars, le montant avoisinait les dix-huit millions de couronnes islandaises. Puis il avait été submergé par un sentiment d'impuissance : dans quoi était-il donc allé se fourrer ? Il avait décidé de laisser cette affaire mourir de sa belle mort, était resté toute la journée, de même que la suivante, reclus dans sa chambre d'hôtel sans répondre à aucun appel téléphonique.

Dix jours plus tard, à son indicible terreur, il avait reçu un courriel où étaient écrits les mots : « Votre offre est acceptée. Nous vous payons la moitié maintenant, le reste à livraison. » Au moment où il avait rallumé son téléphone, il avait reçu un SMS de sa banque, comme c'était toujours le cas pour des mouvements importants. Les Japonais avaient déposé sur son compte dix millions de couronnes. La banque avait d'ores et déjà consacré tout cet argent au paiement de dettes pendantes, conformément aux instructions données par Gunnar à son conseiller financier.

« Aïe, Sunneva, plaida Gunnar à voix haute, assis sur le lit de l'ancienne chambre de sa fille. On va arranger ça, je suis sûr qu'on va s'en sortir. Dis-leur seulement ce qu'ils veulent savoir, ma petite Sunneva, s'il te plaît. Je sais que j'ai commis une énorme erreur, mais je n'arrive tout bêtement pas à la réparer. »

Trente-trois

Hananda Nau était inhabituellement distrait. En fait, aussi loin qu'il se souvienne, il n'avait jamais eu la tête ailleurs à ce point. Il devait s'acquitter d'une mission mais ne savait pas comment il allait l'accomplir, il manquait d'idées, ne ressentait aucune joie à la pensée de surmonter les difficultés qui pouvaient surgir entre lui et son objectif. Le sauvetage de cet enfant avait produit sur lui un effet plus profond que celui qu'il aurait pu prévoir, le contact de ce petit corps impuissant sur sa poitrine quand il l'avait sorti du lac, plus léger que bien des armes qu'il avait pu porter au fil du temps. L'idée subite qu'il aurait pu être le père de cet enfant s'était présentée à son esprit. Quand la mère s'était précipitée vers lui pour arracher son fils au monde des morts, il avait ressenti une envie presque irrépressible de se cramponner fermement au garçon. Dans un sens, il lui avait semblé que cet enfant lui appartenait plus qu'à cette femme, c'était lui qui l'avait tiré des griffes de la mort. Les traits orientaux du petit avaient peut-être renforcé cette illusion. Il avait tout bonnement eu l'impression de tenir dans ses bras un fils depuis longtemps perdu. Lui qui avait toujours éprouvé une aversion si forte à la pensée d'engendrer une descendance qu'il trouvait presque déplaisant d'introduire son membre dans un vagin, où il ressentait toujours une semi-claustrophobie, ce qui n'était pas le cas lors d'autres pratiques sexuelles. Il avait une prédilection pour la bouche, il adorait voir entre ses jambes le visage d'une jolie femme avec ses lèvres formant un goulot tentateur. Il était prêt à débourser de grosses sommes d'argent pour cela, ce à quoi, du reste, il s'adonnait sans compter.

Assis sur le lit fait au carré dans sa chambre d'hôtel, il réfléchissait à la quantité totale de semence qu'il avait ainsi répandue et se mit tout à coup à imaginer le nombre d'enfants qu'il aurait eu si chacune de ces émissions avait fécondé un ovule. Pris de vertige, il se mit à suer. Il s'imagina s'allongeant sur une femme, introduisant son membre à l'endroit adéquat sans moyen de contraception et fut surpris de constater que la pensée ne lui était pas si désagréable que ça. Il pressa ses doigts sur ses paupières, comme il le faisait parfois afin de s'éclaircir les idées, appuya sur les paupières avec le bout de son index et de son majeur jusqu'à ce que la douleur devienne insupportable. Puis il lâcha son emprise, rouvrit les yeux et retrouva la focale. Il ne retrouva toutefois pas le point de convergence de sa pensée, il était tout aussi perturbé qu'auparavant. Il décida de sortir marcher afin de voir si ça passerait.

Cette fois-là, un sourire radieux illumina le visage de la réceptionniste dès qu'elle l'aperçut.

« Toutes mes félicitations, monsieur Nau, vous êtes un véritable héros ! » complimenta-t-elle, tout en prenant la clef de sa chambre. L'espace d'un instant, le Garçon de Porcelaine n'en crut pas ses oreilles, il dévisagea la femme comme si elle avait perdu la raison.

« Vous n'avez pas vu le journal ? » s'enquit-elle, une fois qu'elle eut compris qu'il ne voyait absolument pas où elle voulait en venir. Elle sortit un journal qu'elle brandit devant elle. Il n'avait aucun besoin de comprendre le titre pour connaître le sujet de l'article. On le voyait aux côtés de la mère qui portait dans ses bras l'enfant qu'il avait sauvé de la noyade. La femme le regardait avec les larmes aux yeux alors qu'il fixait l'objectif d'un air hagard – le photographe, ou peut-être le journal, avait opté pour le second cliché. Il fut tellement sonné qu'il ne s'agaça même pas de ce comportement anti-professionnel qui l'avait placé dans une situation où une photo de lui ornait les pages d'un journal alors qu'il était en mission.

Il sortit, descendit jusqu'à l'étang de Tjörnin avant de continuer sa route. Le jour était bien avancé, le ciel s'était à nouveau teinté d'une couleur bleu vif. Du coin de l'œil, il regardait la surface lisse et scintillante de l'océan, avançant d'un pas tranquille sur un sentier bordé par un empierrement le long de la plage rocheuse. Au bout d'un moment, il parvint à des rochers polis d'une couleur différente de ceux qui se trouvaient dans les environs. Ils étaient doux et rougeâtres, chacun d'entre eux devait peser plusieurs tonnes. Hananda Nau caressa ces rochers à la fois doux et irréguliers qui avaient quelque chose d'oriental, quelque chose qui lui rappelait confusément son pays natal. Il lut sur un écriteau qu'ils avaient été polis en Chine par un artiste dans un but quelconque qui lui échappait largement. Il resta là un moment, s'efforçant de vider son esprit de toute pensée.

Il était capable de rester immobile des heures entières, comme plongé dans une sorte de méditation sans pour autant perdre de vue l'affaire qui l'occupait sur le moment. Un jour, l'un de ses clients réguliers avait été berné par un richissime Russe qui entretenait d'excellentes relations avec la mafia de son pays. Le client avait invité M. Nau à le rencontrer afin de lui demander conseil. Ils avaient discuté au-dessus d'une partie de billard dans la salle de jeu privée de son client. Ce dernier hésitait entre deux alternatives : devait-il consacrer une grosse somme d'argent en s'achetant les services de partenaires russes qui auraient les moyens d'arranger un sale coup que ce richard malhonnête ne serait pas prêt d'oublier, ou bien devait-il tout bêtement laisser tomber ? Le Garçon de Porcelaine écarta la seconde option, cela reviendrait simplement à laisser le loup entrer dans la bergerie. Il lui demanda en revanche de patienter un peu avant de contacter les Russes pendant qu'il réfléchissait au problème. Au moment où les deux hommes se serrèrent la main à l'issue de leur entretien, le Garçon de Porcelaine eut l'une de ces idées géniales qui avaient façonné sa réputation.

Une semaine plus tard, il s'était retrouvé dans un refuge de chasse de l'une des régions les plus septentrionales de Russie, avec un coupe-cigare dans sa mitaine droite. Les lieux n'étaient ni chauffés ni éclairés, même si du bois de chauffage attendait d'être allumé dans la cheminée. Il était resté assis presque immobile à la fenêtre pendant huit heures, vêtu d'une combinaison polaire intégrale immaculée et rembourrée de duvet, avant d'apercevoir six taches noires se dessiner sur la neige et d'entendre le rugissement des motoneiges. La chasse à l'ours était interdite dans ce secteur, ce qui accentuait à coup sûr le plaisir des riches hommes d'affaires se rendant ici chaque année pour pratiquer ce sport qui, par son caractère dangereux, excitait grandement ces quelques membres de l'élite économique du pays. C'était cependant à ce point que la partie de chasse serait la plus dangereuse. Conformément aux prévisions du Garçon de Porcelaine, l'un des gardes du corps avait été le premier à entrer. Quant à lui, il se tenait invisible derrière la porte, il avait presque gloussé quand il l'avait vu pénétrer dans le refuge en riant sans son arme à la main. Pendant qu'un second membre du groupe s'essuyait les pieds à l'entrée, il avait accompli deux choses simultanément : de sa main droite, il avait envoyé dans la cuisse du garde du corps une flèche enduite d'une drogue destinée à endormir instantanément les bêtes sauvages. Celui-ci avait à peine eu le temps de dire ouf qu'il s'était affaissé à terre. De sa main gauche, le Garçon de Porcelaine avait attrapé le bras du second – lequel s'était révélé plus tard être le frère de l'homme d'affaires, bien que cela ne changeât pas grand-chose – et il l'avait maintenu d'une main de fer tout en accrochant la chaîne fixée à la porte, qu'il avait installée de façon à ce que celle-ci ne s'ouvre que d'une vingtaine de centimètres. Ensuite, il avait refermé sur l'homme ahuri une paire de menottes qu'il avait fixées au mur, lui avait retiré sa moufle pour lui couper l'auriculaire. Il avait remis la mitaine sur la main de l'homme hurlant, placé le doigt tout ensanglanté dans un petit étui qu'il avait refermé avant de le plonger dans une poche de sa combinaison. Il était sorti par une fenêtre située à l'arrière vingt secondes plus tard et avait immédiatement déguerpi à toute vitesse sur ses skis de fond blancs avec le vent dans le dos, rendu presque invisible par les bourrasques. Au même moment, les compagnons de l'homme au doigt manquant s'étaient mis à faire feu sur la porte. « Espérons qu'ils ne vont pas avoir le pauvre garde du corps », s'était dit le Garçon de Porcelaine. Ensuite, il avait disparu. Un quart d'heure après, il avait prononcé quelques mots dans son téléphone satellitaire avant de retirer la bâche blanche d'un petit hélicoptère. Une minute plus tard, le message suivant parvenait à une compagnie de satellites russe spécialisée en téléphonie : « À l'attention du directeur : la prochaine fois, ça sera autre chose qu'un doigt. L'hôpital de Mourmansk est connu pour l'excellence de son service. Rendez l'argent avant qu'il ne soit trop tard. »

Le Garçon de Porcelaine attribuait le fait que son client ait eu gain de cause autant à sa créativité qu'à la douceur dont il avait fait preuve. Il n'avait évidemment pas hésité pour mettre à exécution sa menace d'amputation d'un membre. Mais à présent, il ne se sentait même plus capable d'une chose aussi anodine que de couper un doigt à quelqu'un. Il se rappela la façon dont le cœur du petit garçon avait battu au creux de ses bras, tel celui d'un oiseau, au moment où il l'avait ramené sur la berge. Tellement vivant, tellement précieux parce que si sensible et si fragile. En caressant la pierre douce et lisse, l'idée s'imposa à son esprit que désormais, il ne tuerait plus personne. Au lieu de déclencher chez lui une souffrance, de l'agacement ou un éclat de rire, il sentit que cette pensée lui procurait un immense bien-être. Une chaleur subite inonda l'intérieur de sa poitrine, comme si une bouillotte remplie d'eau tiède avait éclaté juste à côté de son cœur.

Trente-quatre

Son père et sa mère souhaitaient toujours manger à six heures précises, à cause des informations à la radio, que son père ne voulait pas manquer. Dans le temps, à l'époque où les nouvelles étaient diffusées une heure plus tard, ils mangeaient à sept heures. Ingi avait essayé de s'opposer à ce changement, trouvant ridicule d'organiser sa vie en fonction des horaires des informations et de se conformer aux décisions d'autres personnes quant à des points essentiels de la vie quotidienne, comme le moment où l'on prenait son repas. Il avait même proposé d'enregistrer le journal chaque jour pour le diffuser à sept heures, ce qui aurait satisfait tout le monde. Cependant ses parents s'étaient contentés de secouer la tête comme si l'idée leur avait paru inconcevable. Maintenant, il était même possible de les écouter sur Internet, il avait donc suggéré qu'ils se remettent à manger à sept heures en se connectant directement sur le Net : il pouvait brancher un haut-parleur depuis son ordinateur jusqu'à la cuisine où ils prenaient leur repas, mais cette proposition avait, elle aussi, été froidement déclinée. « Tu n'es pas à la page, mon garçon, avait observé son père. À sept heures, c'est le journal télévisé. » Pourquoi diable avaient-ils besoin à la fois d'écouter les nouvelles à la radio et de regarder le journal à la télé, sur les deux putains de chaînes ? Ingi ne comprenait pas, mais quand il tentait de le leur expliquer, il avait toujours droit à la même rengaine : « Il faut simplement que tu acceptes que la vie est faite de changements auxquels nous devons tous nous adapter. » Ensuite, ses parents le regardaient, sa mère d'un air inquiet, son père d'un air sévère, en s'attendant tous les deux à ce qu'une petite ampoule électrique vienne s'allumer au-dessus de sa tête et que, se levant d'un bond, il s'écrie : « Bonne idée ! Désormais, je vais m'adapter à tous les changements ! » Il prendrait le prénom d'Adaptation, suivi du nom de famille Changement. Il allait tellement s'adapter que s'ils décidaient de diffuser les nouvelles du soir à huit heures du matin, eh bien, il prendrait son dîner dès son réveil !

Enfin bon, il n'avait plus le courage de les seriner avec ça. Ils pouvaient parfaitement s'arranger à leur guise. Il prit place à la table circulaire en plastique à six heures moins deux, afin que sa mère puisse avoir fini de servir les assiettes au moment où retentirait le générique. Autrement, les couverts faisaient un tel bruit que son père n'entendait pas les titres. *How pathetic is that ?*

« Mon petit Ingi, est-ce que tu t'es bien lavé les mains ? demanda sa mère. Cela relevait chez elle de l'obsession.

– J'ai vingt-trois ans, tu ne crois pas que je devrais décider de ça moi-même ?

– Tant que tu prendras tes repas dans cette maison, tu te laveras les mains quand ta mère te le demandera ! martela son père.

– Allons, allons », calma sa mère en déposant du chou farci sur son assiette. Son père lança à sa mère un regard désapprobateur. Il n'aimait pas qu'elle se mêle de ses méthodes d'éducation, affirmait-il souvent, mais cette fois-ci, il se contenta de le dire avec les yeux. Ses méthodes d'éducation ! Quand est-ce que ces gens allaient donc lui permettre de devenir adulte ?

« Je ne dis absolument pas que tu es sale, mon petit Ingi », reprit sa mère en jetant un œil aux mains de son fils. Le générique coupa court à toute remontrance supplémentaire. Ses mains, il ne les lavait jamais. Il prenait plaisir à toucher leur nourriture de la main avec laquelle il avait passé toute la journée à se masturber. Ils ne l'avaient pas volé, avec toutes leurs remontrances. Il ne les supportait plus, eux et leurs satanées informations qui donnaient invariablement la parole à de quelconques petits chefs s'exprimant sur des embrouilles qu'ils avaient eux-mêmes suscitées par leur manie de s'occuper de tout et de tout contrôler. Son père allongea le bras pour monter le son. Ils écoutèrent les titres en silence.

« Les cours du soir vont bientôt commencer, mon petit Ingi. Est-ce que tu as regardé le livret que je t'ai donné ? » demanda sa mère. Ne comprendrait-elle donc jamais rien ? Ingi marmonna une réponse qui pouvait être un non autant qu'un oui, il valait mieux ne pas aborder de front un sujet comme celui-là. Sa mère ne se laissa pas décontenancer.

« Tu devrais te pencher dessus avec attention, mon petit Ingi, un garçon doué comme toi se doit d'apprendre quelque chose afin d'avancer dans la vie. Je ne serai pas là indéfiniment pour te faire à manger et ceux qui n'étudient rien ne trouvent pas de travail satisfaisant, tu le sais bien, n'est-ce pas, mon petit Ingi ?

– Ma chérie, ne parle pas plus fort que la radio », observa son père. Ingi trouvait toujours aussi génial de l'entendre prononcer cette phrase-là. On se serait cru dans une absurde série télévisée.

« Papa n'a pas fait d'études, risqua-t-il timidement, assez fort toutefois pour que son père frappe du poing sur la table. Oui, c'est vrai, je sais, les temps ont changé et tu aurais poursuivi tes études si tu en avais eu l'occasion », récita Ingi. Son père le fixait en fronçant les sourcils mais les yeux vides, l'esprit à nouveau absorbé par les informations. Sa mère avait posé sa main sur le bras de son père, évitant le regard d'Ingi. « C'est seulement que je n'ai aucune envie de finir prof comme toi, maman », ajouta-t-il. Sa mère tenta d'afficher un sourire, n'y parvenant qu'imparfaitement. Ingi Geir jubilait. Il aimait la blesser à coup de remarques dites avec une apparente innocence. Pour sa part, elle passait son temps à le meurtrir de toutes les manières possibles, la simple existence de cette femme constituait pour lui une offense. Alors, en vertu de quoi aurait-il dû s'abstenir de la blesser en retour ?

« Entendez-moi un peu ce crétin ! » s'exclama son père qui écoutait avec grand intérêt l'interview d'un quelconque clown politique. Ne pouvait-on donc pas expédier ce ramassis d'imbéciles à la Banque Nationale ? Du reste, comment son père pouvait-il se permettre de traiter qui que ce soit de crétin sans que cela relève en soi de la plaisanterie ? Quant au nez du bonhomme, rien qu'à le regarder, on était dégoûté, la peau était grossière, rougeaude et luisante de graisse, on aurait même parfois dit que ce foutu paternel avait le nez bleu tirant sur le noir. Et dire que c'est là mon patrimoine génétique ! se lamenta-t-il en lui-même. Peut-être que moi aussi, j'aurai un nez comme ça, arrivé à son âge. Si, au moins, il n'avait pas arrêté de partir travailler en mer, la vie aurait été nettement plus simple, il aurait pu se défouler sur son équipage. Pourquoi ce type avait-il été aussi vieux quand il l'avait fabriqué ? Les gens étaient en droit d'exiger d'avoir quitté le foyer de leurs parents avant que ces derniers ne noircissent du nez. Évidemment, il pouvait partir quand il le voulait et, dans une certaine mesure, il avait en effet quitté le foyer familial, puisqu'il vivait tout de même dans son appartement séparé au sous-sol. Mais il n'avait pas eu l'occasion de se procurer des ustensiles de cuisine dignes de ce nom, du reste il n'avait pas envie de se retrouver à cuisiner, chose qui ne ferait que blesser sa mère. Or n'était-ce pas là précisément ce qu'il voulait ? Peut-être aurait-il dû s'acheter quelques paquets de pâtes, quelques sauces, ces trucs-là ne devaient quand même pas être bien sorciers à cuire. En tout cas, cela vaudrait mieux que des choux farcis au hachis de petit salé. Pourquoi sa mère ne pouvait-elle pas s'inscrire à des cours comme les autres bonnes femmes et apprendre à cuisiner indien ou thaïlandais ? Au lieu de ça, tout était comme chez grand-mère à Hornafjörður, à l'exclusion peut-être d'une pizza de temps en temps.

« Dieu tout-puissant ! s'écria brusquement la vieille.

– Qu'est-ce qu'il y a ? demanda le vieux.

– Mais ils parlent de Sunneva, de notre Sunneva ! »

Ingi sursauta et dévisagea sa mère, abasourdi.

« De quoi tu parles ? Qu'est-ce qu'elle a, Sunneva ? demanda le vieux.

– Ils lancent un avis de recherche pour elle. À la radio, bon sang, tu n'écoutes pas, ou quoi ? Le présentateur a dit : “Sunneva Gunnarsdóttir” !

– Qu'est-ce que c'est que ces histoires ? » marmonna le bonhomme. Ils dévisagèrent tous les deux Ingi Geir qui leur commanda de se taire même s'ils ne disaient déjà plus rien et scruta le poste de radio comme s'il s'attendait à en voir surgir une explication.

« … Sunneva mesure un mètre soixante-cinq, elle a des cheveux roux. La dernière fois qu'elle a été vue, elle portait un blue-jeans et un chemisier blanc. »

« Dieu tout-puissant, j'espère bien que rien ne lui est arrivé ! commenta sa mère.

– Non ! Putain ! »

Ingi recracha sur son assiette la bouchée de chou farci et de pommes de terre dégoulinantes de beurre fondu.

Son père ouvrit la bouche, affichant une grimace d'étonnement et d'indignation.

« Mon petit Ingi, calme-toi, dit sa mère, désolée. Il n'est pas certain qu'il lui soit arrivé quoi que ce soit. Et d'ailleurs, elle ne fait plus partie de notre famille. Par conséquent, cela ne nous regarde pas, fort heureusement.

– Espèce de connasse ! Tu piges vraiment rien à rien ! » lui hurla Ingi à la figure. Dans son affolement, il envoyait des postillons de tous côtés.

« Dis donc ! Surveille ton langage à la table du repas ! T'es pas un peu malade de parler comme ça à ta mère ? » gueula son père en se levant, tendant le bras au-dessus de la table pour l'attraper par son T-shirt et le lui remettre en place comme à chaque fois qu'il était en colère. Ingi l'esquiva. Il fit ce dont il avait eu envie depuis au moins dix ans, si ce n'était depuis toujours. Il flanqua un coup de poing à son père en pleine poitrine, à l'endroit du cœur en y imprimant toute sa force. Cent vingt kilos de viande retombèrent lourdement sur le banc de la cuisine. Ingi ne s'attarda toutefois pas à goûter le plaisir d'avoir réalisé son rêve, pas plus qu'il n'attendit la punition qui suivrait sans aucun doute. Il se précipita hors de la cuisine et avait démarré la voiture de sa mère avant même que son père n'ait eu le temps de se relever.

Trente-cinq

Il m'a dit que je devais me garder de prendre notre relation trop au sérieux, que nous n'avions aucun avenir, qu'il n'y avait pas de « nous » possible pour nous deux, que tout ce qui constituait nos vies s'y opposait. Que je devais comprendre ça.

« N'aurais-tu pas mieux fait d'y réfléchir avant de commencer à me tripoter ? » ai-je malignement objecté. Je savais pourtant qu'il avait raison, mais il me semblait étrange qu'il aille me casser les pieds avec ça à ce moment-là. Je le soupçonnais de se préparer à me laisser tomber. C'était à moi de le larguer, c'était de ma bouche qu'auraient dû sortir ces arguments, ne le comprenait-il donc pas ? Se croyait-il à ce point irrésistible, ce paon de plus de quarante ans ? M'imaginait-il incapable de me dégoter un homme nettement plus beau que lui si j'en avais eu envie ? Qu'est-ce qui lui faisait croire que je prenais notre relation avec plus de sérieux que lui ? Pendant que ces phrases rebattues me traversaient l'esprit, je savais pourtant qu'il n'en était rien. Il avait éveillé en moi quelque chose que je voulais laisser s'épanouir, je refusais de le perdre, je ne voulais pas qu'il me jette à la poubelle comme une capote usagée une fois qu'il se serait défoulé sur moi à sa convenance et qu'il serait peut-être disposé à explorer la prochaine portion du chemin le menant vers la maturité ou de la route le conduisant à la perdition. La jalousie s'est emparée de moi avec une telle violence quand j'ai entendu ces paroles que je ne maîtrisais absolument plus rien. J'ai fondu en larmes, lui ai frappé la poitrine à poings fermés comme une bonne femme sortie d'une comédie italienne. Avais-je honte de moi ? Évidemment, que j'avais honte. Ai-je fait empirer les choses ? Bien sûr que oui. Je l'ai pratiquement conduit à me fuir tout en l'empêchant d'oser se montrer honnête avec moi. Je me fichais que l'existence de notre liaison éclate au grand jour, je pouvais parfaitement le supporter ; en réalité je brûlais d'envie de mettre fin à ce jeu de cache-cache, ce qui devait également être son cas même si la porte de sortie qu'il avait trouvée était tout sauf celle que, moi, j'aurais choisie.

« Allons, allons, mon petit lionceau », m'a-t-il dit en me mordillant doucement la gorge. Il m'attribuait toutes sortes de petits noms. Nous avions passé toute la matinée du samedi à son chalet d'été. Nous avions quitté Reykjavík à six heures, il avait prétexté à sa femme qu'il devait travailler et d'ailleurs, il avait en effet emmené son ordinateur portable, mais je ne lui avais pas laissé la moindre occasion de s'en servir, ce n'était pas si souvent que je l'avais tout à moi pour le laisser m'échapper aussi facilement. Tout ce que je voulais, c'était baiser, baiser, baiser et encore baiser jusqu'à m'évanouir, voilà le genre de sentiment qui me tenaillait, je crois que j'avais compris qu'il y avait quelque chose qui ne tournait pas rond, qu'il avait enclenché la marche arrière, qu'il voulait s'échapper, qu'il voulait rompre même si je ne m'imaginais pas un instant ce qui nous attendait. Est-il possible qu'à ce moment-là, il m'ait déjà été infidèle avec cette salope ? Je l'en crois parfaitement capable. Du reste, il y avait une telle éternité que nous n'avions fait ça. Alors j'ai enfoui profondément mon visage sous ses aisselles afin de m'imprégner de son odeur, cette odeur virile de sueur à laquelle j'avais tant pris goût et je lui ai mis la main entre les jambes, par-derrière, pour lui attraper les bourses.

« Ne t'imagine pas que tu vas m'échapper, l'ai-je averti.

– Je ne risque pas, tant que tu me tiens par les couilles », a-t-il répondu en riant. Il a quand même sursauté et gémi au moment où j'ai serré.

« Et maintenant, je vais te punir », a-t-il annoncé avec une sévérité feinte. Je l'ai défié du regard.

« Non, c'est moi qui vais te punir. Mets-toi à quatre pattes, vieux tromblon », ai-je ordonné en lâchant ses bourses. Il a ri et s'est mis à quatre pattes devant moi. Il m'a léché les orteils, les fesses en l'air, des fesses criminellement belles pour un type de son âge. J'ai laissé glisser ma main le long de son corps, descendant vers ses fesses et ses cuisses. Les poils me chatouillaient la paume, c'était une drôle de sensation même si elle m'est désormais plutôt familière. Il a levé les yeux.

« Baise-moi », a-t-il dit. Je l'ai attrapé par les cheveux, le forçant à tourner la tête pour m'embrasser sur la bouche.

« Je t'aime », ai-je répondu. Il s'est relevé. Était-il triste ? J'ai posé ma tête sur son épaule et brusquement éclaté en sanglots comme un enfant désemparé. Il m'a caressé les cheveux sans me serrer dans ses bras.

Lundi

Trente-six

Hildigunnur s'alluma une cigarette, la première depuis dix ans. Gunnar avait laissé son paquet et le briquet à l'intérieur traîner sur la table de la salle à manger. Elle ressentait un étrange mélange de peur, de haine, de pitié et d'aversion envers son propre corps : ce n'était pas par envie ou afin d'en tirer plaisir qu'elle avait allumé cette cigarette, mais pour se venger de son corps, pour le punir d'exister, d'avoir connu le bien-être mais surtout d'avoir, dans le passé, couché avec Björn en y prenant plaisir. Elle aspirait à pleins poumons, s'imaginait la façon dont la fumée se propageait dans ses bronches, s'épaississait tel un voile de souillure mortifère. Cette pensée la réjouissait désagréablement.

Il lui était difficile de se rappeler à quoi avait ressemblé le corps de Björn au moment où ils avaient été le plus proches. Ils s'étaient fréquentés pendant deux ou trois mois au cours de ces années où leurs histoires d'amour respectives défilaient à toute allure, surtout celles de Björn. Elle savait parfaitement qu'il ne lui était pas fidèle, il ne tentait d'ailleurs en rien de la nourrir d'illusions à ce sujet. Elle se souvenait l'avoir entendu dire qu'il voulait coucher avec autant de femmes qu'il le pouvait tant qu'il était jeune, avant de se marier, de fonder une famille : il voulait explorer toutes les possibilités qu'offrait l'amour. C'était ainsi qu'il s'exprimait. Quant à elle, elle ne comprenait pas comment il était possible de penser de cette façon, et aujourd'hui, cela lui échappait encore plus. En tout cas, il s'était tenu à son fameux programme, il s'était fait les griffes, comme on dit, avant de rencontrer Eva et d'avoir avec elle deux enfants et un chat, là-bas dans le quartier de Mýrin, alors qu'au-dehors… il était une fois l'aventure. Elle aurait pu l'oublier pour toujours comme elle en avait oublié d'autres sauf que c'était par lui qu'elle avait connu Gunnar, son époux qu'elle aimait en dépit de ses défauts, de ses travers, et bien qu'il soit comme il était, alcoolique et malchanceux dans son travail. Il était également d'une honnêteté qu'elle savait apprécier, elle savait qu'elle pouvait avoir confiance en lui en fin de compte car il pensait ce qu'il disait et ce qu'il faisait – aujourd'hui, elle ne pouvait toutefois plus se fier à sa capacité de jugement, la disparition de Sunneva lui avait probablement ôté la raison. Elle aurait bien eu envie de le renvoyer chez sa mère au moment où il était rentré à la maison complètement ivre et où il avait commencé à lui raconter des histoires à dormir debout à propos d'une prétendue mafia japonaise qui, d'après ce qu'elle avait compris, était censée avoir enlevé Sunneva pour des questions d'argent.

Ce qui était arrivé était nettement pire : les griffes de ce faune de Björn avaient manifestement repoussé et il avait été suffisamment salaud pour choisir Sunneva parmi toutes les femmes qui se présentaient à lui.

Sur le moment, Björn avait plutôt bien pris la chose quand elle avait rompu en lui expliquant qu'elle se mettait en couple avec Gunnar, même si, un an plus tard, il lui avait parlé en tête à tête lors de l'une de ces fêtes et avoué qu'il lui avait fallu quelque temps pour se remettre : elle avait été la première femme à rompre avec lui, jusqu'alors c'était lui qui avait toujours pris l'initiative. Cependant, selon ses dires, il savait également qu'il ne pouvait accuser personne d'autre que lui-même, que cela l'avait changé et qu'il allait cesser de se comporter ainsi avec les autres. À l'époque, Hildigunnur n'était pas certaine qu'il ait pensé un mot de ce qu'il disait, peut-être avait-il simplement essayé de tâter le terrain afin de voir s'il pouvait la reprendre à Gunnar. Et maintenant, Hildigunnur se demandait sérieusement s'il avait passé tout ce temps à leur en vouloir en attendant de pouvoir se venger.

Quoi qu'il en soit, Björn avait jeté son dévolu sur Sunneva. Cela, elle ne le lui pardonnerait jamais, pas plus qu'elle ne se pardonnerait à elle-même de ne pas s'être activement employée à empêcher une telle abomination. Mais qui aurait pu soupçonner ça, de la part d'un homme qui était « depuis longtemps revenu de ses errements, tant politiques que sentimentaux », comme il l'avait déclaré quelques années plus tôt à l'occasion de ses quarante ans. Toutes ces années, elle l'avait considéré comme son ami, du moins jusqu'à ce qu'il éjecte Gunnar du cabinet, et même cela, elle l'avait compris dans une certaine mesure. Il lui était presque sorti de l'esprit qu'ils avaient été ensemble dans le passé. Les premières années, Gunnar avait parfois été saisi de stupides crises de jalousie envers Björn, plus précisément à l'époque où ce dernier avait rencontré Eva. Hildigunnur savait bien que la jalousie de Gunnar s'expliquait avant tout par son manque de confiance en lui, il avait une telle peur de l'abandon, elle le savait mieux que quiconque. Elle avait proposé qu'ils arrêtent de fréquenter Björn et Eva, mais il avait refusé et, petit à petit, cela s'était tassé, principalement parce que, de son côté à elle, il n'y avait plus trace de passion : cet amour, ou plutôt, cette tension sexuelle que lui avait autrefois inspirée Björn s'était depuis longtemps évanouie.

Cela dit, elle savait à quel point Sunneva lui ressemblait au même âge. Peut-être était-ce à cause d'une ridicule nostalgie que Björn s'en était pris à elle, peut-être avait-il eu l'impression qu'il retrouverait sa jeunesse dans les bras d'une femme lui rappelant celle qui lui avait filé entre les mains par sa faute des années auparavant. Mais que Sunneva avait-elle donc eu en tête ? Comment diable lui était-il venu à l'idée d'aller batifoler avec un homme nettement plus vieux qu'elle, non seulement marié, mais également ami de longue date de la famille ? Elle espérait de tout cœur que Sunneva avait mis fin à cette insupportable liaison de son propre chef, que c'était la cause de sa disparition, qu'elle était en train de le fuir. Cela semblait plutôt concorder avec l'humeur maussade qu'elle avait affichée la semaine passée. Peut-être avait-elle pris sa voiture pour aller en province et oublier tout ça. Cette éventualité lui rendit un peu d'optimisme.

Elle s'alluma une seconde cigarette. La fumée lui tournait légèrement la tête, elle avait l'impression que son sang lui sifflait dans les veines. C'était une sensation familière qu'elle n'avait plus éprouvée depuis longtemps. Elle continua à fumer en dépit de son écœurement. Même si elle s'efforçait de ne pas penser à Björn et à Sunneva, une question terrifiante s'était brusquement imposée à son esprit : Sunneva savait-elle que Björn et sa mère avaient formé un couple ? Elle reconsidéra la formulation, trouvant le terme de couple inapproprié pour décrire la relation qu'elle avait entretenue avec Björn, elle avait plutôt été sa maîtresse, exactement comme sa fille l'était peut-être devenue. Elle l'était certainement. Elle n'avait pas mentionné ses soupçons à la police et, à strictement parler, elle n'avait en rien menti, elle n'était pas certaine que l'ensemble de ses conjectures ait un quelconque fondement réel. Pourtant elle avait eu cette conviction une fois qu'elle avait appris que Sunneva avait téléphoné à Björn au milieu de la nuit.

Le sans-fil était posé sur la table en verre devant elle. Elle le fixa comme s'il avait été un extraterrestre potentiellement dangereux. Puis elle attrapa l'appareil pour composer un numéro. Quelqu'un décrocha au bout de quelques sonneries.

« Allô, répondit Eva d'une voix presque tremblante.

– Bonjour, ma petite Eva, c'est Hildigunnur, annonça-t-elle à toute vitesse, sans pouvoir maîtriser son débit. J'ai appris la nouvelle pour Björn. C'est affreux, une chose pareille. Comment va-t-il ? Est-ce qu'il y a du nouveau ?

– Non, répondit Eva, d'une voix hésitante. On le maintient en vie dans le coma », ajouta-t-elle. Un gémissement étouffé s'entendit dans le combiné.

« Ma pauvre Eva, reprit Hildigunnur, je sais combien c'est terrible pour toi. Je voulais simplement te dire que je pense à toi, Gunnar et moi pensons bien à toi. Peu importe le passé, ça ne change plus rien dans cette situation. »

Eva continuait de pleurer presque en silence.

« Ma chère Eva, as-tu quelqu'un qui s'occupe bien de toi et qui te soutient ? » demanda Hildigunnur. Eva sanglota dans le combiné quelque chose que Hildigunnur ne comprit pas. « Est-ce que tu es au courant pour Sunneva ? demanda-t-elle pour tâter le terrain.

– Comment ? Il lui est arrivé quelque chose ? s'étonna Eva, en bafouillant tellement que Hildigunnur la comprit à peine.

– J'espère que non, répondit Hildigunnur, elle-même incapable d'empêcher sa voix de se briser. Mais elle a disparu, ajouta-t-elle, prononçant le dernier mot d'une manière à peine audible.

– Oh, fit Eva, quelle horreur ! » On aurait dit que son timbre s'éclaircissait. Hildigunnur s'attendait à ce qu'elle lui demande des précisions, mais à la place, elle reprit d'un ton presque inquiétant : « Tout est en train de s'écrouler autour de nous. »

Ce n'était pas précisément la première chose que Hildigunnur avait envie d'entendre.

« J'espère que tout ira bien pour Sunneva », reprit-elle, s'efforçant d'être convaincante. Puis elle ajouta, contrairement à ce que lui disait sa conviction : « Enfin, tu sais comment sont ces jeunes. Bon, je voulais juste me manifester. Je te rappellerai, ma petite Eva, pour prendre des nouvelles de Björn.

– De toute façon, nous finirons tous par mourir », conclut tristement Eva.

N'ayant aucune envie d'en entendre davantage dans le même registre, Hildigunnur raccrocha sans même dire au revoir.

Trente-sept

Valdimar s'était chargé d'aller interroger Rúna, l'amie de Sunneva. Sachant qu'elle travaillait comme chauffeur-livreur, il s'attendait à voir une imposante lesbienne du type camionneuse avec un gros tatouage sur l'avant-bras, mais Rúna se révéla être un joli brin de fille à queue-de-cheval avec, effectivement, un tatouage tout à fait chic sur le dos de la main qui semblait à Valdimar inspiré de gravures rupestres. Rúna le toisa d'un air attentif et lui proposa de s'asseoir dans la cuisine lumineuse de son appartement en soupente du quartier des Hlíðar. Elle sentait bon le savon ; apparemment, elle sortait juste du bain. Brusquement intimidé, Valdimar sentit sa vieille claustrophobie se manifester.

Elle était bien au courant de l'affaire, Hildigunnur en avait discuté avec elle avant de contacter la police.

« Êtes-vous d'accord sur le fait que cela ne ressemble pas à Sunneva de disparaître ainsi sans donner de nouvelles ? demanda-t-il.

– En effet, ça ne lui ressemble pas. Et ça ne me dit rien de bon, malheureusement », convint Rúna. Valdimar la sentit appuyer sur lui son regard alors qu'il prenait inutilement sa réponse en note. Il lui posa quelques questions sans but à propos des rapports qu'elles entretenaient, dont il ressortit que les deux jeunes femmes étaient des amies d'enfance qui ne s'étaient jamais perdues de vue.

« Je ne vais pas tourner autour du pot plus longtemps, résolut Valdimar afin de trouver un point d'ancrage dans la conversation. Sunneva fréquente-t-elle quelqu'un en ce moment ? »

Il remarqua, avec un relatif étonnement, qu'il s'était gardé de choisir des termes désignant clairement le sexe du possible partenaire de Sunneva, même si son hypothèse de travail n'incluait pas l'éventualité d'une relation homosexuelle. Peut-être s'adressait-il encore à cette lesbienne qu'avait engendrée son esprit ?

« Eh bien, elle n'a pas été en couple depuis qu'elle a quitté Ingi Geir. »

Merde ! C'était par là qu'il aurait dû commencer. Elle s'apprêtait à ajouter quelque chose, mais cela pouvait attendre. Il lui coupa l'herbe sous le pied.

« Parlez-moi un peu de leur relation. »

Elle s'accorda un instant de réflexion avant d'annoncer :

« Ingi Geir est un malade, malheureusement. »

Un malade… Valdimar ne disait rien, ne prenait rien en note, se contentant d'attendre qu'elle poursuive. Elle ne semblait pas savoir par où commencer, néanmoins il se garda de la presser. Elle joignit ses mains, plaçant le bout des doigts de la droite entre ceux de la gauche de façon à lui présenter les ongles de la droite. Il s'appliquait à éviter de croiser son regard. Il ne voulait pas perdre sa contenance, ne se souciant que peu de celle de la jeune femme.

« Bon, ils se sont connus très jeunes. En réalité, ils sont sortis ensemble dès l'âge de quatorze ans. »

Elle regardait par la fenêtre tout en réfléchissant, s'efforçant d'habiller de mots l'ensemble de ses sentiments. Valdimar se souvint que l'âge avancé par Hildigunnur avait été celui de dix-huit ans.

« À l'époque, on s'imaginait qu'Ingi Geir était un garçon bien, ce qu'il est évidemment aussi… Enfin, non, je ne peux pas dire que je le trouve particulièrement bien, se corrigea-t-elle d'un ton légèrement abrupt. Au bout d'un moment, il s'est mis à vouloir régenter sa vie jusqu'aux moindres détails. Et à critiquer toutes ses actions. Elle ne se conformait jamais assez bien à ses recommandations, ni même aux indications qu'il lui donnait de manière implicite. C'est allé beaucoup trop loin et ça a duré bien trop longtemps. Puis, quand nous sommes entrés au lycée, il est devenu maladivement jaloux. » Rúna s'échauffait. « Il s'est inscrit dans la filière des Sciences de la Vie tout comme elle, dans l'unique but de la surveiller, ce qui n'a pas tardé à devenir insupportable. Elle est entrée dans l'équipe de foot féminin afin de pouvoir être quelque part où il ne passerait pas son temps à l'espionner, elle m'a confié ça plus tard. Je me suis inscrite au foot avec elle. Le soir, il lui téléphonait parfois pour lui reprocher violemment un truc qu'il avait remarqué au cours de la journée, un détail ridicule. Il lui en voulait parce qu'elle regardait trop les profs pendant les heures de cours, je vous donne cet exemple afin que vous compreniez ce que je veux dire. »

Elle fit une pause, regardant toujours par la fenêtre. Puis, baissant le ton, elle ajouta :

« Cette chose-là, presque personne n'en avait connaissance, j'avais promis de ne pas en parler, mais maintenant que cela peut avoir de l'importance, je me dis que je ne la trahis pas. Peut-être qu'Ingi Geir la séquestre quelque part, sérieusement, il en est tout à fait capable. C'est que l'histoire ne s'arrête pas là. Elle était finalement parvenue à rassembler son courage pour rompre avec lui, parce que ça ne pouvait plus durer. À ce moment-là, elle m'avait déjà parlé de la situation dans leur couple, elle ne dormait plus la nuit, je crois qu'elle était au bord de la dépression à cette époque. En fait, elle était simplement en train de sauver sa peau, Ingi Geir la détruisait complètement même s'il pouvait être très doux par intermittences. Il a pris ça très mal, il n'a pas tardé à arrêter ses études en disant à tout le monde que c'était elle qui en portait la responsabilité. Autant que je sache, il n'a pas repris d'études. Et depuis cette époque, il l'a toujours dans la tête. Il ne lui rend jamais visite, elle a fini par lui faire lâcher cette habitude, mais il se manifeste à intervalles réguliers. Il arrive qu'elle reçoive des SMS de lui chaque jour pendant plusieurs semaines. Toujours le même : "Je t'aime." Il n'a rencontré aucune fille depuis leur rupture, il se prétend incapable d'en aimer une autre. Le problème, c'est qu'il n'arriverait jamais à étendre à ce point son emprise sur qui que ce soit d'autre ; il n'en a eu la possibilité que parce qu'ils sont sortis ensemble alors qu'ils étaient si jeunes. Comme je vous le dis, à mon avis, c'est un malade. Je lui ai même conseillé d'aller se faire soigner.

– Donc, vous avez discuté de tout cela avec lui ? interrogea Valdimar.

– Oui, et plus d'une fois. La première a donné lieu à des accusations phénoménales. Dans son esprit, Sunneva l'avait trahi parce qu'elle m'avait parlé de lui. "Tu piétines ma confiance, tu piétines tout ce qui est sacré", lui a-t-il reproché lors d'une conversation téléphonique qu'elle m'a rapportée. En vous racontant tout ça, je ne comprends pas comment il se fait que je n'aie pas depuis longtemps incité Sunneva à porter plainte contre lui. Espérons qu'il n'est pas trop tard… »

Elle avala sa salive avant de poursuivre :

« Il s'agit tout bonnement de harcèlement. Elle m'a aussi raconté qu'un jour, il lui avait promis de la laisser en paix si elle couchait une dernière fois avec lui. Elle était tellement mal qu'elle avait cédé, c'était plus d'un an après leur rupture. »

Rúna baissa le ton et reprit d'une voix serrée.

« Et elle m'a dit que quand elle était entrée chez lui – il habite un appartement en sous-sol, en dessous de chez ses parents – alors, elle avait brusquement eu la conviction qu'il ne la laisserait plus jamais en sortir, elle avait eu l'impression qu'elle refermait derrière elle la porte d'un cachot.

– Donc, elle a changé d'avis ? » s'enquit Valdimar, au bout d'un moment que Rúna se taisait. Elle garda encore quelques instants le silence. En réalité, elle n'avait aucune obligation de répondre, mais elle y consentit toutefois :

« Non, elle ne s'est pas démontée. Quant à lui, il n'a évidemment pas tenu sa promesse, ça n'a eu pour effet que de redoubler son ardeur, pour autant que cela soit possible.

– S'est-il déjà montré violent avec elle ?

– Pas que je sache.

– Et elle ? » poursuivit Valdimar. Il faudrait qu'il aille interroger ce jeune homme. Ayant mentalement brûlé une étape, il avait exprimé sa pensée de façon maladroite.

« Comment ça, et elle ? » demanda Rúna, suspicieuse. Peut-être s'imaginait-elle qu'il demandait des précisions sur les sentiments de Sunneva à l'égard de son ancien petit ami, voire si, de son côté, il lui était arrivé d'user de violence. Quel idiot il pouvait être.

« Pardonnez-moi, j'étais reparti sur ce que vous disiez tout à l'heure au sujet d'Ingi Geir, qu'il n'avait jamais eu de petite amie après sa rupture avec Sunneva. Vous m'avez dit qu'elle n'était pas en couple, mais qu'en est il des relations disons… moins durables ? interrogea Valdimar, apparemment fermement décidé à tout compliquer.

– Si, elle a évidemment couché avec quelques garçons, si c'est le sens de votre question.

– Et y aurait-il quelqu'un en ce moment qu'elle verrait de façon plus ou moins régulière ?

– Non, répondit Rúna après une brève hésitation qui convainquit Valdimar qu'elle ne lui racontait pas la vérité.

– Et si je vous racontais que Sunneva a appelé un homme la nuit où elle a probablement disparu, à qui penseriez-vous ? » demanda-t-il malicieusement, ayant soudain l'impression de maîtriser la situation. Il y avait un paradoxe dans le fait que dès que les gens se mettaient à lui mentir, Valdimar avait le sentiment qu'il savait à quoi s'en tenir avec eux. Maintenant qu'il cherchait à croiser son regard, c'était elle qui baissait les yeux.

« Je ne saurais pas franchement… » dit-elle, se retranchant derrière une réponse évasive pendant que Valdimar s'efforçait de dissimuler son sourire ironique.

« Et si je vous affirmais maintenant que l'homme auquel elle a téléphoné s'appelle Björn Einarsson, est-ce que cela vous dirait quelque chose ?

– Oui, je sais parfaitement qui c'est. Sunneva travaille pour lui.

– Avez-vous une idée de la raison pour laquelle elle l'a appelé à deux heures du matin ?

– Est-ce que vous êtes en train de me demander s'ils sont ensemble ? rétorqua-t-elle, défiant brusquement Valdimar.

– Est-ce le cas ?

– Eh bien, ils sont sur le point de rompre, répondit-elle afin de justifier ce qu'elle avait déclaré un peu plus tôt. Je lui ai également promis de ne parler de cette histoire à personne. J'espère bien qu'elle va me le pardonner quand…

– À quand remonte la première fois qu'elle vous a fait part de cette relation avec Björn ?

– Disons peut-être à quelques mois.

– Et comment vous l'a-t-elle présentée ?

– Eh bien, elle… Il lui semblait plutôt inconfortable d'avoir atterri dans une telle situation.

– Celle d'avoir une aventure avec un homme nettement plus âgé qu'elle ?

– Oui, exactement. Sans parler du fait qu'il s'agit d'un vieil ami de ses parents.

– Est-ce que ce sont les mots qu'elle a employés ? Elle vous a dit qu'elle avait atterri dans une "situation inconfortable" ?

– Eh bien… Elle n'a peut-être pas commencé par là. En réalité, je crois qu'elle considérait ça comme une aventure à la fois intéressante et agréable. Comme une expérience qu'elle engrangeait dans le stock de son vécu. Un truc secret et excitant, enfin, tout ça, quoi. Les rendez-vous romantiques au chalet d'été et ce genre de chose.

– Au chalet d'été ?

– Oui, ce gars-là possède un chalet d'été quelque part. Elle n'était pas franchement ravie à l'idée qu'il vienne trop souvent chez elle. D'une part, l'un des membres de sa famille pouvait lui rendre une visite inopinée à tout moment, ce qui aurait déclenché un sacré scandale. Et d'autre part, il y a dans l'immeuble à côté de celui où elle habite une vieille bonne femme qui fourre son nez partout et qui adore épier ses voisins.

– Ah, je comprends.

– Le problème, c'est qu'elle avait peur qu'il se soit mis à prendre leur histoire trop au sérieux. Elle trouvait que ce truc-là n'avait aucun avenir. Elle n'avait pas l'intention d'aller pavoiser chez ses parents avec leur ami de longue date pour le présenter soudain comme son petit copain. Et même s'ils ne s'étaient pas connus, m'a-t-elle dit, ça ne l'intéressait pas de se mettre en ménage avec un homme qui aurait peut-être cinquante ans au moment où elle serait prête à avoir des enfants, un homme qui était aussi le père d'un garçon bien trop proche d'elle pour ce qui est de l'âge.

– Je vois », fit Valdimar, sans engager la discussion sur le sujet. Sa position quant à ce type d'arguments était partagée : ils étaient confortables parce qu'il les comprenait mais, dans le même temps, ils l'agaçaient car il trouvait que les gens n'auraient pas dû mesurer leurs sentiments à l'aune de points de vue utilitaires.

Trente-huit

« Putain de merde !

– Dis donc, qu'est-ce qui se passe ? »

Ah, maman, la ferme.

« Peu importe », répondit Hallgrímur à voix haute. Il avait accepté d'aider Marteinn à déplacer le corps bien qu'il lui déplût franchement d'être impliqué dans toute cette histoire. Que pouvait-il arriver au pire ? Il avait l'habitude de se poser cette question pour se calmer. En général, la réponse tenait en quelque chose qu'il pouvait regarder en face et qui lui servait d'étalon. Mais cette fois-ci, il ne parvenait pas à une réponse satisfaisante. À chaque fois, il perdait le fil au beau milieu de sa réflexion, se laissant entraîner par quelque diabolique suite d'événements imaginaires qui suscitaient en lui une incommensurable horreur. À chaque fois que les choses prenaient mauvaise tournure dans son esprit, il jurait à voix haute comme pour annuler le raisonnement qui l'avait conduit à cette impasse mentale. Sa mère était à l'ordinateur, il l'avait autorisée à consulter ses mails mais commençait déjà à le regretter. Il n'avait pas envie de la voir lui tourner autour ; de plus, elle était incapable de se taire.

« Y a-t-il du nouveau pour le père de Marteinn ?

– Aucune idée.

– Tu as quand même dû lui poser la question, tu ne viens pas de l'avoir au téléphone ?

– Si.

– Et tu ne lui as pas demandé de nouvelles de son père ?

– J'ai simplement supposé qu'il n'y avait rien de neuf.

– Tu pourrais quand même lui témoigner un peu d'intérêt. N'a-t-il pas toujours été sympa avec toi ?

– Et quelles raisons Marteinn aurait-il de ne pas être sympa avec moi ?

– Ah, Grímur, arrête de faire l'idiot, tu sais parfaitement que je voulais parler du père de Marteinn. »

Il cessa de tergiverser, n'ayant aucune envie de donner à sa mère l'occasion de poursuivre la discussion. Cependant cette dernière ne laissa pas la pâte retomber.

« N'est-ce pas lui qui t'a offert ce costume ? » demanda-t-elle, comme si elle ignorait la réponse. Ne pouvait-elle pas s'arrêter de rabâcher ce truc-là ?

« Si, si, un costume qu'il ne mettait plus.

– Mais qui était quand même pratiquement neuf.

– Il ne le mettait plus, en tout cas, c'est ce qu'il m'a dit.

– Et maintenant, il n'en aura peut-être plus jamais besoin. Pauvre veuve !

– Il n'est pas encore mort, maman », corrigea Hallgrímur, agacé.

Sa mère adorait le malheur des autres, elle s'en délectait à l'extrême.

« Disons que ça ne fait pas grande différence. C'est affreux d'être victime de ce genre de traumatisme cérébral. Surtout pour les proches. Il vaut quand même mieux que les gens meurent directement, enfin, à mon avis. Personnellement, je n'aurais pas voulu que mon Þorgeir ait survécu pendant des années comme un légume. »

Voilà qu'elle était parvenue à orienter la conversation sur son propre calvaire, sur cet homme qu'elle avait perdu en pleine fleur de l'âge, comme elle disait. C'était l'excuse justifiant tout ce qui avait déraillé dans sa vie. Ce n'était pas sa faute à elle si elle était comme elle était, tout cela découlait uniquement de ce matin de printemps où son petit ami, le père de son enfant, avait expliqué sa route au chauffeur d'un camion. Il s'était débrouillé pour glisser sous le véhicule qui lui avait reculé sur les cuisses. On pensait qu'il avait essayé d'enlever d'un coup de pied un caillou coincé entre les pneus. Son pantalon avait cédé sous la pression de la chair comme l'aurait fait une saucisse : c'était là un détail de la fin tragique du père de Hallgrímur que sa mère ressassait abondamment quand elle abordait son décès, chose qui se produisait régulièrement quand elle buvait toute seule. À tout prendre, Hallgrímur préférait la savoir batifolant avec n'importe quels types qu'elle ramassait sur un site de rencontres – les derniers temps, elle s'était mise à fréquenter des petits restos où les ouvriers venaient manger à midi ; elle pouvait y draguer des deux mains et se procurer des plombiers ou des maçons divorcés et volontiers portés sur l'alcool. Un jour, elle avait même ramené un dératiseur. Ces gars-là la traitaient légèrement mieux que ceux qu'elle hameçonnait sur le Net, et elle en fréquentait souvent plusieurs en même temps, étant donné qu'ils ne faisaient pas long feu. Cela donnait lieu à de théâtrales effusions quand les types se rendaient compte qu'ils n'étaient pas seuls sur le chantier. Quant à Hallgrímur, il en avait sa claque des frasques amoureuses de sa mère.

Le téléphone sonna à l'étage inférieur.

« Grímur, tu ne voudrais pas aller répondre ? demanda-t-elle, brusquement très occupée à écrire quelque chose sur l'ordinateur

– Non, vas-y toi-même, répondit-il, l'esprit ailleurs. C'est ton numéro, pas le mien. »

Sa mère soupira de sa manière caractéristique, il la voyait presque rouler des yeux bien qu'il lui tournât le dos. Elle descendit l'escalier quatre à quatre, décrocha et laissa échapper un soupir en remontant. Elle lui tendit le sans-fil en annonçant d'un ton réprobateur et victorieux :

« Grímur, c'est pour *toi.* »

Ensuite, elle afficha une grimace et suggéra avec ostentation que le correspondant avait quelque chose de remarquable. Hallgrímur attrapa l'appareil où il vit l'indication *Numéro inconnu.* Il pensa à un numéro masqué ou à un appel provenant d'une entreprise. Peut-être était-ce un démarcheur téléphonique ?

« Hallgrímur, répondit-il d'un ton sec, bien décidé à se débarrasser de son correspondant d'un simple refus, quel que soit le motif de son appel.

– Espèce d'ordure ! éructa une voix masculine. Où est Sunneva ? »

Le cœur de Hallgrímur fit un bond.

« Qui êtes-vous ? demanda-t-il, d'une voix tremblante.

– Où est-elle ? » répéta la voix. Hallgrímur préférait garder le silence. « S'il lui est arrivé quoi que ce soit, je te tue », menaça la voix. Hallgrímur écoutait son cœur battre à tout rompre. « Je vais te faire crever à petit feu. Je vais te couper ta sale bite et te la fourrer dans ta sale gueule. Ensuite, je m'amuserai à briser tous les os de ton corps. »

Hallgrímur ne trouva aucune raison valable de prendre congé avant de raccrocher.

« Qui était-ce ? » demanda sa mère, baignant dans la clarté bleutée de l'écran.

Il s'éclaircit la gorge en essayant de s'humecter la langue avant de lui répondre :

« Encore un démarcheur. »

Trente-neuf

« Enfin, nous nous rencontrons. Je suis venu chercher les informations. »

L'accent était difficilement décelable, cependant l'apparence physique de l'homme indiquait clairement ses origines asiatiques. Il ressemblait à un sumotori en version amaigrie, si tant est qu'on puisse imaginer un tel phénomène. De l'avis de Gunnar, il dépassait probablement le mètre quatre-vingt-dix, son corps suggérait un cylindre vêtu d'un costume tombant de son large torse sur ses hanches légèrement plus étroites ; ses chaussures reluisantes étaient d'une taille telle qu'elles devaient avoir été confectionnées sur mesure pour ses pieds gigantesques, lesquels ne choquaient toutefois pas par rapport à la puissance imposante de ses jambes. En dépit de son gigantisme, ses mouvements avaient la souplesse de ceux d'un chat.

Une demi-heure plus tôt, Gunnar avait reçu un coup de fil : « Il vous reste une chance. Sortez de chez vous. MAINTENANT », avait commandé la voix au téléphone. Il avait envisagé de contacter la police, mais n'avait pas osé, souhaitant par-dessus tout ne pas exposer Sunneva à un danger plus grand que celui qu'elle courait déjà sans doute.

Le géant l'attendait dehors dans un 4x4 Toyota marqué du logo de l'agence de location de voitures d'Akureyri. Il avait répondu au bonjour de Gunnar, gardant toutefois le silence sur les questions que ce dernier lui avait posées, jusqu'au moment où ils avaient garé le véhicule tout en bas de la rue Bragagata pour se diriger jusqu'à leur destination finale qui, à la surprise de Gunnar, était Hljómskálagarðurinn, le parc du kiosque à musique. Ils s'assirent sur un banc face aux grosses pierres, Gunnar n'était pas venu flâner là depuis vingt-cinq ans même s'il était quotidiennement passé devant en voiture. Il ne se rappelait pas l'existence de ces bancs.

À quelque distance se trouvait également une cage à écureuil dont il n'avait pas non plus souvenir. La nuit avait commencé à tomber, mais sur la pelouse devant eux, un groupe de jeunes continuait à jouer au football. Le géant oriental semblait ne se soucier en rien de ces gamins, il s'alluma une cigarette en invitant Gunnar à l'imiter. Gunnar s'abstint.

« Joli endroit. Parfois, il y a aussi des avions qui passent », observa-t-il avant d'aspirer une bouffée de sa cigarette dont la cendre incandescente scintilla dans l'obscurité. Il mit sa bouche en cul-de-poule pour rejeter un fin filet de fumée.

« C'est un total malentendu. Je vais rendre cet argent, je n'en ai pas dépensé le moindre sou, mentit Gunnar en anglais avant d'ajouter d'une voix tremblotante : Vous pouvez me tuer si vous voulez, mais je vous demande de relâcher ma fille. »

L'homme le jaugea du regard avec une expression vide sur son visage rasé de près.

« Je ne suis pas habilité à conclure un accord financier. Les gens que je représente veulent simplement obtenir les informations qui leur ont été promises.

– Mais je n'y ai pas accès », répondit Gunnar en avalant sa salive.

Le géant haussa ses sourcils bruns.

« Suggérez-vous que vous avez proposé à la vente une chose qui n'est pas en votre possession ? Trouvez-vous que ce soit bien raisonnable ?

– Non, non, absolument pas, protesta Gunnar. Je me suis avancé en toute honnêteté. Simplement, les conditions ont évolué. Pour l'amour de Dieu, relâchez ma fille et nous pourrons parvenir à un accord. Si vous touchez à un seul cheveu de sa tête, alors…

– J'ai mes ordres. Ils stipulent, entre autres choses, que je n'écoute aucune explication. Soit vous avez accès à ces informations, soit ce n'est pas le cas », observa l'homme. Perdant subitement son sang-froid, Gunnar s'apprêta à se jeter sur le géant oriental qui l'arrêta du plat de la main, le maintenant à distance sans aucune difficulté.

« Relâchez ma fille, espèce d'ordure ! Où est-elle ? Qu'est-ce que vous lui avez fait ?

– Rien du tout, répondit le géant, dont le visage dur et

vide esquissa une expression presque amusée. Je vous prie de vous asseoir », reprit-il. Gunnar s'exécuta. « Voyez-vous, on m'a envoyé ici pour vous éliminer. Les gens qui m'emploient sont extrêmement chatouilleux et il leur déplaît particulièrement d'être pris pour des imbéciles. Il se trouve justement qu'ils ont l'impression que vous les avez dupés. En réalité, je vous offre une porte de sortie sans qu'ils m'en aient donné l'autorisation. Je me mets en danger moi-même afin de vous aider, pour des raisons qui me sont personnelles. À votre place, je ne me risquerais pas à me dérober par la ruse. Avez-vous un moyen d'obtenir ces renseignements, oui ou non ?

– Non, je n'en ai aucun », répondit Gunnar avec des sanglots dans la voix. L'homme inspira une longue bouffée et rejeta la fumée.

« C'est bien ce que je pensais, observa-t-il.

– Et ma fille ? » s'enquit Gunnar.

Son interlocuteur exécuta un lent mouvement de la main, comme s'il voulait lui montrer la beauté du ciel ou simplement indiquer qu'il n'avait pas de réponse à sa question.

« Elle court le risque de perdre son père.

– Pour l'amour de Dieu, relâchez-la ! supplia Gunnar.

– Cela n'est pas de mon ressort », répondit l'homme, le regard obstinément fixe. Gunnar prit son visage dans ses mains et pleura en silence, près de lui, sur le banc.

« Vous aimez votre fille, n'est-ce pas ? demanda doucement l'homme en jetant sa cigarette.

– J'aime mes enfants plus que tout au monde.

– Et vous sacrifieriez tout pour elle ?

– Oui.

– Jusqu'à votre vie ?

– Plusieurs fois si je le pouvais. »

Quand Gunnar retira ses mains de son visage, l'homme avait disparu.

Quarante

Six témoins s'étaient manifestés auprès de la police suite à l'avis de recherche concernant Sunneva. Ils avaient tous déclaré l'avoir aperçue dans l'après-midi du vendredi. Même si cela était de bon augure, il s'avéra que ces informations apportaient peu de chose. Le premier témoignage avait été le plus intéressant. Un jeune homme de l'âge de Sunneva et ancien camarade d'école l'avait rencontrée le vendredi soir au café Grand Rokk. Il avait brièvement discuté avec elle au moment où elle était entrée. Il se rappelait qu'elle portait le pull noir et blanc à motifs triangulaires dont Hildigunnur avait confirmé l'existence. À présent Hafliði et Valdimar faisaient le point et réfléchissaient tous les deux. Le second rapporta au premier ce qui était ressorti de la conversation qu'il avait eue avec Rúna.

« Bon, c'est plutôt pas mal que nous ayons eu confirmation qu'il existait quelque chose entre elle et Björn, observa Hafliði.

– S'est-on déjà occupé de relever les empreintes de Sunneva ?

– C'est en cours.

– Parfait. Nous avons procédé à des relevés dans le chalet, il serait intéressant de savoir si certaines d'entre elles lui appartiennent.

– Tu crois sérieusement qu'elle est allée là-bas ? Avec quel véhicule ? Et où est-elle passée ? Je pencherais plutôt pour aller coffrer ce fameux Ingi Geir. Là, nous avons du solide.

– Ce coup de fil ne saurait être une simple coïncidence. Nous savons qu'il est parti à Þingvellir dès qu'elle l'a appelé. Pourquoi serait-il allé là-bas si elle lui avait téléphoné depuis un autre endroit ?

– Il peut y avoir à ça toutes sortes d'explications. Elle peut parfaitement l'avoir appelé par erreur, s'être trompée de numéro et la conversation aura mis Eva dans un tel état que Björn ne l'aura pas supporté et qu'il sera parti.

– Tu trouves franchement que c'est crédible ?

– Non, mais ce n'est pas exclu, ou peut-être l'a-t-elle appelé au milieu de la nuit afin de le punir, de le mettre en difficulté vis-à-vis de sa famille. Ou pour se venger d'une crasse qu'elle s'imaginait qu'il lui avait faite. Il peut y avoir toutes sortes de raisons.

– Te voilà à nouveau en train d'essayer de séparer ces deux enquêtes alors qu'à mon avis, quand ce genre de chose se produit, il ne s'agit que d'une seule et même suite d'événements : nous avons une disparition assortie d'un grave accident, le même soir, et les deux victimes ont été en contact par téléphone. En outre, aucune d'elles n'a appelé qui que ce soit d'autre au cours de cette soirée.

– Que penses-tu qu'il soit arrivé ?

– Je crois que leur liaison était en bout de course, qu'elle a appelé Björn pour y mettre fin, peut-être en le menaçant d'employer les grands moyens, ce qui l'a amené à lui répondre qu'elle était complètement dingue et à la menacer en retour d'appeler la police.

– N'oublie quand même pas qu'ils sont non seulement amants mais également collègues et qu'ils travaillent en ce moment sur un projet où d'énormes sommes d'argent sont en jeu. C'est une piste qu'il nous reste encore à explorer. Il se pourrait très bien qu'il ait mentionné la police si, par exemple, elle l'a menacé de faire quelque chose d'illégal.

– C'est possible. Mais en tout cas, il se peut également qu'ils aient décidé d'aller ensemble à Þingvellir, qu'il soit passé la prendre en route – du reste, il n'y avait qu'une seule voiture là-bas – ensuite, leur rendez-vous s'est terminé au moment où il l'a assassinée, probablement sans l'avoir prévu, car je ne veux pas dire que son geste ait été prémédité. Ensuite, il a décidé de dissimuler le cadavre, n'importe où dans le coin, tu sais aussi bien que moi que ça ne manque pas de failles dans les champs de lave là-bas. Il se peut même qu'il l'ait immergée dans le lac, d'une manière ou d'une autre… Il avait une barque, n'est-ce pas ? Enfin, je n'en ai pas la moindre idée. Peut-être qu'il l'a simplement cachée quelque part sur la rive où il a été découvert. Ce n'est pas un endroit très fréquenté, il a très bien pu s'imaginer s'en tirer en la balançant n'importe où et en laissant Mère Nature se charger du reste.

– Il n'est quand même pas si crétin que ça !

– Non, peut-être pas. En tout cas, tu dois garder à l'esprit que quelle que soit la décision qu'il ait prise, c'était sous le coup d'une grande émotion. Seul un nombre réduit de solutions s'offraient à lui, il a donc dû courir un certain risque. Toujours est-il qu'il se retrouve à déambuler là-bas au cœur de la nuit, qu'il tombe en se blessant gravement comme cela peut arriver à n'importe qui. Je crois que nous n'avons d'autre choix que d'aller passer les environs au peigne fin, avec les chiens et les gars de la police scientifique pour voir si on n'y trouve pas Sunneva.

– Oui, on peut parfaitement le faire, convint Hafliði. Cependant ça ne signifie pas que nous excluions les autres pistes. Par exemple, je veux qu'on aille examiner cet Ingi Geir sous toutes les coutures.

– Tout à fait, convint Valdimar, satisfait d'avoir obtenu gain de cause.

– Nous ne devons pas partir de l'hypothèse que Sunneva est décédée, il n'est en rien exclu qu'elle soit en vie et en danger de mort. En outre, si nous sommes effectivement en présence de crimes, rien ne nous prouve qu'une troisième personne ne soit pas impliquée dans les deux, étant donné que Sunneva a disparu et que Björn est gravement blessé. »

Valdimar repensa aux paroles de Rúna à propos d'Ingi Geir. Il ne parvenait pas à s'imaginer que ce garçon ait pu nuire à Sunneva, que ce soit volontairement ou non. Il avait l'impression que Björn était à l'origine de la mort de la jeune femme. La question se résumait simplement à savoir s'ils parviendraient un jour à découvrir le fin mot de cette histoire.

Quarante et un

Dans la clarté de la lampe tempête, elle ressemblait à l'un de ces mannequins qu'on voit dans les vitrines, telle une version légèrement réduite d'un être humain, si l'on exceptait le fait qu'il ne serait venu à personne l'idée d'exposer un mannequin d'apparence si rebutante. Elle avait les lèvres à peine entrouvertes, de sombres filets lui avaient coulé de la bouche et le bout de sa langue pointait entre ses dents. Les pensées, les sensations, l'angoisse et le désespoir des jours passés défilaient en un flux inorganisé dans l'esprit de Marteinn. Un instant, il vit des étoiles dans l'obscurité, quelques points scintillants et tournoyants, comme ceux des bandes dessinées. La situation devait avoir quelque chose de comique, s'il en croyait les vestiges vacillants de son sens logique. Or dans son esprit, c'était le règne absolu de la terreur. Dieu merci, elle a les yeux fermés, se dit Marteinn. Puis il serra les dents en se réprimandant en silence comme s'il avait admonesté un petit garçon : Ne va pas mêler Dieu à ça, espèce de crétin ! En même temps, tout cela lui semblait grotesque, on aurait dit qu'il craignait d'éveiller l'attention de Dieu, comme s'il encourait quelque châtiment de sa part, comme s'il était possible de mener Dieu en bateau, pour autant qu'il existe. Marteinn avait envie de se faire tout petit dans l'espoir que Dieu ne le remarquerait pas. « Pardonne-moi, mon Dieu, pour ce que je m'apprête à faire », pria-t-il ensuite à haute voix, même si ce n'était là qu'une tentative pour échapper à un châtiment qu'il considérait mériter, une ruse de plus pour induire en erreur ce Dieu qu'il portait en lui-même et qui, lui, n'accorderait jamais sa bénédiction à ses actions.

Marteinn avait essayé de recouvrir le corps lorsqu'il l'avait abandonné là. Les pieds nus opalescents dépassaient du drap blanc et leur apparurent quand ils éclairèrent la jeune femme. Marteinn eut une douleur au cœur en voyant ces orteils, si pitoyablement humains qu'ils transformaient en une personne ce tas informe et blanc dissimulé dans l'obscurité. Une personne bafouée, qui sentait mauvais. Hallgrímur suffoquait à côté de Marteinn. Ils passèrent un moment accroupis en dessous du chalet, complètement paralysés. On aurait dit que le temps s'était arrêté. Ce fut Hallgrímur qui exprima les doutes qu'ils éprouvaient l'un comme l'autre.

« Eh, Marteinn, tu ne trouves pas que nous sommes en train de faire une sacrée connerie ? »

Marteinn s'était mis à trembler comme une feuille à côté de son ami. Il se sentait très mal mais s'efforçait toutefois de réfléchir froidement et posément afin d'évaluer les possibilités qu'offrait la situation, comme son père l'aurait fait. « Le pire ennemi en cas d'urgence, ce sont les sentiments », avait-il l'habitude de dire. Marteinn s'efforça d'imposer le silence à sa peur et à sa répulsion.

« Il y a des sacs-poubelle dans la voiture, tu ne voudrais pas aller les chercher ? demanda-t-il.

– Pourquoi as-tu besoin de sacs-poubelle ? s'étonna Hallgrímur.

– N'est-ce pas comme ça que les gens s'y prennent ?

– Alors là tu vois, je refuse de participer à un truc pareil », rétorqua Hallgrímur en rampant vers l'extérieur. Marteinn le suivit du regard et sentit qu'il se raidissait. Il ne pouvait laisser Hallgrímur prendre cette décision à sa place.

« Dans ce cas, je vais m'en occuper tout seul, répondit-il au moment où Hallgrímur sortait de dessous le chalet. Tu pourrais peut-être au moins m'apporter les sacs-poubelle ? »

Hallgrímur soupira à l'extérieur.

« Ah, va te faire foutre. »

Sa voix était enrouée et le ton inexpressif. Il remonta en longeant le chalet. Accroupi, Marteinn regardait à travers les planches horizontales. La lune était presque pleine, gigantesque et jaune ; elle illuminait le lac. Il ferma les yeux, souhaitant être transporté ailleurs et pouvoir remonter le temps, ne serait-ce que d'une journée, d'une semaine, d'un mois ou d'une année. Il entendit les pas de Hallgrímur sur le plancher du chalet au-dessus de sa tête. Qu'est-ce qu'il y faisait ? Marteinn avait l'impression de ne pas se sentir concerné. S'était-il endormi, ainsi accroupi, au chevet de la maîtresse sans vie de son père ? Peut-être avait-il plutôt été envahi par une sorte d'engourdissement, empli d'un sentiment d'impuissance et de découragement. En tout cas, il ne revint à lui que lorsque Hallgrímur le bouscula.

« J'ai trouvé les sacs. Qu'est-ce que tu veux faire ? »

Marteinn ouvrit les yeux, en proie à une irrésistible envie de dormir bien qu'il ne fût qu'à peine neuf heures du soir.

« Tu veux bien m'aider à la sortir de là-dessous ? »

Sans attendre la réponse, il attrapa le nœud en bas du drap et se mit à tirer le corps vers la sortie. La chose se révéla plus difficile qu'il ne l'avait cru. Quand il avait enlevé le corps du chalet la veille, il avait été poussé par une panique et un affolement qu'il ne ressentait plus. Cela ne lui manquait pas. Mais, maintenant, on aurait dit que le cadavre avait pris racine dans le sol et qu'il pouvait à peine le déplacer. En outre, l'odeur lui donnait de tels haut-le-cœur qu'il s'efforçait de retenir sa respiration.

Hallgrímur le gifla.

Le coup, bien que léger, l'avait totalement surpris, il perdit l'équilibre et tomba à la renverse. Agenouillé face à lui, Hallgrímur haletait.

« Qu'est-ce que ça veut dire ? demanda Marteinn, effrayé.

– Espèce de connard ! Tu piges peut-être pas dans quel pétrin tu m'as fourré ! Tu crois vraiment que tu vas t'en tirer comme ça ?

– Arrête ton char, je t'ai tout expliqué avant.

– Tu m'as raconté n'importe quoi, moi, je t'ai écouté parce que j'avais pitié de toi, à cause de ton père. De ton putain de connard de père !

– Hé, dis donc ! s'exclama Marteinn, aussi furieux que désespéré.

– Ouais, dis donc toi-même ! Pour quelle raison devrais-je nettoyer les saletés de ton père qui a abandonné une jeune femme morte dans son chalet d'été ? Tu peux me l'expliquer ?

– Je t'ai dit que rien ne t'obligeait…

– Oui, oui, tu m'as dit ça, mais tu m'as aussi dit le contraire. Tu as réussi à me mettre dans une situation où, soit je t'aide, soit je vais cafter à la police. Ouais, je te laisse ici tout seul, ce qui, entre parenthèses, te mettrait en difficulté quand ça commencera à sentir le roussi. L'idée ne t'a pas caressé l'esprit que tu n'aurais peut-être jamais dû me raconter que ton père avait assassiné sa maîtresse ?

– Il n'a assassiné personne ! » protesta Marteinn, mais c'était en vain, Hallgrímur ne prêtait plus aucune attention à ses dires.

« Ça devrait te sauter aux yeux ! Tu crois que le fait que tu l'aies retrouvée morte à l'endroit précis où ton père forniquait avec elle est une simple coïncidence ?

– Et pourquoi est-ce qu'il l'aurait tuée ? interrogea Marteinn.

– Qu'est-ce que j'en sais ? Elle l'a peut-être menacé de le dénoncer. D'aller raconter à son père que son vieil ami s'amusait à baiser sa fille. Quelle aurait été la réaction de son père ? Tu crois qu'il n'aurait pas essayé de s'opposer à ça ? Par *tous* les moyens, tu piges ?

– Je n'aurais jamais dû avoir confiance en toi ! hurla Marteinn.

– Exactement ! » répliqua Hallgrímur, saisi d'une subite violence. Marteinn le dévisagea en se retenant de l'insulter. Hallgrímur était pâle comme un mort, lèvres pincées et la gorge couverte de taches rouges. Il avait parfaitement raison, pensa Marteinn. Il n'aurait jamais dû l'entraîner dans ce cauchemar, mais il était trop tard pour y remédier.

« Pardonne-moi, demanda-t-il, vaincu. Rentre chez toi, je vais m'en sortir tout seul.

– Oh, la ferme », répondit Hallgrímur.

Ils parvinrent à grand-peine à traîner le corps jusqu'à l'herbe. Leur respiration haletante semblait assourdissante dans le silence. Une fois qu'ils eurent déposé Sunneva sur l'herbe, Marteinn détacha les nœuds du drap et le fit glisser par en dessous. La couette du chalet formait une boule sous elle, accompagnée de ses vêtements. Marteinn parvint à enlever la couette, mais il dut bouger Sunneva afin d'attraper le pantalon coincé sous ses fesses. Il s'était attendu à ce que le corps soit rigide, mais il était souple, froid et souple. Il fut pris plusieurs fois par la nausée, toutefois il ne vomit pas. Le ventre de Sunneva était tendu, sa peau avait une couleur vert pâle et on voyait des taches sombres ici et là sur ses côtes. Marteinn ressentit une telle compassion pour cette jeune fille morte qu'il eut un instant envie de s'allonger auprès d'elle pour y mourir. L'odeur cadavérique lui rappela qu'elle et lui appartenaient chacun à leur monde respectif.

« Ne devrions-nous pas la rhabiller ? » proposa Hallgrímur d'une voix caverneuse. Marteinn lui lança un regard perdu.

« Je vais aller remettre le drap et la couette dans le lit », annonça-t-il, comme si c'était le plus important à faire.

Il alla refaire le lit. Une fois qu'il eut terminé, il parcourut la chambre du regard. Comment était-il possible qu'on ne se rende pas compte de ce qui était arrivé ici ? La chose lui semblait dans une certaine mesure inconcevable. Il défit à nouveau le lit. Il n'y avait pas une once de bon sens dans ce à quoi il venait de se livrer. En sortant, son regard tomba sur le pull-over dans le salon, la première trace qu'il avait vue de la présence de Sunneva. Il l'emmena avec le drap et la couette avant de refermer le chalet derrière lui. Il remit la clef à sa place. Au moment où il arriva sur l'herbe, Hallgrímur avait remis son slip et son T-shirt à Sunneva ; il luttait âprement pour lui remonter son pantalon.

« Aide-moi ! » fit-il à Marteinn qui essaya de rassembler son courage même s'il avait l'impression qu'un gros objet contondant lui obstruait la gorge.

Ce fut une tâche presque impossible que de remonter ce pantalon mais ils finirent par y parvenir. Le pull-over leur demanda moins d'efforts même si le visage de Sunneva était terrifiant, baigné par le clair de lune, on apercevait ses yeux inquiétants sous ses paupières. Son bras tomba lourdement à terre, on aurait pu croire qu'elle se débattait. Marteinn avait la poitrine en feu.

Ils renoncèrent à lui enfiler ses chaussures au bout de quelques tentatives, n'ayant pas trouvé de chaussettes, ce qui aurait peut-être aidé. Il faudrait simplement qu'ils les posent à côté d'elle, n'ayant pas d'autre choix.

Marteinn détacha un sac-poubelle du rouleau, se mit à quatre pattes et l'enfila sur les pieds nus avant de le remonter jusqu'au ventre. Il en plaça un second par-dessus, l'effort acheva de l'épuiser. Hallgrímur se reprit, enfila un sac sur la tête de Sunneva et le rabattit sur les autres. Il en plaça également un second par-dessus, imitant Marteinn qui, figé, fixait la scène. Hallgrímur était pâle comme un linge, mais son air concentré indiquait qu'il n'allait pas s'arrêter en pleine action. Il commença à attacher les sacs ensemble à l'aide du ruban adhésif qu'ils avaient apporté. Il adressa ensuite à Marteinn un signe de la tête lui indiquant de l'aider.

Marteinn attrapa la jeune fille par le creux des genoux et Hallgrímur passa ses mains sous les aisselles, autant que le sac le lui permettait. Ils la portèrent en longeant le chalet avant de gravir l'interminable escalier qui épousait la pente vertigineuse, cet escalier construit par le grand-père de Marteinn et qui avait fait le délice de trois générations d'enfants. Hallgrímur ouvrait la marche, portant le haut du corps, Marteinn le suivait en levant les jambes de la jeune fille. C'était un sacré boulot.

Ils étaient presque arrivés en haut quand Hallgrímur posa le pied sur la marche branlante, celle qui aurait dû être réparée au cours de l'été précédent, si ce n'était celui d'avant.

« Aïe ! » cria-t-il de toutes ses forces au moment où le bois se déroba sous son pied, lui faisant perdre l'équilibre. Il tomba sur la rampe qui n'était pas des plus solides à cet endroit : son poids porta directement sur une poutre qui céda en même temps que celle juste en-dessous. Hallgrímur lâcha le cadavre, il eut le réflexe de se protéger en plaçant ses mains devant lui avant de tomber avec la rampe sur les buissons de bouleau nain et de bruyère en contrebas. Le corps de la jeune fille emprunta le même chemin, les sacs en plastique glissant sous la rampe affaissée. Marteinn tenta désespérément de le retenir par les pieds mais fut forcé de lâcher prise. Le cadavre enveloppé de sacs-poubelle disparut dans l'obscurité. Ils entendirent une voiture approcher. Tous deux persuadés qu'il s'agissait de la police, ils échangèrent un regard, prêts à prendre leurs jambes à leur cou et à disparaître dans la nature.

À ce moment précis, Marteinn eut le sentiment que chacune des décisions qu'il avait prises était non seulement mauvaise, mais également ridicule. Ce serait un soulagement de voir la vérité éclater au grand jour.

Hallgrímur jura et tempêta tout ce qu'il savait quand il entendit le véhicule s'éloigner. Bien que s'étant fait très mal à la hanche, il descendit la pente en boitant, attrapa le cadavre, le balança sur son épaule, enjamba la marche cassée puis gravit le reste de l'escalier avant d'aller le déposer dans la voiture. Pendant ce temps-là, Marteinn avait placé le drap et la couette dans un sac, le plus simple étant de s'en débarrasser dans un conteneur à ordures.

Ils ne dirent pas grand-chose en chemin, avec Sunneva dans le coffre.

« Tu veux qu'on aille où ? avait demandé Hallgrímur.

– Je m'étais dit qu'on pourrait la laisser quelque part sur la rive du lac, avait répondu Marteinn d'une voix frêle.

– Impossible, observa Hallgrímur, quelqu'un va nous voir. La seule possibilité, c'est de la déposer à un endroit où il y a des arbres, sans personne à proximité. J'en connais un qui conviendrait. » Marteinn n'émit aucune protestation, il ne demanda même pas où ils allaient. Il savait que désormais, il ne pourrait jamais plus manipuler Hallgrímur et se servir de lui à sa guise comme il avait eu si fortement tendance à le faire jusque-là. Ils étaient enfin quittes.

Quarante-deux

« Salut, je peux entrer ?

– Ingi, mon petit ? Qu'est-ce que tu fais ici à cette heure-là ? demanda Hildigunnur par la porte entrebâillée.

– Pardon, je ne croyais pas que vous dormiez déjà.

– Non… » répondit-elle, hésitante. Elle attendit un moment avant de lui ouvrir la porte en grand.

« Je sais bien que je ne devrais pas me mêler de ça, précisa-t-il en la suivant jusqu'à la cuisine. Mais je ne peux pas m'en empêcher, je me fais tellement de souci pour Sunneva. Je voulais seulement… »

Il ne savait pas comment terminer sa phrase. L'odeur du café passant dans la cafetière l'avait accueilli à la porte et lui donnait presque la nausée.

« Tu ne veux pas t'asseoir un instant puisque tu es venu jusqu'ici ? Tu prendras un café ? »

Hildigunnur était encore tout habillée bien qu'il soit une heure du matin. Elle avait l'air d'avoir pris dix ans depuis la dernière fois qu'il l'avait vue, son visage avait vieilli, elle avait des cernes sous les yeux, elle avait perdu sa présence calme et agréable. Gunnar était attablé dans la cuisine, une bouteille de whisky et un verre à liqueur vide devant lui. Il ne semblait pourtant pas plus ivre que ça.

« Est-ce que tu as des nouvelles ? s'enquit Ingi, misérable, à travers l'embrasure de la porte de la cuisine sans se décider à accepter l'invitation de Hildigunnur.

– Qu'est-ce que tu viens traîner ici ? lança Gunnar, d'un ton brutal. Tu ne crois pas que notre famille a le droit d'être en paix étant donné la situation ?

– Je m'en vais. Je ne savais pas quoi faire. Je voulais seulement… »

À nouveau, il ne savait pas comment achever sa phrase.

« Gunnar, ne sois pas si méchant avec lui, réprimanda Hildigunnur, il ne nous veut pas de mal. Enfin, mes petits chéris », ajouta-t-elle. Deux petites têtes rouquines, l'une plus rousse que l'autre, étaient apparues derrière Ingi. Il ébouriffa les cheveux du petit garçon à qui cela ne déplaisait pas, pendant que la fillette le regardait d'un air étonné et curieux. « Allez donc vous coucher, mes chéris, vous devriez être endormis depuis longtemps. » Hildigunnur leur prit la main pour les emmener jusqu'à leurs chambres.

Ingi était toujours debout sur le seuil, presque assommé. Même si Sunneva lui occupait beaucoup l'esprit chaque jour, il ne pensait jamais à ses frère et sœur, ces enfants qui avaient fait partie de son existence, mais qui en étaient sortis et qu'il n'avait pas vus depuis bien qu'ils habitent si près de chez lui. Pourquoi fallut-il que la vie soit ainsi ? se demanda-t-il. On crée des liens avec des gens et puis, un jour, ils se disloquent sans qu'on puisse l'empêcher, on ne vous demande pas votre avis et vous restez sur le carreau avec la décision de quelqu'un d'autre qui change votre existence dans bien des domaines, une décision qui la rend bien plus fade en ce qui me concerne. Il sentait son habituelle amertume resserrer sur lui son emprise, il bouillonnait d'une colère qui ne devait pas exploser maintenant, il fallait qu'il se calme.

« Alors, mon garçon, tu as l'intention de rester planté là comme un manche de pioche ? » demanda Gunnar. Ingi sursauta puis s'avança de quelques pas vers la table. Tout à coup, il n'était pas certain d'avoir eu raison de venir s'aventurer dans cette maison à ce moment-là. « Tu veux un café ? » reprit Gunnar. Ingi fit non de la tête. « Un whisky ? »

Ingi hésita suffisamment longtemps pour que Gunnar se lève et aille lui chercher un verre. Il prit place face à cet homme qui avait autrefois été son beau-père. Ils s'étaient toujours bien entendus, à l'époque, Gunnar lui avait confié qu'il était désolé de le voir sortir de la famille. Mais même s'ils s'étaient vus plusieurs fois par semaine pendant des années, Ingi n'était pas sûr d'avoir jamais eu une discussion seul à seul avec lui. Et encore moins d'avoir bu avec lui. Il trempa ses lèvres dans le whisky. N'ayant pas l'habitude des alcools forts autrement qu'en cocktail, il grimaça en sentant le liquide lui brûler la langue. Gunnar lui lança un regard.

« Il y a des gens qui se nourrissent du malheur des autres comme des vautours ou des vampires. Est-ce que tu es l'un d'eux ? » demanda-t-il en le dévisageant. Mal à l'aise, Ingi le regarda dans les yeux et secoua la tête. « Je sais, mon petit. Pardonne ma question. Tu l'aimes beaucoup, c'est tout. Exactement comme moi. Seulement, la différence entre toi et moi, c'est que je ne peux pas m'en empêcher. Parfois, il m'est arrivé de penser qu'on devrait s'attacher au moins de gens possible. Parce que quand on aime les gens, on ouvre une porte sur soi, on ouvre sa porte au malheur.

– Moi non plus, je ne peux pas m'empêcher d'aimer Sunneva, glissa Ingi, mais Gunnar ne sembla pas l'entendre.

– Et le pire qu'un homme puisse faire, c'est d'appeler le malheur sur la personne qu'il aime le plus. Tu comprends ?

– Non, je ne vois pas ce que tu veux dire. Tu as appelé le malheur sur Sunneva ? »

Gunnar renifla plusieurs fois avant d'être secoué d'une quinte de toux asthmatique.

« Naturellement, tu ne comprends pas. Enfin, moi, je comprends et ça suffit.

– J'aimerais bien comprendre aussi, répondit Ingi Geir. As-tu connaissance de quelque chose que je ne sais pas ? De quel malheur est-ce que tu parles ?

– Allez, rentre chez toi, Ingi. Tu ne fais plus partie de cette famille.

– Et ça veut dire que je ne devrais plus rien en avoir à foutre de Sunneva ? » rétorqua-t-il à Gunnar qui s'apprêtait à se lever du banc de la cuisine. Ingi le poussa en arrière pour l'en empêcher, se pencha sur la table et l'attrapa par le col de sa chemise. Il ne lui serait jamais venu à l'esprit de recourir à la violence avec Gunnar dans le temps. Deux ans plus tôt, il n'aurait sûrement pas eu le dessus sur lui, mais les prises de stéroïdes répétées d'Ingi de même que sa pratique assidue de la culture physique se manifestaient maintenant. « Explique-moi de quoi tu parles, je suis en train de devenir dingue et il faut que je sache ce qui lui est arrivé, exigea-t-il en serrant Gunnar plus fort et en le soulevant presque de son siège.

– Arrête ! cria Gunnar, furieux. Si tu n'arrêtes pas,

j'appelle Hildigunnur et je lui demande de téléphoner à la police. »

Ingi Geir fusilla Gunnar du regard avant de se calmer et de lâcher prise.

« Tu crois vraiment que je m'en fiche ? Est-ce que c'est un crime de s'inquiéter pour une femme qu'on aime ? Même si, de son côté, elle ne vous aime plus beaucoup, est-ce que ça change quoi que ce soit ? Imagine-toi un peu que tu te sois disputé avec Sunneva : maintenant qu'elle a disparu, penserais-tu plus à votre dispute qu'à ce qui compte le plus en réalité ?

– Tu compares deux choses qui n'ont rien à voir l'une avec l'autre, il se trouve que je suis son père.

– Eh bien, proportionnellement, si on pense à ton âge et au mien, je connais Sunneva depuis plus longtemps que toi, rends-toi compte. »

Gunnar gloussa face à l'argument sans pour autant le contrer.

« Je ne sais pas où est Sunneva, répondit-il. Mais je crois qu'elle a été enlevée par des gens qui veulent me forcer à leur donner une chose que je ne leur ai pas remise.

– De quoi est-ce que tu parles ? Comment ça, enlevée ?

– Ils m'ont menacé de s'attaquer à ma famille. Ce sont des investisseurs japonais, probablement proches de la mafia. Mon tort est simplement de leur avoir parlé de l'appel d'offres lancé pour le Grand Stade en leur disant que ma fille y était impliquée. Tout à coup, ils avaient versé une somme astronomique sur mon compte en banque et maintenant, ils veulent m'extorquer des informations que je n'ai pas. Ils l'ont enlevée, je le sais. J'ai rencontré l'un d'entre eux.

– Pourquoi est-ce que tu ne préviens pas la police ?

– Ça pourrait se retourner contre Sunneva. Et Hildigunnur ne veut pas. Elle croit que ce sont des divagations d'alcoolique, elle s'imagine que j'essaie d'endosser la faute. Elle ne croit pas à l'existence de ces Japonais.

– Mais elle a tort, à moins que… ?

– Oui, je te jure que… répondit Gunnar, coupé dans son élan par un hoquet. J'ai tellement peur », reprit-il avant de s'effondrer sur lui-même. Ingi Geir remuait, mal à l'aise, sur sa chaise. Les épaules de Gunnar étaient secouées de sanglots au moment où Ingi sortit de la cuisine pour quitter la maison.

Quarante-trois

Je pensais qu'il romprait avec moi à cause de Marteinn. Également de Björg bien sûr, mais plus encore de Marteinn. C'était bien compréhensible, j'aurais pu l'accepter. Il accordait une grande importance à la relation qu'il entretenait avec ses enfants bien que je doute que, de leur côté, ils en aient eu conscience. C'est assez difficile pour moi de me prononcer là-dessus. Mais peut-être cela n'était-il pas si important pour lui qu'il voulait le laisser croire, il s'est révélé plus tordu que je l'avais soupçonné. Je le savais compliqué et retors, mais je ne savais pas qu'il était tordu à ce point. En y repensant, je sais précisément à quel moment il a commencé à me tromper. Nous avions un rendez-vous, un rendez-vous amoureux et en le reniflant, j'ai senti dans ses cheveux un parfum que je ne parvenais pas à attribuer à sa femme. Était-il possible que ce soit celui qu'elle portait ? Était-il mêlé à d'autres odeurs corporelles, à du nectar d'amour peut-être ? De plus, il avait le nez rouge, comme s'il était allé le fourrer quelque part où il n'avait aucune raison de le mettre.

« Ta femme s'est acheté un nouveau parfum ? ai-je demandé d'un ton taquin.

– Quoi ? Ah oui, c'est possible, je ne suis pas ça de très près », a-t-il répondu en essayant de faire comme si de rien n'était même si j'avais aperçu, l'espace d'un instant, un flottement dans son regard, cette expression affolée qui monte aux yeux du menteur au moment où il s'emmêle dans son propre tissu de mensonges. J'en connais un rayon là-dessus, par expérience personnelle, mon existence entière reposant sur le mensonge. Cependant je suis plus habile que lui pour dissimuler les raccords où l'on aperçoit la vérité par une petite fente. Cela aurait été si facile pour lui de me raconter qu'il avait embrassé une femme. Ensuite, il aurait pu me regarder d'un air amusé et gagner du temps pendant que j'aurais préparé ma réponse. Une ancienne copine d'école, pourquoi pas une ex-petite amie, avait refait surface, elle l'avait pris par surprise, l'avait embrassé et il l'avait embrassée en retour, voilà tout. Du reste,

en quoi détenais-je le monopole de ses baisers ? Voilà comment il aurait pu s'y prendre, personnellement, c'est ce que j'aurais fait, mais ça n'a pas été son cas, il n'est pas parvenu à cacher à quel point je l'avais pris au dépourvu. Et même si je n'en avais pas eu dès lors la certitude, son comportement ultérieur le trahissait, il est devenu brusquement si charmant, si bavard, si drôle qu'il n'en aurait pas fallu plus de la moitié pour m'assurer de sa culpabilité. Oh, il était rudement content de s'en tirer avec une simple peur. Et il prenait bien garde à ne pas approcher ses cheveux de mon visage, cette espèce de faux-jeton. Il était tellement transparent, tellement lamentable que je le haïssais. Je savais que je ne le coincerais plus après ça, la prochaine fois, il se serait lavé les cheveux, avec un shampoing au parfum bien masculin. S'il m'avait au moins montré un minimum de respect en me racontant la vérité, cette première fois où je l'ai surpris à mentir, les choses auraient été plus, nettement plus supportables. De toute façon, j'avais l'impression que chacune de nos rencontres amoureuses risquait d'être la dernière. Si seulement il m'avait dit : « Écoute, il faut que tu saches que j'ai eu une occase avec une fille sublime et j'ai couché avec elle. Je ne m'attends pas à ce que tu comprennes ou que tu me pardonnes, mais c'est arrivé, un point c'est tout. » Je lui aurais sauté dessus et nous aurions fini par coucher ensemble, dans une confiance mutuelle, les choses auraient été claires. Cela aurait peut-être été la dernière fois, mais cela aurait infiniment mieux valu que de le voir me mentir en m'abreuvant de sornettes. Je me fichais qu'il mente à tout le monde, mais qu'il me mente à moi, je ne pouvais pas le supporter. Il fallait que je me venge de lui d'une manière qu'il n'oublierait pas de sitôt.

Mardi

Quarante-quatre

« Que désirez-vous savoir précisément ? »

Le regard brûlant fut ce que Valdimar remarqua en premier chez le jeune homme. Ses yeux brillaient comme s'il avait eu de la fièvre et ils transperçaient son interlocuteur avec une intensité qui tranchait avec sa voix haut perchée.

« Tout ce qui concerne votre relation avec Sunneva, répondit Valdimar.

– Tout ? » renvoya-t-il d'une voix presque stridente en riant, l'air amusé, comme afin de souligner le côté farfelu de la requête.

Valdimar l'avait appelé sur son téléphone portable plus tôt dans la matinée pour lui demander s'il voulait bien passer les voir au commissariat ou s'ils pouvaient se fixer un rendez-vous dans un endroit où ils seraient tranquilles. Ingi Geir avait suggéré qu'il vienne le voir à son domicile, ce qui n'était pas plus mal.

Il avait eu l'air inquiet, presque fébrile, depuis le moment où il avait ouvert sa porte à Valdimar à toute vitesse sans même lui demander qui il était. Le fait que la porte en question soit directement visible depuis la salle à manger des parents de Sunneva avait mis Valdimar mal à l'aise quand il l'avait remarqué. Ingi Geir occupait l'un de ces petits appartements situés en sous-sol d'immeuble, où les enfants des propriétaires s'installaient volontiers avant de quitter tout à fait le domicile de leurs parents.

« Vous croyez qu'elle est morte ? » Tels étaient les premiers mots qu'il avait prononcés. Valdimar n'avait pas répondu, se contentant de lui dire qu'il devait lui poser quelques questions. Le policier proposa qu'ils aillent discuter dans la cuisine, préférant ne pas affronter la photo de Sunneva qui alourdissait l'atmosphère du salon. Ils prirent place chacun d'un côté de la table. Ingi Geir ne lui avait pas offert de café, du reste, Valdimar aurait refusé. Il sortit son bloc-notes en demandant à tout savoir, à connaître toute la vérité.

« Quand vous êtes-vous rencontrés ?

– Nous avons grandi dans cette rue. Nous nous connaissons depuis que nous sommes petits. Nos mères sont amies. Je suis complètement amoureux d'elle depuis que j'ai dix ans. Elle m'a donné mon premier baiser à douze. Nous nous sommes mis ensemble quand elle en avait quatorze et moi quinze. Notre relation s'est terminée quand nous avions tous les deux atteint l'âge de vingt-deux ans. »

Ingi Geir retraça rapidement et sans hésitation les faits, qu'il avait apparemment sur le bout de la langue. Valdimar se fit la réflexion qu'il avait calculé toutes les dates avec précision et qu'il avait gravé le tout dans sa mémoire.

« Comment décririez-vous votre relation ?

– Avant tout, c'était une très belle histoire. Ensuite, je l'ai gâchée, complètement.

– De quelle manière ?

– Ah, c'est difficile à… comprendre. Je sais bien qu'elle avait l'impression que je voulais régenter sa vie et essayer de la commander. C'est peut-être vrai, d'ailleurs. En réalité, je sentais qu'elle était en train de… s'éloigner de moi, de plus en plus. Je m'y suis sûrement mal pris, et même pire que ça, mais il fallait bien que je fasse quelque chose, je ne pouvais pas rester les bras croisés en la regardant simplement… sectionner les liens qui nous unissaient. Comme si notre relation ne comptait absolument pas. Elle… »

Il devint hésitant. Il avait cessé de soutenir le regard de Valdimar, observait ses mains et tentait de se calmer, comme s'il s'était réfugié dans son monde à lui. Brusquement, son amertume éclata, c'était presque de la colère.

« Je croyais que nous possédions une chose que personne ne pouvait détruire, j'avais presque l'impression d'être élu, j'essayais de la protéger de ce qui risquait de la rendre malheureuse, de la préserver de toute la laideur du monde, mais on aurait dit qu'elle était attirée par ce dont je voulais l'éloigner. Je pensais à notre couple alors qu'elle ne pensait qu'à elle. Elle était d'un tel égoïsme, d'un égoïsme maladif. Tout le monde se l'imagine tellement géniale, tellement parfaite, mais c'est un monstre d'égocentrisme, elle se fiche éperdument de tout sauf d'elle-même. Elle a détruit tout ce qu'il y avait de sacré entre nous, parce qu'elle s'en fichait, et elle a voulu piétiner notre amour afin d'éviter de s'attacher. »

Valdimar ne disait pas un mot. Ingi Geir leva les yeux. Son regard brillait. La commissure de ses lèvres était prise de tremblements.

« Quand elle a rompu avec moi... reprit-il en avalant sa salive. Quand elle a rompu avec moi, elle était enceinte. Elle était très agacée de voir qu'elle avait beaucoup de retard dans ses règles... vingt jours de retard. En outre, elle avait acheté un test de grossesse dans une pharmacie qui s'était révélé sacrément positif. Quand elle m'a avoué qu'elle ne voulait plus qu'on soit ensemble, je lui ai demandé ce que deviendrait l'enfant et elle m'a répondu qu'il n'y avait pas d'enfant, que ses règles avaient débuté la veille au soir. Et que par conséquent, elle avait compris que blablabla... Mais, plus tard, sa copine Rúna est venue me voir pour exiger que je la laisse tranquille et ça lui a échappé... Elle ne savait pas qu'il ne fallait pas qu'elle me le dise... mais elle a laissé échapper que Sunneva avait subi un avortement *après* notre rupture. Sans me demander mon avis ! Elle ne m'en a même pas parlé, cette salope ! » Ingi Geir avait grommelé le mot « salope ». « Vous est-il déjà arrivé qu'une femme aille avorter de votre enfant ? »

Valdimar croisa son regard sans rien dire, il se contenta de secouer très lentement la tête.

« Tout le monde s'imagine que les mecs s'en fichent éperdument, qu'ils sont rudement soulagés quand les minettes vont se faire avorter parce que, comme ça, ils ne se retrouveront pas avec les mômes sur le dos. Moi, je ne m'en fichais pas du tout ! C'était mon enfant tout autant que le sien ! Elle n'avait aucun droit de s'en débarrasser comme d'une saleté qu'on jette aux ordures, surtout sans m'en parler !

– En avez-vous discuté avec elle ?

– Bien sûr que oui.

– Et qu'en a-t-elle dit ?

– Elle a d'abord nié avant de reconnaître les faits.

– Et ?

– Elle m'a demandé pardon… en ajoutant qu'elle n'arrivait simplement pas à envisager d'avoir un enfant avec moi ! C'était une sacrée consolation d'entendre ça !

– Et cet événement n'a pas transformé vos sentiments à son égard ?

– Je lui en ai beaucoup voulu, répondit Ingi Geir en baissant le ton. Puis, je me suis dit… parce qu'en l'entendant j'avais l'impression qu'elle regrettait son geste… enfin, je me suis dit que nous avions peut-être encore une chance, j'avais l'impression qu'il s'en fallait de tellement peu… que si elle avait eu un peu de temps pour réfléchir peut-être… »

Silence.

« Et alors, qu'avez-vous fait ?

– J'ai tenté de la convaincre que nous devrions nous accorder une seconde chance. »

Un silence.

« Comment a-t-elle accueilli votre proposition ?

– Mal. »

Un silence.

« Avez-vous à quelque moment que ce soit… été, disons, proches l'un de l'autre sexuellement… après votre rupture ? » demanda Valdimar.

Ingi Geir lui lança un regard furtif, son visage afficha une grimace, mais il resta muet. Puis il lâcha :

« Une fois. C'est moi qui l'y ai poussée. Je pensais qu'elle se rappellerait à quel point nous étions beaux ensemble, qu'elle comprendrait ce qu'elle avait fait, ce qu'elle avait détruit… Et qu'alors, peut-être elle…

– Et que s'est-il passé ? »

Silence.

« Ce fut un semi-échec, n'est-ce pas ? »

Silence.

« Quelles relations avez-vous entretenues après cela ?

– Je me disais que puisqu'elle avait couché avec moi une fois, elle pouvait parfaitement continuer. Étant donné qu'elle était à ce point… pute…

– Et comment l'a-t-elle pris ?

– Extrêmement mal. Elle a fini par avoir une crise d'hystérie, elle m'a menacé de se suicider si je n'arrêtais pas de l'importuner.

– Donc, vous avez cessé de l'importuner ?

– Oui, enfin, pratiquement.

– Comment ça, “pratiquement” ?

– Il m’arrivait parfois de lui envoyer des SMS, des e-mails ou ce genre de choses.

– Dans quel but ?

– Simplement parce que j’espérais que cette période finirait par passer, qu’elle en aurait assez de baiser dans le vide avec de pauvres types et que le fait d’avoir un petit ami finirait par lui manquer. J’aurais tout fait pour elle, mais de son côté, elle n’arrêtait pas de me trahir. Elle foulait aux pieds tout ce que nous avions de sacré.

– Pourquoi dites-vous qu’elle “baisait dans le vide avec de pauvres types” ? »

Silence.

« Qu’est-ce que vous entendez par là ?

– Il m’est arrivé de la voir quitter son appartement en compagnie d’une espèce de bonhomme.

– Est-ce que vous l’avez surveillée ? »

Silence.

« Êtes-vous allé espionner Sunneva dans la rue Fjólugata ?

– On ne peut pas franchement dire que je l’espionnais. C’est juste qu’il m’arrive de passer dans les parages.

– Et quelle raison avez-vous d’aller là-bas ? Ce n’est pas franchement un endroit où l’on passe tous les jours.

– On ne peut quand même pas interdire à quelqu’un de se promener dans les rues de la ville, n’est-ce pas ?

– À quand remonte la dernière fois que vous avez vu Sunneva ?

– Il y a longtemps.

– Était-ce devant son appartement ?

– Oui, je suppose.

– Qu’entendez-vous par longtemps ? Une semaine, deux semaines, un mois ?

– Peut-être… disons, une semaine, dix jours.

– Et vous ne l’avez pas revue au cours des derniers jours ?

– Non.

– Vous êtes bien sûr ?

– Tout à fait certain. »

Il fixait Valdimar avec obstination, avec le regard de celui qui veut qu’on le croie.

« Et cet homme qui l'accompagnait, quand l'avez-vous vu pour la dernière fois ?

– Il y a longtemps, répondit-il, cassant.

– Le hasard ne voudrait-il pas que vous soyez allé espionner Sunneva dans la soirée de vendredi ?

– Non, ce n'est pas le cas.

– Où étiez-vous dans la nuit de vendredi à samedi ?

– Chez moi.

– Vous ne savez peut-être pas que cet homme, qui s'appelle Björn Einarsson, a été victime d'un accident dans la nuit de samedi, qu'il est inconscient à l'hôpital et qu'il souffre d'un grave traumatisme crânien ?

– Non, je n'en savais rien et d'ailleurs, je m'en fous complètement. Il ne l'a pas volé et j'espère bien qu'il en crèvera.

– Pourquoi donc ?

– Pourquoi ? Parce qu'il a été incapable de laisser Sunneva en paix. Elle n'a rien à foutre avec des types de son genre, elle est beaucoup trop bien pour eux.

– Donc, dans votre esprit, tous ceux qui tournent autour de Sunneva méritent la mort ?

– Et pourquoi pas ? »

Valdimar fronça les sourcils, mais Ingi Geir s'entêta à lui opposer ce regard perçant et inflexible, consumé par une colère rentrée et un désespoir absolu.

« Où étiez-vous vendredi matin ? interrogea traîtreusement Valdimar.

– Hein ? Pourquoi cette question ?

– Contentez-vous d'y répondre.

– Chez moi, enfin, je crois. Où pensez-vous que je sois allé ?

– Par exemple, vous auriez pu vous introduire chez Sunneva. Il y a quelqu'un qui est entré chez elle par effraction. »

Le visage d'Ingi Geir noircit de colère.

« C'est sans doute ce crétin de gamin.

– Qui voulez-vous dire ?

– Ah, c'est juste un gamin qui l'a suivie quelquefois. Je ne sais pas ce qu'il lui voulait. Je suppose que c'est un détraqué quelconque.

– À quoi ressemblait-il ?

– Un môme, petit et brun. »

Valdimar pensa immédiatement à Marteinn. Après sa conversation avec Ingi Geir, il passa un coup de fil afin de vérifier quelques détails qui lui trottaient dans la tête.

Quarante-cinq

Marteinn n'avait trouvé le sommeil qu'à l'approche du matin, le corps et l'âme engourdis et épuisés. Ensuite, il avait été réveillé très tôt par quelqu'un qui avait sonné à la porte plutôt brutalement. La méthode avait immédiatement éveillé ses soupçons. Il avait envisagé de s'enfuir par la porte de derrière. Mais à quoi cela servirait-il ? La police avait probablement tout découvert et il pourrait bien désormais fuir pour l'éternité. Il fallait maintenant qu'il assume la responsabilité de ses actes. Il sauta du lit, se précipita vers la porte afin d'éviter à sa mère et à sa sœur d'être mêlées à tout cela. Quand il ouvrit, Valdimar, inspecteur à la criminelle, arborait un air sévère.

« Habillez-vous, immédiatement. »

Valdimar l'attendit à la porte de la chambre pendant qu'il enfilait ses vêtements. Marteinn eut tout bonnement l'idée de se supprimer, il trouverait bien un objet à l'intérieur de la chambre qui l'aiderait à passer l'arme à gauche et c'était le moment ou jamais, pensa-t-il, en passant en revue les alentours. Son regard ne croisa rien d'autre que le verre du cadre recouvrant la photo de son grand-père. En outre, il ressentait clairement en parcourant les lieux du regard qu'il n'avait nulle envie de mourir. Quand il avait regardé la mort dans les yeux la veille au soir, il avait été saisi d'un violent désir de vivre dont il avait presque éprouvé de la honte. Il se sentait tellement soulagé d'être en vie, tellement reconnaissant de pouvoir imprimer des mouvements à son corps, contrairement à cette femme sublime qu'ils avaient outragée en trimballant sa dépouille sur ces quelque cinquante kilomètres avant de l'abandonner pour ainsi dire à la vue de tous, en un endroit où les animaux risquaient de s'attaquer à elle avant que quelqu'un ne la trouve.

Maintenant, la police avait dû la découvrir, se dit-il, ce qui expliquait la visite de Valdimar. Mais comment avait-elle établi le lien entre lui et Sunneva ? Il avait dû oublier un détail, commettre une erreur puérile... Tout ce qu'il restait à savoir, c'est s'ils étaient également au courant pour Hallgrímur. Alors que ces réflexions se bousculaient dans sa tête, sentant monter en lui un regain de combativité, il décida de ne pas s'avouer immédiatement vaincu. Valdimar lui ordonna de s'asseoir à la place du passager. Marteinn fut surpris de constater qu'il n'allait pas directement au commissariat.

« Je ne vous demanderai ça qu'une seule fois, annonça Valdimar en le fixant d'un air sévère. Si vous me répondez non, alors je vous arrête sur-le-champ avant de vous placer en garde à vue et la prochaine fois que nous nous verrons, ce sera pendant l'interrogatoire en bonne et due forme où vous aurez le statut juridique de suspect. Par conséquent, je vous conseille de bien réfléchir avant d'aller me mentir, mon vieux. »

Marteinn tremblait comme une feuille, assis sur son siège à côté de Valdimar. Il lui semblait percevoir l'odeur de ses propres sueurs froides.

« Voici ma question : vous êtes-vous introduit dans l'appartement de Sunneva Gunnarsdóttir vendredi dernier ? »

Marteinn fut totalement déconcerté. Il ne s'agissait donc que de ça. Il réfléchit en vitesse : cela ne lui apporterait visiblement pas grand-chose de nier.

« Oui, répondit-il, la conscience soulagée par cet aveu.

– Et pour quelle raison ?

– Enfin, vous savez bien, Sunneva et papa... » répondit-il. Le policier hocha la tête, ne tombant apparemment pas des nues. « C'était juste par simple curiosité.

– Je vois. Vous est-il déjà arrivé dans le passé de vous introduire chez les gens qui aiguisent votre curiosité ?

– Non, jamais ! C'est la première fois ! »

Marteinn sentit le regard de Valdimar peser sur lui mais ne leva pas les yeux.

« Vous aurez certainement à répondre de ce délit, étant donné la situation, nous pouvons remettre votre interrogatoire à plus tard. Et si la prochaine fois, il vous venait à l'idée de nous fournir une réponse différente, alors je vous préviens que je détiens au minimum une preuve que c'était bien vous. Vous n'auriez pas dû téléphoner avant. Maintenant, je vais vous poser d'autres questions et si vous ne me dites pas la vérité, vous le regretterez pour le restant de vos jours. Regardez-moi ! »

Tétanisé de terreur, Marteinn leva les yeux et regarda Valdimar. Toute l'horreur de la nuit passée se déversa sur lui, avec plus de force encore que pendant l'action elle-même. Il sentait le remords le consumer de l'intérieur. Il était prêt à tout avouer, à révéler l'endroit où il avait laissé Sunneva. Il voulait qu'on la trouve et que tout cela s'arrête sur-le-champ.

« Sunneva Gunnarsdóttir est décédée. Auriez-vous une idée de la façon dont les choses se sont passées ?

– Hein, moi ? Non, répondit Marteinn, interloqué. Mais enfin… » reprit-il, hésitant aussitôt à continuer. Valdimar lui lança un regard impatient. « Je… » Il avait la gorge tellement nouée qu'il ne parvenait pas à prononcer un mot. Valdimar passa son bras par-dessus Marteinn pour ouvrir la portière du côté du passager et lui adressa un signe de la tête.

« Allez, rentrez chez vous, mon petit, conseilla-t-il. Je sais ce que vous ressentez.

– Mais je… bredouilla Marteinn.

– Je n'ai pas le temps de causer pour l'instant. On discutera plus tard, conclut-il. Voilà mon numéro », ajouta-t-il en sortant une carte de visite de son portefeuille pour la tendre à Marteinn. Engourdi et comme assommé, Marteinn descendit du véhicule en tentant une dernière fois de soulager sa conscience.

« Je l'ai cachée… » parvint-il à articuler au moment où la portière claqua et où Valdimar démarra en tombe avant de sortir de la rue.

Quarante-six

Ce fut un homme âgé de quatre-vingts ans marchant avec une canne qui découvrit Sunneva tôt le matin, allongée sous un arbre au bord d'un sentier de randonnée à environ cent cinquante mètres de la route principale traversant le champ de lave de Heiðmörk, non loin du lac d'Elliðavatn. Au moment où l'homme avait signalé sa découverte, il demandait qu'on vienne à son secours, le choc ayant pratiquement eu raison de lui. Le cadavre était pieds nus, ce qui semblait étrange, avec ses chaussures posées à côté.

Einar, le médecin légiste, un homme de haute taille âgé d'une cinquantaine d'années, dont la peau au grain grossier semblait encore porter des traces d'acné juvénile, avait diverses informations à communiquer suite au premier examen pratiqué sur la dépouille.

« Je dirais que le moment du décès se situe entre vendredi soir et samedi matin, annonça-t-il à Hafliði et Valdimar, qui avaient attendu impatiemment mais en silence dans le couloir qu'il en ait terminé. Cependant, mon rapport établira tout cela avec plus de précisions.

– Vous êtes sûr de cette estimation ? interrompit brusquement Valdimar.

– Absolument. Vous ne l'avez pas remarqué en voyant l'état du corps ?

– Je n'ai pas vu le corps », répondit Valdimar, soulagé d'avoir été occupé à interroger Ingi Geir et Marteinn au moment où le cadavre avait été transféré à l'hôpital. Il désirait avoir aussi peu que possible affaire avec les morts.

« J'arrive difficilement à croire qu'elle soit restée là-bas tout ce temps sans que personne ne l'ait vue avant. Il me semble bien qu'il y a des gens qui vont se promener à cet endroit tous les jours.

– Avez-vous une idée de ce qui a causé sa mort ? demanda Hafliði.

– Oui, j'ai bien une petite idée là-dessus, répondit Einar, je ne serais pas étonné de parvenir à la conclusion qu'elle est morte étouffée par son propre vomi.

– De la drogue ? avança Hafliði.

– Je ne le sais pas encore, mais ça ne me surprendrait pas non plus.

– Y a-t-il des traces de violence ?

– Non, pas d'après les premiers prélèvements.

– Avez-vous vu si elle avait eu des rapports sexuels avant son décès ?

– Mouais, pas précisément mais... répondit Einar à contrecœur.

– Mais quoi ? s'enquit Hafliði.

– J'ai cru raisonnable d'effectuer des prélèvements anaux.

– Nom de Dieu ! tonna Valdimar. Quelle ordure, ce type ! Et vous avez trouvé quelque chose ? demanda-t-il.

– Eh bien... hésita le légiste. D'après mes premières observations, il n'y a en tout cas pas de sperme en quantité suffisante pour qu'il y ait eu, disons, éjaculation. En revanche, j'ai trouvé quelque chose comme du lubrifiant à l'intérieur de l'anus, ce qui tendrait à indiquer que... En tout cas, j'ai effectué des prélèvements de tout cela et nous aurons bientôt une réponse claire.

– Y a-t-il d'autres détails dont vous vouliez nous informer ? demanda Hafliði en adressant un regard inquisiteur à Einar.

– Oui, il y a une chose quelque peu étrange dont je voulais vous faire part, reprit-il en toussotant. Elle avait mis sa petite culotte à l'envers. C'est le genre d'erreur qu'on commet facilement, précisa-t-il, mais cela peut également indiquer qu'elle était à moitié dans les vapes au moment où elle s'est habillée. Le sac que voici contient ses vêtements et effets personnels, précisa le légiste en leur tendant un sac fermé. N'avez-vous pas demandé à ce que tout cela vous soit remis au plus vite ?

– Si, tout à fait, convint Hafliði, nous allons demander à nos hommes d'examiner ça. »

*

« Alors, qu'avons-nous entre les mains ? demanda Hafliði en traversant le couloir vers la sortie.

– Peu de certitudes, répondit Valdimar. Nous nous retrouvons avec des questions sans réponse. Voilà ce que nous savons : Sunneva est dans un bar à onze heures vendredi soir. À deux heures du matin, elle appelle Björn et immédiatement après, ce dernier part en voiture vers Þingvellir. Cela pourrait indiquer qu'elle lui a téléphoné de là-bas bien qu'il soit évidemment tout aussi possible qu'il soit passé la prendre quelque part en chemin et qu'ils aient ensuite fait le voyage ensemble. Le lendemain matin, on retrouve Björn gisant dans son sang sur la rive du lac alors que Sunneva repose probablement sans vie sur le champ de lave de Heiðmörk. Il est évidemment possible que Björn ait transporté le cadavre là-bas, mais dans ce cas, pourquoi diable serait-il retourné à Þingvellir ?

– Peut-être la croyait-il à Þingvellir alors qu'elle était en réalité en train de cuver sa drogue à Heiðmörk ou ailleurs, ce qui a causé son décès.

– Et que penses-tu de cette histoire de petite culotte ? demanda Valdimar. Tu crois qu'il faut y voir un indice ?

– Eh bien, la théorie la plus probable n'est-elle pas simplement celle qu'Einar a mentionnée ? observa Hafliði. Qu'elle était à moitié dans les vapes au moment où elle l'a remise.

– Si, peut-être, concéda Valdimar, pensif. Mais il est également possible que ce soit quelqu'un d'autre qui l'ait rhabillée, qu'elle ait été complètement nue et inconsciente, qu'elle ait été violée, comme Einar l'a laissé entendre et que ce quelqu'un lui ait remis ses vêtements pour l'emmener là-haut, à Heiðmörk.

– À moins qu'elle n'ait déjà été morte au moment où on l'a rhabillée, conjectura Hafliði.

– N'est-ce pas complètement tiré par les cheveux ? objecta Valdimar. Pourquoi donc quelqu'un serait-il allé se livrer à un truc pareil ?

– Afin de dissimuler le viol, peut-être. En tout cas, je vais demander l'autorisation de pratiquer des prélèvements sur Björn, de façon à ce qu'on puisse vérifier s'ils concordent avec ce qu'Einar risque de trouver sur Sunneva.

– Tout à fait », convint Valdimar. Ils prirent place à l'intérieur de leur véhicule. « Dis donc, au fait, Hafliði… » reprit Valdimar, embarrassé. Hafliði lui lança un regard. Il s'était attendu à ce que son collègue se dérobe à la tâche la plus difficile dont ils devaient s'acquitter.

« C'est bon, je m'en charge, dit-il, mais toi, tu t'occupes de la presse. »

Quarante-sept

Hafliði n'avait rien eu besoin de dire. Il en allait toujours ainsi. Les gens voyaient ça immédiatement. La réaction de Hildigunnur ne le surprit nullement. Il se tenait prêt à la retenir dans sa chute au moment où elle défaillit dans l'entrée, pâle comme un suaire. Il la soutint jusqu'à une chaise, elle porta ses mains à son visage, le corps secoué de sanglots.

En revanche, la réaction de Gunnar fut plus déconcertante.

« Qu'est-ce qui s'est passé ? » tonna-t-il, le visage empourpré, d'une voix cassée, rauque et fatiguée par l'alcool. Debout à la porte de la cuisine, il n'était apparemment pas des plus stables sur ses jambes. Hafliði débita la formule consacrée.

« Je dois malheureusement vous annoncer une mauvaise nouvelle. Votre fille est décédée.

– Les salauds ! Je vais les zigouiller ! hurla Gunnar, en un bégaiement alcoolique. Je vais zigouiller cette ordure !

– Tais-toi ! cria Hildigunnur, le visage déformé par la douleur. Tais-toi ! Tais-toi ! Tais-toi ! »

Interloqué, Hafliði regardait fixement le couple.

« Détenez-vous des informations à propos de… ?

– Elle a été enlevée par la mafia japonaise ! Tout ça, c'est ma faute ! J'ai vendu ma propre fille pour me venger de cette ordure de Björn ! »

Hildigunnur se bouchait les oreilles en hurlant. C'était nettement pire que tout ce que Hafliði aurait pu s'imaginer. Il ne comprenait absolument rien à ce qui se passait.

« C'est ma faute à moi, mais c'est Björn qui… sanglota Gunnar, c'est Björn qui est le responsable. Je vais le tuer ! Essayez un peu de m'en empêcher ! J'aurais dû le supprimer dès que j'ai su ce qu'il trafiquait avec ses sales pattes !

– Aviez-vous connaissance de la relation existant entre

Björn et Sunneva ? demanda Hafliði afin de tirer au clair ces propos délirants.

– Le Japonais ! Il ne faut pas qu'il quitte le pays ! s'écria Gunnar.

– La relation entre Björn et Sunneva ? Alors, c'est bien vrai ? Et tu étais au courant ? hurla Hildigunnur en se levant d'un bond pour se précipiter vers Gunnar et lui frapper la poitrine à poings fermés comme elle aurait tambouriné à une porte close. Pourquoi est-ce que tu n'as rien fait ? Pourquoi ne m'en as-tu rien dit ? Et si tu ne t'arrêtes pas avec ce Japonais, je ne t'adresserai plus jamais la parole, je le jure ! »

Gunnar s'efforçait d'esquiver les coups. Hafliði n'était pas sûr qu'il ait entendu la menace proférée par son épouse.

« Il m'a dit qu'il n'avait pas le pouvoir de la faire relâcher. Ce qui signifie qu'ils l'avaient déjà tuée à ce moment-là, poursuivit-il en inspirant profondément plusieurs fois de suite, la poitrine tremblante. Quand est-elle morte ? » demanda-t-il. Hildigunnur retomba lentement sur sa chaise et se cacha le visage dans les mains.

« L'heure du décès se situe dans la nuit de vendredi à samedi, répondit Hafliði.

– Donc, elle était morte au moment où j'ai discuté avec lui », observa Gunnar. L'émotion cédait graduellement la place à une certaine raideur, familière à Hafliði, qui savait d'expérience qu'il ne servait pas à grand-chose de discuter avec les gens quand ils étaient en proie à cet état. Il tenta toutefois d'établir le contact avec Gunnar avant qu'il ne soit trop tard.

« Comment avez-vous su pour la relation entre Sunneva et Björn ? demanda-t-il.

– Je l'ai entendu au ton qu'elle employait, répondit-il, lointain. Elle devenait tout miel dès qu'elle parlait de lui. J'ai eu envie de lui poser la question, mais je n'ai pas osé. Par conséquent, je me suis tourné vers Björn. Il a commencé par essayer de me mentir, mais je le connais trop bien. Alors il a avoué qu'il y avait effectivement quelque chose entre eux, en précisant que ça n'avait pas grande importance. Je lui ai répondu que c'était très important pour moi. Je l'ai menacé de le tuer. Il m'a dit que ce n'étaient que des broutilles, que ça n'allait pas plus loin qu'un flirt innocent. Il m'a promis que cela s'arrêterait là. Cette espèce d'ordure m'a menti ! Je vais lui faire sa fête, à cette saloperie de violeur !

– Allons, allons, calma Hafliði. Vous trouverez certainement un autre moyen de régler tout ça. Mais dites-moi, Gunnar, quels sont ces Japonais dont vous parlez ?

– Je déteste ce sale con ! Il a commencé par me virer du cabinet. Ensuite, il est allé crier sur tous les toits que j'étais un alcoolique et un pauvre type. Plus personne ne m'a fait confiance, expliqua Gunnar d'un ton amer, laissant à nouveau la colère monter en lui. Pour finir, il s'en est pris à ma fille ! J'ai été assez stupide pour avoir confiance en lui. J'aurais dû demander à ma fille de se trouver un autre boulot d'été après mon départ. Mais qui aurait pu soupçonner qu'il serait vil et bas à ce point ? Rien que de penser à cette ordure, ça me donne envie de vomir. J'espère bien qu'il crèvera comme un chien !

– Vous vous apprêtiez à éclairer ma lanterne sur cette histoire de Japonais », coupa Hafliði qui avait eu son compte de la fureur de l'homme. Hildigunnur pleurait en silence sur sa chaise sans prendre part à la conversation.

« Lors d'un voyage à l'étranger, je me suis montré un peu trop bavard au sujet de l'appel d'offres passé pour la construction du Grand Stade d'Islande, sur lequel le cabinet de Björn travaillait, expliqua Gunnar en s'emportant et en lançant un regard en coin à Hildigunnur qui ne disait rien. Malheureusement, il a fallu que des Japonais qui avaient fait eux aussi une offre apprennent ça. Ce sont des bandits ! Dès le moment où Sunneva a disparu, j'ai senti que c'était eux qui l'avaient enlevée. Et maintenant, ils l'ont assassinée.

– Avez-vous une quelconque raison de croire qu'une personne employée par ces yakuzas se trouve ici en Islande ? demanda Hafliði sans parvenir à dissimuler son incrédulité.

– C'est ce que je me tue à vous dire ! répondit Gunnar, hors de lui.

– Pour l'amour de Dieu, tais-toi ! Ce que ce bonhomme peut être égocentrique et puéril parfois, précisa-t-elle en s'adressant à Hafliði. Un imbécile patenté !

– Tu peux bien croire ce que tu veux, rétorqua Gunnar.

Pour ma part, je sais ce que je dis. Ils ont envoyé quelqu'un ici, j'ai même discuté avec lui.

– Ah bon ? s'étonna Hafliði. Et comment s'appelait cet homme ?

– Il ne s'est pas présenté, grommela Gunnar. Il est passé me prendre ici dans une voiture de location. Ensuite, il m'a ramené ici.

– Vous a-t-il parlé de Sunneva ?

– Il m'a dit qu'elle courait le risque de perdre son père. J'aurais préféré qu'il ait eu raison.

– À quoi ressemblait-il ? Auriez-vous des informations un peu moins vagues à son sujet ?

– Je ne sais rien de lui, excepté que c'est un Japonais extrêmement grand qui porte une queue-de-cheval et se déplace dans un 4 x 4 Toyota provenant d'une agence de location.

– Crétin ! éructa Hildigunnur.

– Voilà un signalement qui devrait nous suffire pour retrouver cet homme en cas de nécessité », observa Hafliði, pensif.

Quarante-huit

« Pourquoi nous téléphonez-vous ? Il y a un problème ? Vous ne lui avez pas encore réglé son compte ? débita l'homme en japonais à l'autre bout du fil.

– Je m'y suis pris autrement.

– Comment ça, autrement ?

– Il avait une fille.

– Et alors ?

– Il n'a plus de fille.

– Vous voulez dire que… ?

– La police a retrouvé son cadavre ce matin.

– Ah, et pourquoi avoir modifié nos plans ?

– À cause d'une idée subite. Cette mission n'était pas franchement passionnante. J'ai dû poireauter ici pendant des jours en attendant que ce gars rentre de l'étranger. Il ne serait sûrement pas encore revenu si je n'avais pas tué mon ennui avec sa fille.

– Je n'aurais pas dû avoir recours à vos services, monsieur Nau. Vous n'avez jamais eu le sens de la mesure. Avons-nous jamais mentionné sa fille dans cette affaire ?

– Est-ce que ça change vraiment quoi que ce soit ? N'est-ce pas un résultat tout à fait satisfaisant ?

– Je n'en sais rien. En tout cas, ce n'est pas du tout celui que nous attendions. Cette affaire ne nous satisfait pas dans sa globalité. Vous aurez des comptes à rendre en rentrant au pays. Et s'il vous dénonce à la police ?

– Ils n'ont rien contre moi.

– Vous êtes bien sûr de savoir ce que vous faites ?

– Je sais toujours ce que je fais. »

Hananda Nau raccrocha avant de s'asseoir en tailleur contre le mur de sa chambre. Le ciel gris à la fenêtre suscitait en lui de tristes pensées. Il n'allait apparemment plus tarder à pleuvoir. Ayant un billet d'avion réservé pour le soir même, il espérait que rien ne viendrait contrarier son départ.

Quarante-neuf

Hallgrímur reçut un jet d'essence dans la bouche, il s'en fallut de peu qu'il ne pénètre dans ses poumons. Il eut un haut-le-cœur et se rappela ce dimanche plutôt risible où, âgé de onze ans, il avait essayé de se soûler à l'essence en compagnie de quelques copains de son âge. L'un d'eux, un garçon aux boucles angéliques et blanches comme neige du nom de Freyr, avait appris qu'il était possible de s'enivrer ainsi. Ils mélangèrent d'abord l'essence avec du jus de fruits selon un rapport d'un pour dix ; il leur fut toutefois difficile d'ingurgiter le breuvage dont ils n'avalèrent finalement que quelques gorgées. Hallgrímur ne se souvenait pas en avoir ressenti le moindre effet. La conclusion commune à laquelle les compères étaient parvenus fut que celui qui avait convaincu Freyr de ces sornettes était un imbécile ou un menteur. Ils considérèrent détenir la preuve formelle que cela ne fonctionnait pas.

Bien que n'ayant aucune raison de vider totalement le réservoir, Hallgrímur en siphonna la majeure partie dans le seau qu'il avait placé à côté de sa voiture. Il l'avait déjà rempli une fois avant de le vider par un entonnoir dans l'un des bidons en plastique qu'il s'était procuré. L'un des deux bidons se trouvait déjà, plein d'essence, dans le coffre.

Il s'était bien douté que sa mère finirait par venir mettre son grain de sel. Ça n'avait pas manqué. Brusquement, elle arriva derrière lui.

– Non, mais qu'est-ce que tu fabriques ?

– Il faut que j'amène la voiture au garage. Ils m'ont dit qu'il valait mieux qu'il y ait le moins de carburant possible dans le réservoir.

– Ne t'imagine même pas que tu vas rentrer empester tout l'appartement avec ça.

– Exact maman ! Je ne me l'imagine même pas. »

Le téléphone de Hallgrímur se mit à sonner. Avant de

répondre, il jeta un œil à l'écran qui indiquait le nom de Marteinn.

« Tout va bien ?

– Oui, enfin, je crois. La police vient de m'interroger.

– Et quoi ?

– Il y a pas mal à dire. Je ferais peut-être mieux de passer, non ?

– Si, si. Quand ça ?

– Tout de suite ?

– D'accord. À tout à l'heure. »

Cinquante

Gunnar était seul à la maison, plus seul qu'il ne s'était jamais senti dans quelque maison que ce soit, au moment où le téléphone sonna.

« J'ai vu que la police était venue chez vous. Il y a du nouveau ?

– Elle est morte, Ingi. Ils l'ont tuée, tu comprends ? C'est fini. »

Gunnar s'étonnait de ne pas éprouver un chagrin plus violent, il en ressentait de la mauvaise conscience mais supposait que la douleur s'abattrait sur lui plus tard. Si, au moins, il n'avait pas été responsable de la mort de sa fille, il aurait pu la pleurer de toute son âme, se disait-il. Hildigunnur n'avait pas voulu qu'il l'accompagne pour reconnaître le corps. Il pourrait voir Sunneva plus tard, avait-elle avancé, une fois qu'il aurait dessoûlé. Il n'avait pas protesté.

Ingi laissa échapper un hurlement à fendre le cœur qui, quelques instants plus tard, s'était transformé en un cri viril et déchirant.

« Cette petite ordure, je vais le tuer à petit feu !

– Bonne idée, répondit Gunnar, distinguant tout à coup une lueur d'espoir à travers les brumes de son esprit. Je vais t'aider, on va lui coller une balle. J'ai un revolver.

– À qui est-ce que tu veux coller une balle ? demanda Ingi.

– Au Japonais. Il faut juste que je le retrouve.

– Comment ça, au Japonais ? Qu'est-ce que tu racontes ? Il n'y a pas de putain de Japonais. J'ai vu le type qui l'a assassinée et je sais comment lui mettre la main dessus. Arrête de penser à ces Japonais qui n'existent nulle part ailleurs que dans ta tête ! »

Sur quoi, il raccrocha.

Un sentiment de culpabilité s'empara de Gunnar avec une telle intensité qu'il eut toutes les peines du monde à tituber jusqu'au salon pour se servir un verre.

Cinquante et un

« Quelle mouche t'a donc piqué d'aller chez un vieil ami de la famille pour le menacer et l'insulter ? Il ne suffit pas que tu sois flic, il faut en plus que tu sois facho ! »

Son père était venu jusqu'à son bureau en plein milieu de la journée de travail, le visage écarlate de colère. Valdimar ne savait pas trop comment il devait accueillir son exigence d'avoir un entretien seul à seul et il avait fini par s'enfermer avec lui dans la salle d'interrogatoire. Chacun s'était placé d'un côté de la table. Eggert s'était engouffré dans la pièce avant lui ; il s'était installé du côté où les policiers s'asseyaient et Valdimar avait été obligé de prendre la place réservée au suspect.

« Tu veux parler d'Elvar ? Est-ce qu'il est venu te voir pour se plaindre de moi, ce connard ?

– Il aurait dû, mais non, c'est ta sœur qui lui a tiré les vers du nez.

– Au lieu de t'énerver comme ça, tu devrais plutôt me remercier d'avoir arraché mon petit neveu aux griffes d'un violeur d'enfants.

– Comme ça, Elvar serait pédophile ? Il n'est pas plus violeur d'enfants que toi, espèce de foutu fasciste !

– Tu traites de fachos tous ceux qui ne fument pas du hasch. Et je suis mieux placé que quiconque pour savoir si ton ami Elvar est un violeur d'enfants ou non. Il s'en est pris à moi après la mort de maman.

– Parfois, j'ai l'impression que tu n'as rien d'autre entre les oreilles qu'un ramassis de clichés débiles, de haine du genre humain et de préjugés.

– Comment ça ? Tu crois peut-être que je ne me rappelle pas ? Tu crois que je ne me souviens pas de ces moments où il entrait dans ma chambre pour me tapoter la joue et l'épaule avec ses mains toutes douces et dégoûtantes qui sentaient les crèmes de pédé. Je passais la nuit éveillé, terrifié à l'idée qu'il vienne me violer.

– Dire que je dois écouter ça, mon pauvre garçon !

C'est à cause de ton esprit borné que tu passais la nuit éveillé. Quand je pense qu'il a fallu que ce soit moi qui, parmi tous les hommes, engendre un sale petit-bourgeois étriqué de ton espèce incapable de voir plus loin que le bout de son nez parce qu'il a la tête enfoncée dans le trou du cul. Hé, ho ! Monsieur Valdimar ! Sors un peu de là et regarde autour de toi ! Le monde se résume à bien autre chose qu'à tes tripes et à tes boyaux.

– Où étais-tu quand Elvar est venu me voir avec son odeur de pédé pour me tripoter de partout ?

– J'étais dans la salle de séjour en train de boire ou de fumer à en perdre la tête comme tu le sais parfaitement, je noyais mon chagrin parce que ma femme avait renoncé à tout et qu'elle s'était suicidée.

– Il y avait belle lurette que tu ne l'aimais plus !

– Je t'interdis formellement d'aller me dire quels sentiments j'éprouvais pour ta mère ! Tu n'as absolument aucune idée de ce dont tu parles.

– Soit, tu buvais et tu fumais pour te sentir mieux, et moi alors ? Je me retrouvais avec un pédé qui voulait me prendre par-derrière !

– Elvar essayait de prendre soin de toi parce que je le lui avais demandé. C'est l'homme le plus délicieux qu'on puisse s'imaginer, tous les enfants normaux l'adorent et il préférerait se couper la main droite plutôt que d'aller faire du mal à un gamin ! Je pensais que personne n'était stupide au point de ne pas s'en rendre compte. C'était en lui que ta mère avait le plus confiance parmi tous nos amis, il ne faisait jamais de conneries et c'est surtout à cause d'elle que je lui ai demandé d'essayer d'établir le contact avec toi, d'essayer de briser cette coquille que tu étais en train de construire autour de toi. Ces accusations grotesques ne sont rien que des divagations de petit-bourgeois ! Tu ne me trouves pas assez bien parce que je ne suis pas exactement comme tous les autres pères, ça, je l'ai compris, mais je ne pensais quand même pas que tu irais jusqu'à te méprendre sur les intentions d'Elvar. Il est tellement gentil qu'il en est presque mièvre et toi, tu vois en lui un monstre parce que tu portes des lunettes qui rendent con et dont les verres sont couverts d'une épaisse couche de crasse sous forme de préjugés et de haine. Comme ta mère aurait honte de toi si elle t'entendait ! »

Valdimar était interloqué. Il dévisageait son père en cherchant désespérément à tâtons dans son esprit des arguments convaincants. Il n'avait pas souvenir d'avoir vu son père dans une telle fureur.

« Elle s'est suicidée à cause de toi, parce que tu la trompais, plaida-t-il, et donc, c'était ta faute ! »

Même aux oreilles de Valdimar, la parade semblait complètement absurde. Il avait prononcé des paroles qui n'auraient jamais dû lui sortir de la bouche, des paroles qu'il aurait mieux fait de garder pour lui toute sa vie durant.

« Alors, c'est ce que tu crois ! s'écria son père. Dieu tout-puissant ! Quel lamentable petit crétin tu fais ! »

Sur quoi, il se leva péniblement avant de quitter la pièce sans prononcer un mot de plus.

Cinquante-deux

« Alors, quelle est la cause du décès ? » demanda Hafliði d'un ton las. Valdimar entra par la porte au même moment en lui lançant un regard réprobateur.

« L'étouffement, conformément à mon hypothèse première, répondit le légiste à l'autre bout du fil. Cependant, il me semble en l'occurrence qu'il s'agit plutôt d'un homicide par imprudence. On lui a fait ingérer du GHB, connu aussi sous le nom d'acide gamma-hydroxybutyrate ou plus communément sous celui de drogue du violeur, qu'on a probablement mélangé à de la bière. Ensuite, il semble bien qu'on lui en ait administré une seconde dose. C'est sans doute celle-là qui a entraîné des vomissements alors qu'elle était allongée sur le dos. Par conséquent, ma conclusion est qu'elle est morte étouffée par son propre vomi en état de semi-conscience.

– Et qu'en est-il de ces éventuelles traces que vous aviez l'intention de rechercher ?

– Elles sont inexistantes. Comme je vous l'ai déjà dit, il y avait du lubrifiant dans l'anus, mais je n'ai rien trouvé d'autre.

– Est-ce qu'elle a subi un viol ?

– Je ne saurais me montrer affirmatif là-dessus, n'ayant en main aucun indice permettant de tirer cette conclusion. En revanche, il faut garder à l'esprit que tous les muscles sont nettement plus relâchés chez un individu en état de semi-conscience. »

*

« En résumé, ça ne nous avance pas beaucoup, observa Valdimar une fois que son collègue lui eut relaté les détails de la conversation téléphonique.

– Eh bien, en tout cas, nous avons appris le plus important. Sunneva a ingéré cette saleté de drogue qui a causé sa mort, protesta Hafliði.

– Certes, mais ça ne nous apprend ni ce qui est arrivé, ni l'identité du coupable.

– Non, c'est vrai, convint Hafliði.

– Et cette histoire de drogue du violeur ne m'a pas franchement l'air de coller avec la personnalité de Björn, qu'en penses-tu ?

– Et pourquoi pas ?

– Ils étaient amants, il n'avait aucun besoin de la droguer pour coucher avec elle.

– À moins qu'elle ait rompu et qu'il ne l'ait pas supporté.

– Tu trouves que ça ressemble à la première réaction d'un homme qui vient de se faire plaquer par une jeune fille ? D'aller lui administrer de la drogue avant de la violer ? En outre, nous ne devons pas oublier qu'elle lui a téléphoné ce soir-là. Allons-nous imaginer qu'elle l'a appelé depuis ce bar en lui demandant de venir la chercher, qu'il avait sur lui cette drogue au cas où il lui serait passé par la tête d'aller violer quelqu'un, qu'il l'ait versée dans la bière de Sunneva avant de la violer dans un endroit inconnu, de l'emmener à Heiðmörk puis de partir à Þingvellir pour s'y fracasser le crâne par accident ? Tu ne trouves pas que ça fait un peu beaucoup en une seule nuit ?

– Si, c'est vrai que présenté de cette façon, ça n'a pas l'air très convaincant. Ce qui signifie que nous devons envisager l'implication d'au minimum une tierce personne inconnue dans cette histoire.

– Il me semble que cela va de soi, répondit Valdimar d'un air maussade. Qu'en est-il de ce Japonais dont parle sans cesse Gunnar ?

– Eh bien, il se trouve qu'il existe justement un Japonais correspondant à son signalement. Le hasard veut d'ailleurs qu'il soit en photo en première page de l'édition d'avant-hier de *Fréttablaðið*.

– Tu parles de celui qui a sauvé cet enfant ?

– Exact. J'ai déjà contacté son hôtel. Il doit quitter le pays dans la soirée. À moins que nous l'en empêchions en l'inculpant d'enlèvement ou du meurtre commis dans la nuit de vendredi, le même jour que celui où il a sauvé la vie de cet enfant.

– Dieu tout-puissant !

– Tu l'as dit ! convint Hafliði.

– D'autres nouvelles ?

– On a reçu le relevé des appels de la semaine dernière pour les lignes fixes et les portables de Björn et de Sunneva, ainsi que les résultats des analyses pratiquées sur leurs vêtements à tous les deux.

– Y a-t-il quelque chose d'intéressant à en tirer ?

– Il faut que nous examinions le trafic sur ces lignes avec beaucoup d'attention. Surtout sur celle de Sunneva. Ce qu'il y a de plus intéressant, c'est un SMS envoyé par Björn vendredi. Tiens, regarde toi-même, dit-il, en tendant la pile de feuilles à Valdimar qui débita à voix basse : *"Envie de te rencontrer au Grand Rokk ce soir, 23 h PS Ne réponds pas, ne rappelle pas."* On peut quand même s'attendre à ce qu'il soit venu à un rendez-vous qu'il avait fixé lui-même, non ?

– Bonne question. Eva affirme qu'il est resté travailler au cabinet jusque tard dans la soirée, ce qui implique qu'il a eu la possibilité d'aller jeter un œil au Grand Rokk. »

Valdimar examina le relevé des appels un long moment.

« À qui appartient ce portable depuis lequel quelqu'un tente de joindre Björn à plusieurs reprises pendant la nuit ?

– À Eva.

– Ah, elle l'a d'abord appelé depuis le fixe, ensuite, elle a continué avec le portable.

– Oui, ça colle avec ses déclarations. Elle a déclaré avoir essayé de joindre son mari à intervalles réguliers et ne pas avoir dormi de la nuit.

– Exact. Mais il n'a pas décroché, comme on le constate ici », observa Valdimar en soupirant avant de se plonger dans le rapport communiqué par la scientifique.

Quelques minutes plus tard, il se leva d'un bond en agitant une photo.

« Son pull-over ! s'écria-t-il.

– Quoi donc ?

– Je l'ai vu dans le chalet de Björn avant-hier. »

Hafliði lui lança un regard.

« Tu en es sûr ?

– En tout cas, il est exactement pareil.

– Quelle probabilité y a-t-il pour qu'elle en possède deux semblables ?

– Elle est faible. Avez-vous pris des photos dans le chalet ?

– Non, je n'ai vu aucune raison de le faire.

– S'il s'agit bien du même pull… commença Hafliði, pensif.

– Alors, ça signifie que le cadavre se trouvait dans les environs du chalet ! s'exclama Valdimar. Ce sale gamin ! Il a remis son pull à Sunneva avant de l'emmener ailleurs ! Et moi qui le plaignais ! C'est lui qui s'est introduit chez elle. Il me l'a avoué, je ne te l'avais pas encore dit.

– Eh bien, que le diable l'emporte. Nous pouvons déjà l'arrêter pour ça.

– Ce sale petit con ! Allez, viens ! On va vérifier s'il est chez lui ! »

Cinquante-trois

Le fait que la police ait démasqué Marteinn comme auteur de l'effraction chez Sunneva déplut à Hallgrímur bien au-delà de ce à quoi Marteinn s'était attendu.

« J'ai l'impression que tu ne piges pas bien dans quel pétrin tu t'es fourré ! Ils vont te coller tout ça sur le dos, c'est clair et net. Tu t'introduis chez elle un beau jour et ensuite, tu l'assassines. Regarde les choses de leur point de vue. Et maintenant, ils l'ont retrouvée. Qu'est-ce que tu vas leur raconter ? »

Le téléphone sonna, comme sur commande, dans la poche de Marteinn. Les deux amis échangèrent un regard et Marteinn répondit.

« Allô…

– Bonjour Marteinn. Ici Valdimar Eggertsson. »

On décelait dans la voix du policier un ton amical et prévenant, à des lieues de celui qu'il avait employé lors de leur dernière conversation. On aurait dit que, par calcul, il souhaitait particulièrement se garder d'effaroucher Marteinn.

« Où êtes-vous ?

– Chez moi, mentit Marteinn qui n'avait aucune envie de discuter avec cet homme à ce moment précis.

– En fait, il faudrait que j'aie un petit entretien avec vous, continua Valdimar, d'un ton trop poli pour être honnête.

– Je vous en prie, répondit Marteinn, tendu.

– En tête à tête.

– Mais nous venons justement de discuter, non ? s'étonna Marteinn.

– Je dois vous demander quelques précisions supplémentaires, répondit-il, d'un ton légèrement plus sec.

– Vous ne pouvez pas le faire par téléphone ?

– Dites-moi où vous êtes et je viens vous chercher.

– Je viens de vous dire que j'étais chez moi. »

Valdimar ne répondit rien à ça. Il garda le silence quelques instants avant de déclarer :

« La situation est telle que ça ne vous apportera rien de bon de me raconter des sornettes. Vous savez que je vais vous trouver de toute façon, Marteinn, et il vaudrait nettement mieux que je ne sois pas forcé de vous courir après. Je suis de votre côté et je vous conseille d'en profiter avant qu'il ne soit trop tard.

– De quoi est-ce que vous parlez ?

– Du pull-over, Marteinn, vous auriez dû le laisser dans le chalet.

– Je suis obligé de raccrocher maintenant », répondit Marteinn, la voix tremblant de panique. Il coupa la conversation sans même laisser au policier le temps de réagir.

Cinquante-quatre

Ingi Geir avait bien ri intérieurement quand la police lui avait communiqué l'adresse. Il lui avait suffi de déclarer qu'il avait vu un accident en stationnement depuis sa fenêtre. La police s'était montrée très compréhensive en entendant cette histoire. Au regret de ne pouvoir enregistrer de plainte, elle lui avait expliqué que son seul recours était d'aller exiger justice lui-même. C'était précisément ce à quoi Ingi Geir se préparait.

La voiture, une Nissan Sunny, était garée devant l'immeuble. Il reconnut que c'était bien celle dans laquelle Sunneva avait été emmenée par cette ordure le soir de sa disparition. Il sonna à la porte sans sortir le fusil de son père du sac où il l'avait placé. La femme qui vint lui ouvrir avait une grande bouche aux lèvres fines, dont la peau se plissa en ridules verticales quand elle la mit en cul-de-poule pour examiner le visiteur. À l'intérieur de l'appartement, on entendait le bruit assourdissant du home cinéma. Il lui adressa un sourire hypocrite tout en ouvrant la fermeture Éclair du sac de sport dans lequel reposait le fusil chargé dont il avait mis le cran de sécurité. Il s'efforça de dissimuler son mouvement, mais elle ne lâcha pas sa main du regard pendant qu'il ouvrait le sac, comme si elle s'attendait à le voir en sortir un cadeau surprise qu'elle avait gagné dans un concours.

« Est-ce que Hallgrímur est là ? » demanda-t-il en gardant ce sourire qui n'avait rien de forcé. Il était l'expression radieuse de la vengeance bientôt assouvie et occultait la colère qui, en son absence, se serait sans doute épanouie sur son visage, conformément à son humeur. L'espace d'un instant, il lui vint l'idée subite et grotesque qu'il était content que Sunneva soit morte ; de toute façon, il l'avait définitivement perdue et il avait maintenant l'occasion de la venger, de sacrifier sa vie pour elle. Il ne s'imaginait pas un instant qu'il n'aurait pas à payer pour le crime qu'il s'apprêtait à commettre.

« Ils sont à l'étage », répondit la femme d'un air déçu, comme si elle avait espéré que ce jeune homme venait pour elle. Elle fit un signe de tête en direction de l'escalier à gauche de l'entrée avant de retourner à la salle à manger en tortillant ses grosses cuisses à l'intérieur de son jeans excessivement serré. Ingi monta quelques marches avant de sortir le fusil du sac.

Il savait que Hallgrímur n'était pas seul, mais fut cependant abasourdi de le découvrir en compagnie de ce sale môme qu'il avait vu tourner autour de Sunneva l'autre jour. Ils étaient assis par terre, l'un face à l'autre, comme des gamines dans une soirée pyjama, visiblement en grande discussion. Ils affichèrent une mine déconfite quand Ingi Geir fit irruption dans la pièce armé du fusil dont il enleva la sécurité.

« *End of private party !* » annonça Ingi. Il avait emprunté l'expression à un film quelconque et prononça la phrase avec un petit accent à la Schwarzenegger. Il regretta immédiatement d'avoir fait le malin, il risquait de ne pas être pris au sérieux.

« Quoi… » fit Hallgrímur en lui lançant un regard perdu. Ingi Geir profita de l'instant et s'accorda un bon moment avant d'éclairer sa lanterne. Il devait se remettre en tête ce pour quoi il était venu ici, se remémorer Sunneva que cette ordure avait conduite à la mort dans sa voiture. Il s'approcha de lui, lui plaça le canon du fusil sous le menton pour le forcer à le regarder dans les yeux. C'était presque trop beau pour être vrai.

« Ne t'avise pas de tenter quoi que ce soit », commanda-t-il à l'autre gamin, ce misérable petit fouineur brun qui avait l'air d'être étranger. Marteinn hocha la tête, apparemment tétanisé de terreur. Ingi éclata de rire, recula de quelques pas afin de pouvoir les mettre en joue tous les deux. Il faisait osciller le canon de façon à les viser à tour de rôle.

« Tu ne te serais pas trompé de maison, mon vieux ? », bredouilla Hallgrímur. Ingi lui renvoya un rictus impitoyable.

« Trompé de maison ? C'est à toi de le dire, mais si tu me demandes si j'ai frappé à la bonne porte, alors je te répondrais que je n'aurais pas pu frapper à meilleure porte. Par-dessus le marché, j'ai la chance de te trouver en compagnie de ton petit complice. Je suis l'ami de Sunneva, celle que vous avez assassinée, sales petites ordures !

– Nous ne l'avons pas assassinée, protesta énergiquement Marteinn malgré sa frayeur.

– Ben voyons, petite fouine. Dans ce cas, pourquoi est-ce que tu l'espionnais et que tu la suivais dans la rue comme une saloperie de tueur en série ? Eh oui, je t'ai vu. Ensuite, tu t'es arrangé pour mettre ton petit copain dans le coup. Oui, toi, précisa-t-il à Hallgrímur qui leva les mains en l'air, je t'ai vu la faire monter dans ta voiture et maintenant, je vais vous coller à tous les deux une balle dans la tête, sales petits assassins. » Afin de donner du poids à ses paroles, il envoya dans le lustre au-dessus de la tête des gamins une décharge qui le fit exploser en mille morceaux. La détonation fut assourdissante et les deux garçons se mirent à hurler à tue-tête. Il lui restait quatre cartouches, qu'il entendait toutes utiliser : la seconde pour les effrayer, deux autres pour leur tirer dans la tête et une de plus en cas de problème. Il supposait que la mère de Hallgrímur était en train d'appeler la police, mais ne craignait pas de manquer de temps, ça ne prenait pas bien longtemps de tuer quelqu'un. Peut-être devrait-il plutôt leur tirer dans le ventre, on disait souvent dans les films que c'était la manière la plus douloureuse de rendre l'âme. Dans ce cas, il fallait aussi que personne ne vienne les secourir avant leur mort… Non, non, le plus sûr était de leur tirer une balle dans la tête ou dans la poitrine. Il n'avait aucune envie d'être condamné pour un meurtre raté, tout le monde se moquerait de lui.

« Alors, les petits gars, c'est plus aussi marrant d'être assassin en ce moment, hein ? » ironisa Ingi. Il voulait prolonger leur frayeur, voir s'ils allaient se pisser dessus ou peut-être faire dans leur pantalon, il réfléchissait à un moyen de les humilier mais ne trouva rien d'intelligent à dire. Devait-il les laisser le supplier d'épargner leurs vies avant de les buter ?

Il entendit la bonne femme remonter l'escalier en éructant de colère, quelle idiote, est-ce qu'elle s'imaginait que c'était une blague ? Il ne lui voulait pas de mal, il n'y avait pas grande jouissance à tirer de l'assassinat d'une jument de quarante ans. Il changea son fusil d'épaule, l'attrapant par la main gauche de façon à pouvoir l'agiter pour effrayer la femme, afin qu'elle comprenne que c'était lui qui commandait et qu'elle déguerpisse. Dans le cas contraire, il se verrait forcé de gâcher une cartouche pour lui tirer dans les jambes.

Mais voilà, il avait mal évalué la situation. Alors qu'elle arrivait au sommet de l'escalier en courant, il essaya de capter son regard, le fusil levé en l'air, et elle lui balança à la figure un grand seau d'eau sale plein d'Ajax.

« Alors comme ça, on veut tuer mon fils, espèce d'énergumène ? » hurla la femme.

Ingi suffoqua quand l'eau froide lui cingla le visage. Aveuglé par le détergent, il pressa la gâchette du fusil, le coup partit et il sentit le seau lui heurter la joue. Il lâcha son arme sous l'effet du recul et sentit une violente douleur au pouce de sa main gauche. Ensuite, quelqu'un, probablement la diablesse au seau, lui attrapa le cou et lui mordit la main à pleines dents. Rendu presque aveugle, il chercha à tâtons la direction de l'escalier, il se sentait désormais en danger en ces lieux et craignait pour sa vie. On lui décocha un violent coup de pied aux fesses et il dut se cramponner à la rampe afin de ne pas dévaler l'escalier jusqu'en bas. Du salon provenaient les accords de basse d'une musique au rythme endiablé accompagnée d'une conversation intense de voix d'Afro-américains.

« Dégage d'ici, canaille d'encaisseur ! hurla la diablesse. Et si tu reviens, tu verras de quel bois je me chauffe ! »

Il ne fallut pas le lui dire deux fois. Il se précipita vers la porte, l'ouvrit d'un coup sec et décampa à toute vitesse.

Cinquante-cinq

« Merci du fond du cœur, maman, annonça Hallgrímur qui venait subitement de retrouver le respect pour sa mère.

– Je n'allais quand même pas laisser ce genre d'individu s'en prendre de cette façon à ma famille, répondit sa mère. Je vais appeler la police afin qu'il ne leur échappe pas.

– Ma petite maman, tu ne voudrais pas plutôt laisser tomber ? »

Elle le dévisagea d'un air inquisiteur.

« Donc, j'avais deviné juste ?

– Quoi ?

– Que c'était un encaisseur qui venait récupérer du fric pour un dealer ? » Hallgrímur hocha la tête. « Qu'est-ce que je t'ai toujours dit au sujet de la drogue ? demanda-t-elle, d'un air sévère.

– Nous avons décroché, annonça-t-il en vitesse. C'était super, maman, tu peux avoir ma voiture pendant une semaine.

– Tu es en train d'essayer d'acheter le silence de ta mère ?

– Pas du tout, je ne fais que te prouver ma reconnaissance. Attends un moment, Marteinn, demanda-t-il à son ami qui se préparait à filer à l'anglaise. Maman, il faut que nous discutions, lui et moi. »

Elle lui lança un regard interrogateur puis disparut par l'escalier.

« Tu connais ce gars ? demanda Marteinn.

– Jamais vu. Je suppose que c'est un ancien petit copain de Sunneva. Quel taré ! Il va falloir se méfier de lui à l'avenir. »

Marteinn était encore tout abasourdi, mais certains détails commençaient à s'éclaircir dans les brumes de ses pensées.

« De quoi est-ce qu'il parlait quand il disait que tu

l'avais emmenée en voiture ? Quand est-ce que tu as fait ça ? demanda-t-il.

– Je voulais justement t'expliquer ça, attends un peu, je vais me chercher une bière. J'en ai sacrément besoin. J'en ramène une pour toi. »

Hallgrímur disparut dans l'escalier et remonta quelques instants plus tard avec deux grands verres de bière. Il vida trois gorgées de la sienne. Marteinn avala également une bonne lampée.

« Qu'est-ce qui se passe, Grímur ? » demanda-t-il en fronçant les sourcils. Tout à coup, son esprit s'emplit de suspicion envers son ami. Hallgrímur ne lui avait apparemment pas raconté toute la vérité. « Bon, moi, je me tire, annonça-t-il en se levant.

– Attends un peu, Marteinn. C'est vrai que je l'ai fait monter dans ma voiture, mais je peux t'expliquer pourquoi. J'essayais simplement de t'aider.

– De m'aider ? De quoi tu parles exactement ? demanda Marteinn, la peur et la colère se disputant l'emprise de son esprit.

– Tu ne m'avais pas dit que tu voulais te débarrasser de Sunneva ?

– Mais pas en l'assassinant.

– Je ne l'ai pas assassinée, qu'est-ce que tu as ? Tu es dingue ou quoi ?

– Alors, qu'est-ce que tu as fait ?

– Je l'ai juste emmenée au chalet. Pour la sauter.

– Je me tire d'ici.

– Attends, écoute-moi d'abord. Ensuite, tu pourras partir.

– Pourquoi diable est-ce que tu l'as emmenée à notre chalet ?

– Pour prendre des photos porno d'elle et les envoyer à ton père. Ou bien les mettre sur le Net. Comme ça, il aurait arrêté de la voir.

– Et elle était censée t'autoriser à prendre des photos d'elle ?

– Eh bien, je lui ai donné un peu de drogue du violeur. Quand elles ont pris ça, elles n'y voient que du feu.

– Je me tire.

– Attends. C'est pour toi que j'ai fait ça.

– Et ensuite, qu'est-ce qui s'est passé ? Pourquoi est-ce

que papa est allé là-bas ? Comment est-ce qu'il a eu cet accident et pourquoi est-elle morte ?

– J'en sais rien, mon vieux. Je l'ai seulement laissée là. Elle a dû appeler ton père pour qu'il vienne la chercher. Ensuite, ça a dû dérailler. Il a dû se mettre en colère et faire je ne sais quoi. Il faudra qu'il s'en explique quand il se réveillera.

– Si tu crois que je vais laisser accuser mon père d'un crime qui est arrivé entièrement par ta faute, là, tu es vraiment gravement dérangé.

– Ton père n'est pas si innocent que tu l'imagines.

– Comment ça ?

– Tu ne préférerais pas simplement laisser les choses suivre leur cours ? Si ton père reprend conscience, j'irai à la police pour leur raconter ma partie de l'histoire. Dans le cas contraire, ils ne comprendront jamais.

– Bien sûr que si, ils comprendront ! Il y a un témoin qui t'a vu embarquer Sunneva dans ta voiture. Quant à moi, je ne peux pas fermer ma gueule plus longtemps.

– J'ai fermé la mienne quand tu m'as demandé de t'aider à déplacer le corps.

– C'était complètement différent… » répondit Marteinn. Il sentait que la tête lui tournait.

« Oui, évidemment, répondit Hallgrímur, moqueur. Quand tu me demandes de déplacer un cadavre, ça va de soi. Mais moi, quand je te demande de la fermer sur une petite bêtise que j'ai commise et qui risque de ruiner ma vie, alors là, c'est malheureusement impossible. Même si j'ai fait cette connerie pour te rendre service.

– T'es totalement givré !

– Tu vas me dénoncer à la police ?

– Je n'ai pas le choix.

– J'en étais sûr. Espèce de salaud. »

Marteinn essaya de se mettre debout. Il tenait à peine sur ses jambes tellement la tête lui tournait. Sa vision était entièrement brouillée.

« Est-ce que tu veux de l'aide ? » demanda une voix lointaine alors qu'une main forte le levait de sa chaise.

Cinquante-six

Hafliði et Valdimar, les deux collègues, attendaient en silence devant chez Marteinn qu'il revienne chez lui. Il allait bien finir par rentrer et Valdimar espérait pour lui que ça ne tarderait plus. Toutes les pièces du puzzle s'imbriquaient maintenant à l'intérieur de son esprit. La présence du pull de Sunneva dans le chalet impliquait que son cadavre avait également dû se trouver dans les environs. Cet idiot de gamin avait déplacé le corps dans un endroit plus neutre afin d'éviter à son père les ennuis qu'il aurait récoltés à coup sûr si la police avait établi un lien entre lui et Sunneva. Valdimar s'en voulait violemment de son amateurisme : dans une situation normale, ça lui aurait démangé les doigts de malmener Marteinn jusqu'à ce qu'il passe aux aveux. Et dire qu'il avait même pensé le laisser s'en tirer pour cette histoire d'effraction ! Après la conversation que Valdimar avait eue avec son père, il ne se sentait cependant pas d'humeur à s'en prendre à qui que ce soit. Comme il l'avait imaginé dès le début, le moteur de toute cette affaire était le désespoir d'un homme en train de perdre sa toute jeune maîtresse, un homme qui allait devoir regarder en face les ruines de son couple et de sa famille. Mais tout de même, ce truc de drogue du violeur ? Qu'est-ce que ce gars-là avait donc dans la tête ?

Le portable de Hafliði sonna dans la poche de sa veste.

« Oui, ici Hafliði. Hein, Ingi Geir, dites-vous ? » répondit-il en regardant Valdimar.

*

« Alors comme ça, vous êtes venus, conclut la femme, sa bouche dessinant une moue, une fois qu'ils se furent présentés. Je ne sais pas si les garçons sont mêlés à des histoires de drogue, mais pour ma part, je tiens à souligner que ce n'est pas mon cas. »

Valdimar et Hafliði échangèrent un regard étonné.

« Pardonnez-nous, mais de quoi parlez-vous ? demanda Hafliði.

– Vous ne venez pas à cause de cet homme armé ? J'étais tranquillement assise à regarder un DVD et voilà qu'arrive un jeune homme avec un fusil dans son sac. Naturellement, je n'ai pas vu l'arme et je l'ai laissé monter voir les garçons. Marteinn, l'ami de Hallgrímur, était avec lui. Quelques minutes plus tard, j'entends une détonation terrible à l'étage. Il y a un grand trou dans la tapisserie mais, heureusement, j'ai l'impression que ça n'a pas traversé le mur. Évidemment, j'ai eu une sacrée frayeur et je suis montée rafraîchir les idées de ce jeune homme avec un seau d'eau sale que je n'avais, grâce à Dieu, pas encore jetée dans l'évier.

– Est-ce que Marteinn est là ? demanda vivement Valdimar.

– Qu'est-ce qui vous amène exactement ? demanda la femme, suspicieuse.

– Quelqu'un nous a informés que Hallgrímur était impliqué dans une affaire sur laquelle nous enquêtons, expliqua Hafliði. Une affaire qui concerne également Marteinn. Est-ce qu'ils sont en haut ?

– Non, répondit la femme. Marteinn était tout étourdi après le coup de feu. Hallgrímur est allé le reconduire chez lui.

– Est-ce qu'on peut monter ? demanda Valdimar.

– Eh bien, je suppose que oui, répondit la femme. Mais n'avez-vous pas besoin d'un mandat de perquisition ou quelque chose dans le genre ? protesta-t-elle.

– Pas si vous nous donnez votre autorisation d'inspecter les lieux. Ne devrions-nous pas aller examiner les traces de ce coup de feu ? proposa Hafliði.

– Si, autant profiter de votre présence ici », concéda-t-elle.

L'étage supérieur était d'un seul tenant, l'un des côtés nettement plus haut de plafond que l'autre. Valdimar repéra un mouvement sur l'écran d'un ordinateur placé dans un coin et s'avança vers la machine. L'écran de veille laissait constamment défiler la phrase : “Bas les pattes !” Animé d'un pur esprit de contradiction mêlé à de la curiosité, Valdimar enfreignit l'interdiction et posa sa main sur la souris de façon à activer l'écran. À cause de sa vieille habitude de fouiller dans les ordinateurs d'un grand nombre de criminels qui en dévoilaient nettement plus sur eux qu'ils se l'imaginaient eux-mêmes, Valdimar plaça le curseur en bas à gauche. Quand le menu *Démarrage* apparut, il choisit la rubrique *Documents récents*. Il y remarqua immédiatement un fichier dont le titre piqua au vif sa curiosité.

« En effet, c'est l'énorme trou qu'on voit là-haut au plafond, observa Hafliði. Qu'est-ce que tu fabriques ? » demanda-t-il, voyant que son coéquipier ne réagissait pas.

Valdimar avait découvert que le fichier en question avait été détruit. Il se disait que les spécialistes en informatique n'auraient aucun mal à le récupérer en cas de nécessité. Il savait également qu'il allait confisquer cet ordinateur afin de voir ce que représentait cette photo que quelqu'un, à n'en pas douter Hallgrímur, avait eu à cœur de faire disparaître. Cependant, il avait également envie de la voir dès maintenant afin de vérifier si son contenu avait un quelconque intérêt et si cela les mettait sur une piste. Il ouvrit la corbeille au cas où elle n'aurait pas été vidée. Non, il semblait qu'elle contenait plusieurs centaines de fichiers.

« Il ne veut surtout pas qu'on touche à son ordinateur, fit une voix criarde dans l'escalier. Ne devez-vous pas être en possession d'un mandat pour venir fouiller dans nos affaires ? C'est vraiment typique ! D'abord, un criminel vient vous enquiquiner, ensuite la police se pointe pour mettre votre domicile sens dessus dessous ! »

Valdimar était parvenu à retrouver le fichier. Il se mit à suffoquer en l'ouvrant. La femme regarda par-dessus son épaule et laissa échapper un hurlement.

Cinquante-sept

L'odeur fut ce qui ramena en premier Marteinn à la réalité : habituelle, elle appartenait à la vie familiale et lui rappelait de longues et douces journées d'été, des promenades-découvertes ainsi que la bruyère. C'était cette bonne vieille odeur d'humidité qui régnait dans le chalet d'été. Il y avait cependant un détail qui clochait, à dire vrai presque tout clochait. Il avait mal au cœur, il faisait sombre et il ne pouvait pas bouger. Certes, il pouvait bouger imperceptiblement les pieds, mais on aurait dit que ses mains étaient attachées l'une à l'autre. Elles étaient en effet maintenues ensemble par du ruban adhésif. Il frissonnait, allongé sur le lit de la chambre. La porte d'entrée était ouverte. Quelqu'un fumait dans le salon. Des Kool menthol. Il se souvint que Hallgrímur lui avait menti. Il essaya de se rappeler ce qu'il avait dit.

« Qu'est-ce qui se passe exactement ? » tenta-t-il d'articuler, mais les mots se collèrent en une grappe incompréhensible qu'il crachait tels des jurons en une langue étrangère. Personne n'aurait pu comprendre excepté lui-même. Ensuite, il s'éloigna à nouveau de la planète Terre.

« Mon pauvre Marteinn, je ne sais franchement pas ce que je vais faire de toi », lui murmura Hallgrímur à l'oreille quelques minutes plus tard – ou était-ce longtemps plus tard ? Marteinn leva les yeux pour scruter le visage de son ami.

« Espèce de violeur, dit-il, tu as abusé de Sunneva.

– Tu ne marques qu'un seul point sur les deux possibles. C'est vrai, j'ai violé quelques filles, disons, d'un point de vue technique. En fait, toutes ces minettes m'auraient laissé les sauter quoi qu'il en soit. C'est juste que je me tire avant de prendre le petit déjeuner. D'ailleurs, il vaut peut-être mieux pour elles qu'elles n'aient pas toute leur tête. En revanche, Sunneva ne fait pas partie de mon tableau de chasse. Encore heureux, je ne sais pas trop comment j'aurais supporté de trimballer le corps d'une femme que je venais de me taper.

– Je ne te crois pas, je ne crois plus rien de tout ce que tu me dis. Tu me racontes seulement ce que tu veux me faire croire.

– Tu es injuste avec moi. Mais bon, c'est ton droit, ton droit le plus strict.

– Pourquoi est-ce que tu m'as amené jusqu'ici ?

– Je voulais t'inviter à un petit feu de joie. J'ai l'impression que ce chalet va plutôt bien flamber. Il est vieux et moisi, mais il n'y a pas trop d'humidité, on dirait que ton papa l'a rudement bien entretenu, hein ? débita-t-il d'un ton faussement enjoué.

– Quoi, tu vas mettre le feu au chalet ? Tu es cinglé ! Et alors ? Tu vas me faire brûler à l'intérieur ? C'est pour ça que tu m'as attaché ici ? »

Hallgrímur garda un moment le silence dans l'obscurité. Quand il reprit la parole, il avait des sanglots dans la voix.

« Tout est ta faute à toi. Dans quelle situation crois-tu que je serai une fois que tu auras tout raconté ? Il apparaîtra que c'est moi qui l'ai conduite ici encore vivante et que je t'ai aidé à la déplacer une fois qu'elle était morte. Tout ce que je pourrai dire ne changera rien après ça. Si quelqu'un attire la compassion, alors ce sera toi, le pauvre petit garçon : son papa s'est blessé tellement gravement et il n'a fait qu'essayer de lui éviter d'être accusé d'un meurtre. J'imagine bien comment les membres du jury avaleront sans broncher ce genre de conneries !

– Il n'y a pas de jury dans les procès islandais. Tu regardes trop de films américains.

– Oui, n'est-ce pas ? Je ne suis peut-être pas aussi cultivé que toi et ta famille. Et c'est vrai, j'aime bien les films américains, et alors ? » rétorqua-t-il amèrement.

Il s'alluma une autre Kool. La flamme du briquet illumina l'espace d'un instant ses joues baignées de larmes. La fumée fit tousser Marteinn. La fraîcheur du soir n'arrangeait en rien son asthme. Assis à ses côtés, Hallgrímur sanglotait.

« Qu'est-ce que tu as ? » demanda Marteinn. Pour une raison quelconque, les larmes de Hallgrímur l'effrayaient plus que sa colère ou son aigreur.

« Pardonne-moi, renifla Hallgrímur.

– Qu'est-ce que tu veux que je te pardonne ? demanda Marteinn à voix basse.

– Je dois penser à moi, répondit-il, puisque personne ne le fait. Exactement comme toi, tu as pensé à toi et à ta famille sans réfléchir à ce qui m'arrangeait moi. Tu t'es servi de moi. Je ne supporte plus qu'on m'utilise tout le temps comme ça. Tu t'es servi de moi, tu es exactement comme ton père, tu trouves toujours un moyen d'arriver à tes fins. Comme ce truc d'aller déplacer le corps, je n'étais absolument pas d'accord et si nous ne l'avions pas fait, je serais dans une tout autre situation en ce moment, une situation radicalement différente. Si seulement tu avais laissé les choses suivre leur cours, mais non, non et non, il a absolument fallu que tu trouves à faire un coup de génie. Tu as creusé ta propre tombe et, comme d'habitude, c'est sur moi que tout ça rejaillit. Tu crois peut-être que c'est facile ? Tu crois que la situation dans laquelle vous m'avez mis est confortable, toi et ton connard de père avec sa maîtresse ? Maintenant, ça se joue entre toi et moi. Et ma réponse, c'est que c'est toi qui vas payer parce que toi et ton père, vous êtes bien plus coupables que moi.

– De quoi est-ce que tu parles ? Comment peux-tu nous accuser de choses que tu as faites ? Ce n'est pas moi et encore moins papa qui t'avons demandé d'aller violer Sunneva !

– Enfin, soupira Hallgrímur en se levant. Il laissa tomber sa cigarette à moitié consumée puis l'écrasa avec le pied. Ça ne sert à rien de discuter de tout ça. D'ailleurs, tu ne pourrais jamais comprendre.

– Qu'est-ce que je ne pourrais jamais comprendre ? »

Hallgrímur s'éloigna dans l'obscurité et se posta à la porte. Marteinn entendit du liquide couler. À son immense effroi, il perçut une odeur d'essence.

« Qu'est-ce que je comprendrais jamais ? » hurla-t-il à son ami comme si sa vie dépendait de la réponse. Hallgrímur parcourut le salon en l'aspergeant avant de revenir vers Marteinn.

« Je sais que je ne peux pas te demander de me pardonner », plaida Hallgrímur d'une voix tremblante. Marteinn aurait aimé distinguer plus nettement son visage, il aurait voulu pouvoir capter son regard afin de l'amener à cesser cette folie. Il parvenait à peine à respirer, ne supportant pas cette odeur d'essence, il était pris de quintes de toux. C'était tout juste s'il entendait les paroles de Hallgrímur qui ne semblait pas s'en rendre compte, s'adressant en réalité plus à lui-même qu'à Marteinn. « Ne comprends-tu pas ? Qu'est-ce que tu veux que je fasse ? Je suis obligé de faire disparaître ce chalet avec tout ce qu'il contient. Dès qu'ils se mettront à le fouiller, je serai un homme mort. N'est-il pas normal de tenter de sauver sa peau ? En outre, tu m'as menacé de tout raconter aux flics, tu te rappelles, hein ? D'ailleurs, je savais que tu n'hésiterais pas. Ça ne prendra pas longtemps et puis, toi et ton asthme, enfin, il y aura plein de fumée avant que ça commence à chauffer. Tu n'auras qu'à respirer profondément et tu ne sentiras rien du tout.

– Réponds-moi, espèce de minable ! Qu'est-ce que c'est que ce truc que tu refuses de m'avouer ? éructa enfin Marteinn entre deux quintes de toux. Quelle est cette chose que je ne pourrais jamais comprendre ? »

Hallgrímur vint s'asseoir à côté de lui sur le rebord du lit.

« Tu crois que c'est facile pour moi ? Si je pouvais me tuer moi-même, je n'hésiterais pas. »

Marteinn cracha des glaires qu'il lui envoya presque machinalement à la figure tout en essayant de lui donner des coups de pied dans le dos.

« Minable salaud, espèce de sale traître ! » s'exclama-t-il, en sanglotant de frayeur et d'horreur.

Le visage de Hallgrímur planait quelque part dans l'obscurité, on en distinguait les contours dans le noir presque total. Marteinn percevait sa colère à travers son silence. Sa voix se fit plus dure et cassante quand il reprit la parole :

« J'aurais dû t'attacher correctement pour que tu ne puisses plus bouger du tout. La chose que tu ne comprendrais jamais, c'est que je suis tombé amoureux de ton ordure de père ! »

Puis il sortit du chalet. Un instant plus tard, le salon s'illumina d'une lueur rougeoyante.

Cinquante-huit

Je n'avais couché avec aucun homme avant lui, ce qui n'était pas son cas : je n'étais évidemment pas le premier. Un jour, il m'a pourtant confié que j'étais son premier amant en vingt ans et que, par conséquent, "une énorme tension s'était accumulée", comme il l'avait ajouté avec ce sourire espiègle bien à lui. Dans un sens, ça m'a fait plaisir d'entendre ça. Cela signifie qu'il n'a pas eu de petit ami depuis l'époque où il avait mon âge, me suis-je dit. Je me souviens m'être demandé quelle impression j'aurais eu si je m'étais retrouvé en présence du même homme, en plus jeune ; naturellement, je n'ai pas tardé à penser à Marteinn. Il se trouve que je n'ai jamais envisagé mes relations avec Marteinn sous cet angle, que je n'ai jamais eu ne serait-ce qu'un petit béguin pour lui. Évidemment, je me suis posé la question de savoir si j'étais pédé ou non avant de me rendre compte qu'en réalité, je m'en fichais éperdument. En revanche, j'avais tout à fait conscience de m'être gardé de m'engager avec aucune de ces filles avec lesquelles il m'arrivait de coucher. Je me souviens même qu'en réalité, ça me dérangeait quand nous nous entendions trop bien, quand nous rigolions et que nous nous amusions, ça me gênait, mais j'interprétais ça comme une peur panique de l'engagement, j'imaginais avoir simplement envie de demeurer un éternel Don Juan et de sauter autant de donzelles que possible. Quand j'ai commencé avec Björn, c'était presque pour rire, je veux dire, c'était le père de mon meilleur ami, il y avait là-dedans quelque chose de délicieusement pervers et sans aucun danger : je ne ressentais en rien cette espèce de claustrophobie que j'éprouvais toujours avec les filles. Alors je ne me suis pas méfié, je m'imaginais que j'explorais des territoires de ma personnalité que je pourrais ensuite décider de cultiver ou non ; cette exploration se déroulait dans l'absolue sécurité qu'offre une relation dénuée d'avenir. Et je me rappelle la première fois que je lui ai dit que je l'aimais : j'ai eu l'impression qu'un nœud se déliait à l'intérieur de ma poitrine, l'impression de devenir un homme meilleur et nouveau, quelqu'un de normal, même si ça peut sembler ridicule. Je n'avais jamais dit ça à personne, il me semblait être devenu comme tout le monde, c'était un tel soulagement d'être capable de se donner entièrement, de lâcher prise et de se laisser flotter, porté par une mer de sentiments qu'on ne contrôle pas.

J'aurais peut-être dû lui expliquer de façon directe l'évolution qui s'opérait en moi, mais j'imaginais, dans mon aveuglement, qu'il connaissait la même, qu'étant son premier amant en vingt ans, j'avais réveillé en lui une puissance endormie qui l'emportait dans la même direction que moi. Il s'agissait bien sûr d'un malentendu, comme je n'ai pas tardé à m'en rendre compte. L'ironie du sort a voulu que ce soit Marteinn qui m'apprenne qu'il avait débuté une relation avec une fille. À ce moment-là, j'avais déjà remarqué combien Björn était distant avec moi, sans parler de ce parfum de femme que j'avais un jour senti sur lui. Il avait rarement le temps de me voir, devait constamment rester travailler à son bureau – c'est-à-dire avec elle, comme il est apparu plus tard – et les fois où nous nous rencontrions, je ne parvenais à assouvir qu'une infime partie du désir qui me consumait. Il avait souvent laissé entendre que nous ne serions pas ensemble pour l'éternité. Cette pensée m'oppressait tel un cauchemar, accentuant l'intensité et la violence de nos rencontres. Je savais bien que chaque fois pouvait être la dernière, et nous faisions l'amour d'une façon qui n'était ni détendue ni insouciante. Mais quand j'ai appris l'existence de Sunneva, j'ai compris que sa relation avec moi était depuis longtemps terminée dans sa tête, qu'il ne se servait de moi que comme d'une pute et qu'il me prenait par-derrière dans le pire sens de l'expression alors que moi, j'étais amoureux de lui au point d'en crever. Si seulement il s'était montré honnête avec moi, tout aurait été nettement plus clair ; cette colère noire et destructrice n'aurait pas asservi toute mon âme.

J'ai tout de suite compris à la description que Sunneva était cette minette rousse avec laquelle j'avais un jour croisé Björn en ville. C'est une collègue de travail, m'avait-il précisé la fois suivante où nous avons couché ensemble. C'était avant que je me mette à soupçonner quoi que ce soit, j'aurais quand même dû entendre qu'il me mentait comme je l'ai compris plus tard.

Je m'en serais peut-être remis peu à peu ou bien je lui aurais mis mon poing dans la gueule avant d'oublier le tout… si cette occasion exceptionnelle ne s'était pas présentée à moi le jour même où Marteinn est venu me raconter son histoire d'effrac-

tion. Je suis passé chez lui juste avant le repas et au bout d'un moment, il s'est absenté pour aller aux toilettes. Björn n'était évidemment pas à la maison, mais tout à coup mon regard est tombé sur son portable posé là, sur la table de la salle à manger. Il l'avait mis à charger et l'avait oublié allumé en partant travailler. Alors, je me suis mis à le tripoter. D'abord, j'ai trouvé mon nom, il était assez risque-tout pour m'avoir entré dans son répertoire sous les initiales HE. Ensuite, j'ai cherché cette Sunneva. L'idée subite m'est venue de lui donner rendez-vous sous le nom de Björn et de m'arranger pour qu'il vienne la retrouver au Grand Rokk pendant que moi, je leur servirais de la bière derrière le comptoir en savourant la réaction de Björn. Je me suis dépêché d'envoyer le SMS et quand Marteinn est revenu des toilettes, il m'a trouvé tranquillement assis avec ma tasse de café. Ce n'est qu'après que j'ai réfléchi au problème : évidemment, Björn n'était pas sans savoir que je travaillais là-bas, il y avait donc peu de chances qu'il y vienne même si Sunneva l'y attendait. Il aurait également fallu que je parvienne à mettre la main sur le portable de Sunneva pour envoyer un message à Björn. J'ai compris que mon plan initial était voué à l'échec, alors je suis passé à l'étape suivante.

Avant ma relation avec Björn, il m'arrivait de repérer des demoiselles seules et tout à fait baisables dans le bar. Je téléphonais à mon collègue Siddi qui me devait bien des services. S'il pouvait me remplacer pour le reste de la soirée, je prenais une bière ou un cocktail et j'y mélangeais de la drogue du violeur puis je l'offrais à la demoiselle en lui disant que c'était de la part d'un admirateur secret. Si elles étaient assez stupides pour accepter un verre d'un type qui n'avait même pas le courage de montrer son visage, je me disais qu'elles ne l'avaient pas volé. Je m'arrangeais pour les cueillir pendant qu'elles tenaient encore à peu près debout en feignant vouloir les raccompagner chez elles : au lieu de ça, je les ramenais chez moi. J'ai pratiqué ce truc-là pendant un certain temps, mais ça ne me plaisait pas beaucoup : à la longue, ce n'est pas très excitant de s'acharner sur des minettes tombées dans les vapes ou à moitié inconscientes. D'habitude, je leur donnais encore une seconde dose avant de les ramener chez elles, je regardais leurs papiers d'identité pour voir où se trouvait leur domicile puis je me risquais à les ramener à leur porte et à sonner, jusqu'au moment où je suis tombé sur un petit copain qui a exigé que je lui montre ma carte d'identité afin que la police puisse me contacter comme témoin. Cette histoire est restée sans suites, mais j'ai quand même arrêté. Après avoir rencontré Björn, me sentant un homme nouveau et meilleur, il m'arrivait parfois de penser avec horreur à ce que j'avais infligé à ces pauvres filles. Et voilà que mon ancien moi, le méchant, pointait à nouveau son nez... Je n'avais pas encore décidé si j'allais la violer ou non, j'attendais seulement de voir si je serais d'humeur.

Je n'ai pas laissé à Sunneva le choix de refuser la bière, ayant préparé plusieurs verres dans le fond desquels j'avais versé de cette drogue. Quand elle est arrivée, je me suis contenté de la servir dans l'un d'eux. Elle s'est assise à une table à côté des toilettes. Au bout d'un certain temps, je suis allé ramasser les verres vides et j'ai vu qu'elle en était à la moitié de sa bière. Peu après, Siddi est arrivé pour me remplacer. Gardant un œil sur elle, je la voyais sombrer graduellement. Elle avait enlevé son pull. Je me suis approché de sa table.

« Pardonnez-moi, vous ne vous sentez pas bien ? ai-je demandé.

– En fait, non, a-t-elle reconnu, ça se voit tant que ça ? La tête me tourne et j'ai des bouffées de chaleur. »

Je lui ai répondu par un sourire amical.

« Vous voulez que je vous appelle un taxi ? ai-je proposé.

– Oui, je veux bien, merci, a-t-elle répondu, embrumée jusqu'aux yeux, mais encore un peu trop frétillante à mon goût. On dirait bien que celui avec qui j'avais rendez-vous n'a pas pu venir.

– Voilà ce que c'est que de sortir avec des hommes mariés », ai-je observé en lui adressant un clin d'œil. Elle a éclaté de rire parce qu'elle s'imaginait que c'était par hasard que j'avais visé en plein dans le mille. J'ai laissé s'écouler cinq minutes avant de revenir à sa table pour lui annoncer que le taxi était arrivé.

« O.K. », a-t-elle répondu en bégayant comme il faut et je l'ai soutenue vers la sortie. J'allais presque oublier son pull sur le dossier de sa chaise et, au moment où je l'ai aidée à se lever j'ai aperçu son sac à main en dessous. « Heureusement que tu as vu ça », me suis-je dit. Ma voiture était garée juste de l'autre côté de la rue. Elle n'a aucunement protesté de se voir embarquée avec un inconnu dans un véhicule qui s'enfonçait loin dans la nuit au lieu de la ramener chez elle. Je la plaignais intérieurement, mais je n'avais aucune intention de lui faire du mal, elle n'était qu'un pion dans un jeu qu'elle n'était pas censée découvrir.

Elle était profondément endormie au moment où je suis arrivé à Mosfellssveit.

Entre-temps, il m'était venu à l'esprit que le seul endroit où nous pouvions nous retrouver tous les trois était le chalet d'été où Björn nous avait baisés elle et moi à la même époque. C'est peut-être stupide, pourtant ce chalet avait de l'importance pour moi, c'était notre endroit à nous, l'endroit où, d'une certaine manière, je m'étais enfin trouvé et il m'était insupportable de savoir qu'il y était également allé avec elle.

Ça n'avait pas l'air des plus faciles de lui faire descendre l'escalier menant au chalet, mais j'avais déjà réfléchi au problème. Je l'ai prise sur mon épaule pour l'emmener presque en courant, de façon à ne pas m'épuiser avant d'être entré avec elle dans le chalet que j'avais pris la précaution d'ouvrir auparavant.

Je suis entré en titubant avec elle et je l'ai allongée sur le lit de la chambre à coucher. Comme elle était en nage, ce ne fut pas une partie de plaisir de lui retirer ses vêtements. Elle a marmonné quelque chose, j'ai décidé de lui donner une autre dose, je n'étais pas certain de la durée des effets du produit et je n'avais aucune envie de courir le risque de la voir péter les plombs.

Elle portait un blue-jeans moulant et sur son T-shirt blanc, on pouvait lire en lettres rouges : « Fuck me while I'm young. *» Quel message est-ce donc là ? me suis-je dit. Une fille sur deux porte ce style de T-shirt PornStar et, pour peu qu'elles aient dépassé la vingtaine, il faut qu'elles s'attendent à ce genre de truc. Ensuite, elles sont tout étonnées que quelqu'un les prenne au mot.*

Je me suis accordé une pause en fumant une cigarette. Il n'était pas encore une heure du matin, j'étais légèrement en avance sur mon programme alors j'ai joué un moment sur mon téléphone tout en pensant à Björn, à la façon dont il réagirait et en me demandant si j'avais vraiment idée de ce à quoi j'étais en train de me livrer. Sunneva était couchée sur le côté, les jambes dépassant du matelas. Cette vision ne me donnait pas la moindre érection, je me sentais plutôt pris d'une sorte de dégoût du sexe et de haine envers moi-même. J'ai rabattu la couette sur elle afin de ne pas être forcé de la regarder.

Une fois que j'ai eu la quasi-certitude que Björn s'était couché en compagnie de sa femme, je me suis assis sur le bord du lit, j'ai enlevé la couette et j'ai tourné Sunneva sur le ventre en lui posant les genoux à terre de façon à ce que ses fesses pointent légèrement en l'air. Ensuite j'ai composé le numéro de fixe de Björn car je savais que le téléphone sonnerait à côté du lit conjugal. Si c'était Eva qui répondait, je raccrocherais et j'appellerais Björn sur son portable. Mais c'est lui qui a décroché et j'ai tout de suite entendu au son de sa voix qu'il avait consulté l'écran du combiné pour voir qui donc pouvait appeler si tard.

« Allô ? a-t-il murmuré d'un ton interrogateur.

– Lover ! » *ai-je lancé d'une voix rauque. C'était le silence-radio du côté de Björn, alors j'ai continué : « Salut, mon chéri, je m'apprête à faire à ta petite copine la même chose que tu m'as faite l'autre fois ici, dans "notre lit". Écoute-moi ça, ai-je dit en assénant à Sunneva une petite tape sur les fesses. Elle aime bien qu'on lui donne des petits coups sur le cul, juste histoire de favoriser la circulation, n'est-ce pas ?*

– Tu es complètement dingue ou quoi ?

– Euh… en fait, non, ai-je rétorqué d'un ton cynique, je suis juste complètement furieux. Tiens, écoute », ai-je dit en lui donnant une tape un peu plus forte et en portant le téléphone à sa bouche. Elle a poussé un petit gémissement de douleur. « Oh, tu ne trouves pas ça mignon, mon petit Björssi ? Tu ne trouves pas ça mignon quand elle gémit comme ça ? Tu reconnais ? ai-je demandé en tirant la langue et en poussant un soupir exagérément sensuel. Vois-tu, il ne me reste plus qu'à faciliter un peu les choses avec une crème que j'ai achetée aujourd'hui, ai-je repris en lui passant une petite noix de crème entre les fesses. Voilà qui devrait me suffire à franchir la porte des étoiles. Je suis raide comme une barre d'acier », ai-je menti. À ce moment-là, j'aurais bien voulu que ce soit vrai. En moi s'était éveillé un petit démon dont le seul but était de nuire à autrui. À ce stade, je me fichais que cette fille en fasse les frais, tout ce qui m'importait, c'était de voir Björn souffrir le plus possible.

« Tu es en train de la violer ? J'appelle la police, m'a-t-il prévenu. Petite ordure ! Si jamais tu la touches, je te bute, espèce de salaud !

– Oh, Papa Ours fait sa grosse colère ? Ne te gêne surtout pas pour appeler la police, je lui fournirai un rapport très complet de la manière dont tout ça est arrivé.

– Laisse-moi lui parler.

– Vois-tu, elle n'est pas exactement en état de discuter avec toi. Elle est un peu endormie, la pauvre petite.

– Espèce d'ordure, je vais te buter, je le jure !

– Pourquoi tu ne viens pas ici pour sauver la charmante petite princesse du méchant monsieur au lieu de pleurnicher comme ça ? Tu n'es pas un vrai mec ou quoi ? C'est pas ton rôle de venir arracher la princesse aux griffes du dragon afin de pouvoir vivre avec elle happy for ever after *?* »

Puis j'ai raccroché avant d'éclater en sanglots. J'étais complètement épuisé. J'ai envisagé de me tirer, de le laisser la retrouver là inconsciente et souillée, en tout cas, c'est ce qu'il aurait cru. Mais je me suis dit que ç'aurait été minable de ma part. Je voulais assumer ce que j'avais fait, je voulais les voir ensemble, le regarder avec elle. Le mieux aurait été qu'elle se réveille au moment où il arriverait, mais je ne pouvais pas en décider, je ne suis quand même pas expert à ce point en ce qui concerne cette drogue. Je l'ai remise dans le lit en la couchant sur le dos et en lui remontant la couette jusqu'au cou. Le gros de ma colère étant passé, je me mettais à nouveau à éprouver de la pitié pour elle.

Quand il affirmait qu'il allait me tuer, il ne m'était à aucun moment venu à l'esprit de prendre la menace au sérieux. Or il en avait réellement l'intention. En entendant sa voiture, je suis sorti pour aller à sa rencontre et je l'ai attendu en bas de l'escalier. Cette fois, j'avais une érection, je ne sais pas exactement ce que je m'imaginais, je pensais peut-être que nous allions tomber dans les bras l'un de l'autre en nous demandant mutuellement pardon. En réalité, j'avais l'impression que nous étions maintenant quittes : il avait payé pour sa trahison et aucun de nous deux ne devait plus rien à l'autre. Lui était dans un tout autre état d'esprit, je l'ai compris dès que je l'ai vu descendre l'escalier en courant, avec une expression si terrifiante sur le visage que j'ai pris mes jambes à mon cou pour me réfugier au bord du lac. Il avait l'air d'un meurtrier : sa chevelure brune qui lui tombait sur les épaules et que j'avais si souvent caressée ou à laquelle j'avais arraché les quelques cheveux gris qui y apparaissaient de temps en temps s'agitait maintenant furieusement devant ses yeux, le rendant plus inquiétant que le diable en personne. Ses bottes de motard ont dévalé l'escalier telle la rafale d'une mitraillette, j'ai clairement ressenti qu'il allait me tuer. Connaissant les lieux comme sa poche, il m'a barré la route pour m'empêcher d'emprunter le sentier qui longeait le lac comme j'en avais eu l'intention.

N'étant pas arrivé bien loin, j'ai obliqué à gauche et j'ai dévalé la pente abrupte menant à la rive, il s'en est fallu de peu que ce ne soit moi qui me fracasse le crâne, j'ai juste eu le temps de mettre mes mains en avant pour me réceptionner. L'instant d'après, il est arrivé là et m'a asséné un coup de pied dans la hanche avec sa botte au bout pointu, la douleur était si aiguë que j'ai cru m'évanouir. Alors j'ai riposté comme n'importe qui d'autre l'aurait fait à ma place : je lui ai tendu un croche-pied qui l'a déséquilibré et il est tombé en arrière.

Il ne m'avait pas dit un mot. J'ai été privé de la dispute de ma vie à laquelle je m'étais préparé depuis le moment où j'ai soupçonné qu'il me trompait. N'ayant pas décelé la moindre trace de honte chez lui, j'avais mis sur pied cette effroyable manigance qui a complètement tourné au vinaigre.

Un bruit affreux s'est fait entendre au moment où sa tête a heurté le rocher. Je me sentais soulagé qu'il soit assommé, j'avais une peur bleue qu'il revienne à lui. Alors, je me suis simplement barré. « Les tourtereaux vont se réveiller et rentrer en ville. Tout est bien qui finit bien, pour tout le monde sauf pour moi », ai-je pensé.

C'était sa faute, tout ça, sa faute à lui du début à la fin. J'aurais pu tranquillement continuer à me sauter des minettes jusqu'à la fin de ma vie s'il n'avait pas fallu qu'il vienne m'attirer avec son regard séducteur. J'aurais également pu être son amant jusqu'à la fin de mes jours, je n'aurais eu aucune exigence, je serais simplement venu comme un petit chien-chien quand il avait besoin de relâcher sa fameuse « tension ». J'aurais accompli ses moindres désirs, je l'aurais laissé me faire tout ce qui lui venait à l'esprit et il ne manquait pas d'imagination. S'il avait eu assez de courage pour se comporter en homme avec moi et m'annoncer clairement que maintenant, c'était terminé, ou même que ce n'était pas terminé, mais qu'il avait rencontré une fille, je me dis que j'aurais laissé passer ça, nom de Dieu oui, je l'aurais sûrement admiré pour son honnêteté et pour m'avoir laissé la chance d'être l'amant numéro deux ou trois dans l'échelle du respect ! Je crois bien qu'il n'y a aucune limite à ce que j'aurais accepté venant de lui. Pourtant, il a absolument fallu qu'il me traite comme si j'étais un moins-que-rien, qu'il me mente et me trompe comme si je n'étais rien qu'une putain d'épouse et de mère au foyer.

Et puis il a fallu qu'il s'en prenne à moi pour essayer de me tuer.

Et puis il a fallu qu'il se fracasse le crâne en se tuant pratiquement et en m'abandonnant avec la faute, la douleur, le manque et ces putains de remords. Et sa petite copine morte par-dessus le marché. Et son fils duquel il se croyait haï, mais qui l'aimait suffisamment pour faire ce qu'il a fait pour lui.

Avec ma putain d'aide. Comment aurais-je pu refuser ? Comment ai-je pu accepter ?

Cinquante-neuf

En voyant le salon s'embraser, Marteinn comprit immédiatement qu'il n'avait aucun espoir d'en réchapper. Il avait les pieds et les mains liés avec du ruban adhésif, et Hallgrímur lui avait enlevé ses chaussures. En un clin d'œil, le salon ne fut plus que flammes, le feu consumait à vive allure cette vieille tapisserie qui lui rappelait la salle à manger de chez son grand-père et sa grand-mère quand il était enfant. L'instant d'après, les lattes du parquet étaient en feu, il n'avait aucun moyen de les traverser en chaussettes. Comme Hallgrímur l'avait prévu, il ne supportait pas la fumée, inspirait en haletant, l'air sifflait dans ses poumons. Il aurait sans hésitation brisé la vitre d'un coup de tête pour avoir un peu d'air frais, mais les volets étant fermés, cela ne lui aurait rien apporté. Ses yeux le brûlaient. Il s'enfonça la tête dans la couette afin d'avoir un peu de répit. Pour couronner le tout, il était sur le point de pisser dans son pantalon, mais quelque chose en lui l'empêchait de céder à cette envie pressante sur le lit. Il se retourna pour se laisser tomber à terre. Il aurait donné beaucoup pour pouvoir descendre sa fermeture Éclair et uriner une dernière fois avec un minimum de dignité. Mais il n'en était pas question. Dans le temps, son grand-père avait posé du lino sur le sol de la chambre et quand Marteinn cessa de se retenir, un mince filet coula sur le revêtement, les murs en feu du salon que Hallgrímur avait aspergés d'essence s'y reflétaient. Il y avait deux tableaux encadrés sur le mur d'en face, les cadres brûlaient, mais les œuvres elles-mêmes étaient encore noires en dessous du verre sur le mur en feu. Marteinn se rappela plus tard ce détail en se demandant pourquoi il lui avait accordé une telle attention. Il découvrit qu'il n'avait plus peur du tout, il avait dépassé ce stade et était maintenant plongé dans un étrange détachement et, comme en un état de transe, il suivait du regard le filet d'urine pendant qu'il s'écoulait sur le sol de la chambre. Il commençait à s'évaporer en approchant du salon, puis il disparaissait. Presque par curiosité enfantine, Marteinn se mit à se demander ce que ce filet d'urine devenait. L'air au ras du sol étant plus respirable, il ne lui brûlait plus autant les poumons et sa pensée s'éclaircissait. Il sentit tout à coup qu'il ne voulait pas renoncer à se battre, on n'abandonnait simplement pas dans de telles conditions. Les secondes filaient, à la fois rapides comme l'éclair et pourtant avec une interminable lenteur, sa raison lui indiquait qu'il allait manquer de temps mais, quelque part dans son esprit, il en avait tout de même suffisamment pour regarder cette urine disparaître en bas du mur, jusqu'au moment où il comprit enfin où elle allait. Il ressentit une joie puérile quand la réponse apparut dans son esprit. Elle était d'une telle évidence : l'urine coulait le long du lino puis s'infiltrait par une rainure du parquet avant de couler le long du mur, descendant dans l'espace vide sous le chalet où il avait caché le corps de Sunneva. Sur quoi reposent les murs d'une maison quand ils n'ont pas de fondations ? se demanda-t-il sans toutefois trouver la réponse. Sa pensée continuait de suivre l'urine jusque sous le chalet. Là, elle ne s'évaporerait plus, elle y refroidirait tranquillement et la fumée n'avait rien à faire à cet endroit : puisqu'il y avait moins de fumée au ras du sol que sur le lit, il devait y en avoir encore bien moins sous le plancher. Était-il possible de rejoindre l'espace sous le chalet, s'interrogea-t-il, le nez plaqué au sol, la fumée devenant insupportablement âcre et écœurante. La chaleur augmentait si vite que Marteinn savait, malgré son étrange absence de peur, qu'elle allait bientôt le tuer, qu'il ne pourrait pas respirer cet air brûlant beaucoup plus longtemps. L'urine s'était maintenant entièrement évaporée du lino, le feu en avait eu raison. Le feu détruit tout ce qu'il approche, pensa-t-il.

Et il avait brûlé plus longtemps sur le plancher du salon puisque c'était à cet endroit que Hallgrímur avait versé le gros de l'essence. Il avait enflammé immédiatement la moquette. Le sol du salon n'était plus que flammes, c'était un sacré spectacle, impressionnant dans son genre.

Plus tard, Marteinn ne se souvint avoir pris aucune

décision ni être parvenu à aucune conclusion. Mais tout à coup, il avait réussi à se mettre debout et avait fait de petits bonds en direction de la porte du salon. Il avançait vers le brasier, la fumée brûlante et le plancher en flammes. Il prit son élan pour sauter dans le salon.

Il atterrit sur le sol en feu. Les lattes ne cédèrent pas. La douleur était insupportable ; il tomba à plat ventre. Ses cheveux s'enflammèrent, il sentit l'odeur de la chair brûlée, son corps lui semblait n'être plus qu'une brûlure. Il avait l'impression que ses poumons se consumaient. Il essaya de se remettre debout, essaya de rouler pour retourner jusqu'à la chambre sans y parvenir tout à fait.

L'espace d'un instant, il crut que le chalet avait basculé. Le plancher s'était effondré le long des murs, les poutres étaient tombées du même côté, et il glissa le long du plancher en flammes avant de finir sa course au niveau de la porte de la chambre, en dessous de la maison.

Plus tard, il s'étonnerait de la drôle de technique qu'avait employée son grand-père en construisant le chalet, cette technique qui lui avait sauvé la vie cette nuit-là. Il arriverait à la conclusion que les poutres soutenant le sol à cet endroit étaient trop courtes pour atteindre celles formant une sorte de cadre sous la maison.

Il se vautra dans la fraîcheur et l'obscurité jusqu'à éteindre le feu dans ses cheveux et ses vêtements. Il essaya de se mettre debout et se cogna l'épaule contre un clou. Voilà qui tombait à pic. Il leva les mains, passa le clou sous la bande adhésive qu'il arracha d'un coup sec. Une fois ses mains libérées, il retira la bande à moitié consumée de ses pieds.

Il sentit la haine exploser en lui à l'égard de l'homme qui se trouvait au-dehors, qui l'avait traité ainsi et avait voulu lui ôter tout ce qu'il possédait.

Il resta là, prostré, pendant un moment. Le feu se propageait à tout le chalet, il l'entendait qui crépitait. Face à lui se trouvait le plancher du salon qui lui avait sauvé la vie mais qui maintenant lui barrait la route vers l'air libre : l'interstice entre les barreaux soutenant la véranda par lequel il avait fait entrer le corps de Sunneva, il avait l'impression qu'il y avait mille ans de cela. L'espace s'emplissait de fumée.

Il réagit à nouveau instinctivement, sans réfléchir ni décider quoi que ce soit. D'où venait cette pierre qu'il tenait tout à coup à sa main ? Il n'en savait rien, mais cinquante ans plus tôt, son grand-père avait transporté un tas de cailloux depuis la route jusqu'aux fondations avec une brouette, il avait vu ça sur des photos, cela lui reviendrait plus tard. Une partie du plancher était presque entièrement consumée, on ne voyait plus que quelques minces lattes noires à travers la mer de flammes. Il rampa jusque-là et fonça dans le feu la tête la première. La résistance s'avéra moindre qu'il ne s'était imaginé, il traversa les planches peu solides, qui auraient certainement cédé sous son poids même sans l'aide du feu.

Une présence ennemie s'approcha dans l'obscurité alors qu'il était agenouillé dans l'herbe. Il ne voyait rien, ayant été aveuglé par la lueur de l'incendie mais sentait toutefois que quelqu'un approchait. Peut-être même entendait-il quelque chose. Recouvrant la vue, il vit une chaussure et un genou. Il abattit son arme, une grosse pierre coupée en deux, directement sur le genou. Il lui sembla voir celui-ci éclater sous ses yeux et il entendit le hurlement de douleur déchirant de son ami, non, de son ennemi. Il le vit tomber à terre. Parfait, parfait, maintenant, il serait facile de le tuer.

Soixante

Il s'en était fallu de peu qu'ils ne soient témoins d'un meurtre ou en tout cas d'un homicide – Valdimar savait parfaitement que Marteinn n'aurait jamais été jugé pour meurtre après ce qui venait de se passer. Il avait rampé, presque aveugle, sur l'herbe, désespéré, en essayant à plusieurs reprises de frapper de la pierre qu'il tenait à la main sur la tête de Hallgrímur qui se tournait dans tous les sens comme un serpent mais ne parvenait pas à se relever, Marteinn lui ayant mis les deux genoux en compote et lui ayant cassé le bras gauche au moment même où ils étaient arrivés. Dans une certaine mesure, Valdimar avait plus l'impression de sauver Marteinn que Hallgrímur en prévenant une catastrophe qui aurait ruiné la vie de Marteinn et préservé Hallgrímur d'un destin que bien des gens trouveraient pire que la mort, celui d'un homme conspué comme violeur et assassin, en dépit tous ses efforts pour le démentir.

Hafliði et Valdimar venaient de partir pour Þingvellir accompagnés de toute une troupe de policiers dans quatre voitures quand on leur avait signalé l'incendie du chalet. Cette information avait confirmé ce qu'ils savaient déjà après que les petits génies des Télécoms avaient repéré les téléphones portables de deux garçons aux abords du lac de Þingvellir.

Valdimar s'était rarement senti aussi mal qu'au moment où il s'était approché du chalet embrasé. Il ne se serait jamais pardonné que Marteinn n'ait pas survécu. Il s'en voulait suffisamment de toutes les erreurs qu'il avait commises dans l'enquête. Quelle bourde de ne pas avoir arrêté Marteinn dès qu'il lui avait avoué l'effraction, il ne comprenait pas ce qui lui était passé par la tête ! Quant à ce pull, il aurait dû le reconnaître immédiatement à la description qu'on lui avait donnée au Grand Rokk.

Les choses étaient plutôt claires : les aveux de Hallgrímur le présentèrent évidemment sous un jour moins noir que celui envisagé par la police, la condamnation qu'il obtiendrait dépendrait pour beaucoup de son avocat. Cette photo de Björn nu avec le sexe dressé et le sourire aux lèvres dans le chalet d'été était la seule que Hallgrímur possédait, il l'avait d'abord conservée dans un dossier protégé sur son ordinateur, mais elle était restée accessible dans la corbeille.

Ce fut davantage à cause de lui-même et des questions sur lesquelles il se cassait la tête que Valdimar était revenu chez Björn, dans la salle à manger toute blanche.

Il avait accepté l'infusion qu'Eva lui avait offerte mais n'avait finalement pas pu la boire, la tisane lui donnant toujours envie de vomir.

« Je ne saurais décrire à quel point je vous suis reconnaissante d'avoir sauvé Marteinn.

– C'est lui qui a fait la plus grosse partie du travail, répondit Valdimar d'un ton bienveillant. Comment vont le père et son fils ?

– Marteinn va mieux. Il a perdu un œil et on verra à quoi il ressemblera une fois que les chirurgiens esthétiques auront terminé leur travail. Björn se remet petit à petit. Il a prononcé son premier mot il y a quelques jours, précisa Eva en prenant un air sévère.

– Et quel mot était-ce ? demanda Valdimar, curieux.

– "Embrouilles", d'après ce que m'a dit Marteinn qui était à ses côtés.

– Plutôt approprié, répondit Valdimar. Dites-moi, au fait, où sont placés les téléphones dans votre maison ? demanda-t-il sur un ton amical. Eva le regarda d'un air étonné.

– Nous en avons un ici en bas et un autre en haut, dans la chambre à coucher. Tous les deux sans fil. Pourquoi cette question ?

– Un point de détail sur lequel je me suis interrogé dans cette histoire est la raison pour laquelle vous avez changé d'appareil et réduit la fréquence de vos appels au cours de la nuit où Björn est allé à Þingvellir. Une heure après son départ, vous avez cessé de l'appeler toutes les cinq minutes depuis le fixe et vous avez tenté de le joindre depuis votre portable, seulement deux fois, à un quart d'heure d'intervalle.

– C'est juste que je me suis mise au lit, répondit Eva, mal à l'aise.

– Ne venez-vous pas de me dire que vous aviez un sans-fil dans votre chambre ? » objecta Valdimar.

Eva gardait le silence.

« Vous savez que je peux assez facilement savoir à quel endroit se trouvait votre portable quand vous vous en êtes servie pour appeler après trois heures du matin, non ? »

Eva se tordait maintenant les doigts d'inquiétude.

« Vous l'avez suivi, n'est-ce pas ?

– Qu'auriez-vous fait à ma place ?

– Et alors ?

– Rien du tout. Je n'ai trouvé personne. Le chalet était fermé à clef quand je suis arrivée.

– Vous êtes sûre que ce n'est pas vous qui l'avez fermé ?

– Quelle raison est-ce que j'aurais eu ?

– Et vous n'y avez pas vu Björn ?

– Croyez-vous réellement que je l'aurais abandonné dans son sang ? rétorqua-t-elle en soutenant son regard.

– Non, je suppose que non, convint-il, mal à l'aise.

– Il y avait autre chose ? Est-ce que vous m'accusez de quelque chose ? »

Valdimar la fixait en silence.

« Non, répondit-il ensuite. Je ne vois pas de quoi je vous accuserais. »

Composition Gaïa Éditions
Achevé d'imprimer en février 2008
sur les presses de France Quercy à Mercuès (France) pour

Gaïa Éditions

Dépôt légal : première édition, février 2008
N° d'impression : 72831/